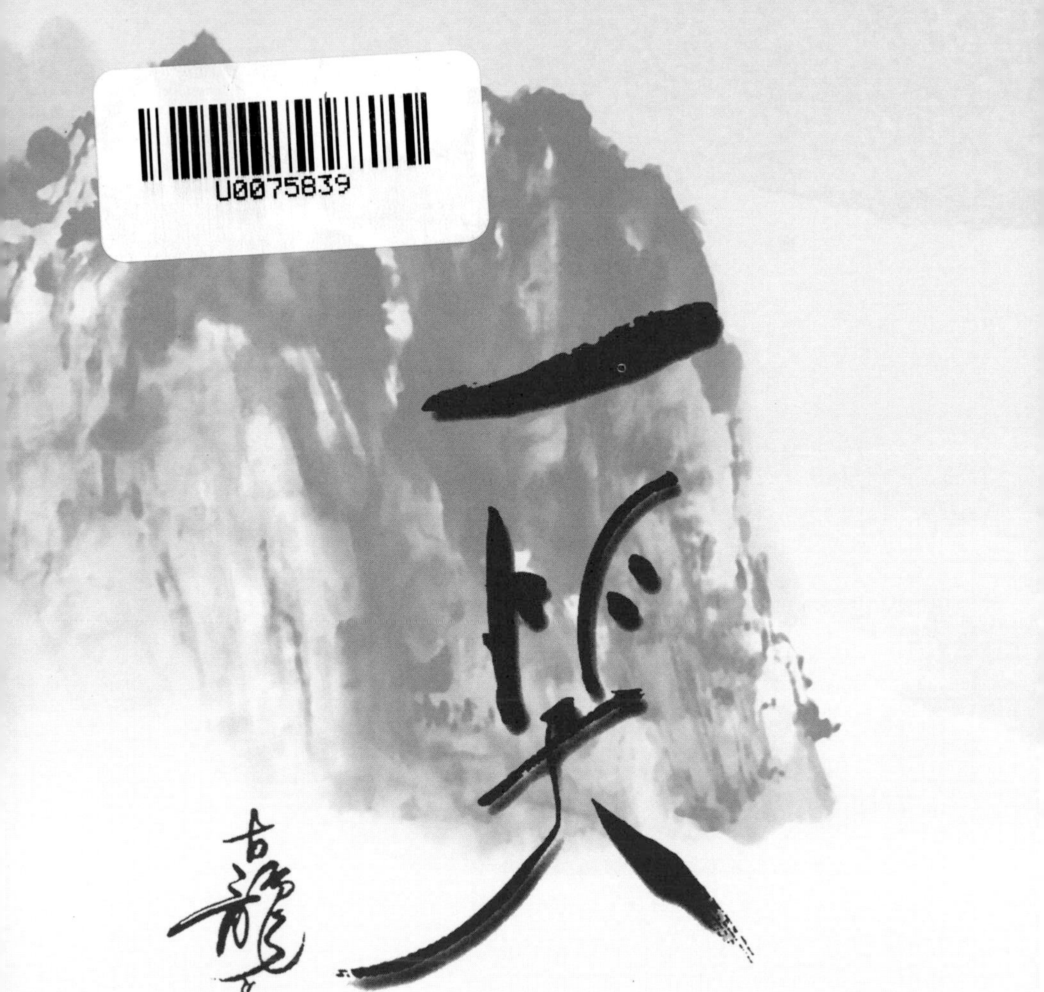
古龍自署

上官鼎與武俠小說

在武俠小說發展過程中，家人同心，戮力於武俠創作的拍檔，頗不乏其人，父子後先創作的，有柳殘陽及其父親單于紅；兄弟檔的有蕭逸、古如風及上官鼎，可以說都是武壇佳話。相較於柳氏父子、蕭家兄弟的各別創作，上官鼎兄弟三人合力共創同部作品，而又能水乳交融、難以釐劃的例子，則是迄今武壇上相當罕見的。

三兄弟協力，鼎取三足之意

上官鼎之名，為兆藜、兆玄、兆凱三兄弟協力共創小說的筆名，鼎取三足之意，大凡故事劇情、人物設定、重要情節，皆三兄弟於課餘閒暇商量討論而定，然後各負責其中章節，大抵兆玄擅於思想、結構，兆藜長於寫男女情感交流，兆凱則優於武打橋段，各有所長。

從少年英豪到調和鼎鼐

上官鼎之名，「上官」複姓源自於武俠說部無論是作者或書中角色刻意「摹古」的傳統；「鼎」字則取「三足鼎立」之意，暗示作品實由劉家三兄弟協力完成的。劉家三兄弟，主其事者為排行第五的劉兆玄。

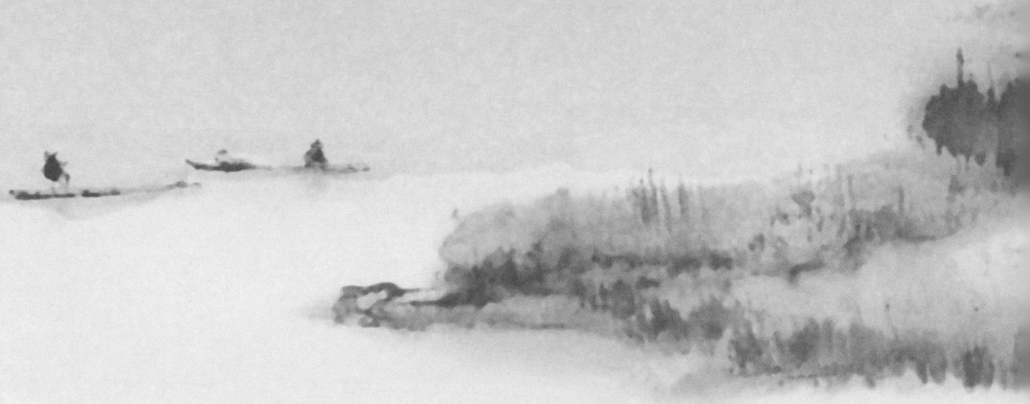

劉兆玄和大多數的武俠作家一樣，
他喜愛武俠文學，
也投入武俠創作的行列，
或者，他只是將武俠視為他的「少年英雄夢」，
而成長之後，還有更重要的夢想該去達成。
上官鼎的「鼎」，尚有「調和鼎鼐」的功能，
與他之後所擔任的職務，或可密合無間了。

林保淳

俠骨關

(二)

江南風月

上官鼎武俠經典復刻版13

上官鼎——著

俠骨關（二）

江南風月

目錄

十五　秦淮笙歌

白鐵軍滿面企望地望著少林方丈長嘆一聲道：「既是楊老幫主後人，這羅漢石之事，師弟，你說給他聽聽吧。」

一元大師搖了搖頭道：「這羅漢石在少林寺中一向不甚受人注視，由於當年敝門之中有一個不肖的弟子曾做了一件極爲驚人之事，那弟子本是一個平凡的行腳僧人，爲人甚是深沉，他常年在江湖行走，每年年終回寺一趟。

四年以前，到了年終他遲遲未歸，當時寺院中監院僧人倒也不十分重視，一直到年暮除夕，他才匆匆回來又隨即出寺而去，這便引起監院僧人的注意。

他這次出走還隨身帶了一個大包袱，當時他面色據說是木然、淒愴兼而有之，監院僧人便派了兩個弟子跟隨他去，一日之後，不但他未回轉，就是那兩個跟去的弟子也不見蹤影。

監院僧人心中感到驚異，卻也無法可使，只好空等，一直到第四日，兩個跟去的弟子回來一個，報告他行蹤倒沒有什麼可疑，只是不停向江南走去，兩人商量了一下，決定一人回寺報告，另一人繼續跟隨。

到了第二月，另一個派出的弟子回來，他報告一個驚人的消息，乃是他一直到了江南，在秦淮河畔徘徊了兩日，到了第三天抱著包袱到河岸，那派出的弟子越看越是心疑，那一天絕早，他一個人站在秦淮河畔，緩緩打開那包袱。」

白鐵軍聽得入神，他知道馬上便是事情的關鍵了，只見那一元大師面上神色茫然，緩緩又道：「那派出的弟子當日吃了一驚，原來包袱中包的正是那一塊在少林山上放了好久的羅漢石！當時天色不明亮，但那羅漢石確是不曾看錯，那派出的弟子心中十分納悶，正在沉思間，忽見他抱著石頭，一頭竟然投入秦淮河中！」

白鐵軍吃了一驚，忍不住啊了一聲。

一元大師嘆了一口氣：「直到今天尚不知他爲的是何，當時也曾懷疑那派出弟子的話，只因此事有關本寺名聲，暗中派了好幾批人外出打聽，卻始終不得要領。」

白鐵軍面上神色連變，吶吶說道：「多謝大師相告，只是——在下只想知道那羅漢石上所刻的字，大師可否相告？」

一元大師面上一怔道：「刻的字？」

白鐵軍伸手一陣比劃，猛然想到一事道：「那……那羅漢石是否爲一塊相當大的圓石？」

一元大師頷首道：「不錯！」

白鐵軍心思電閃：「大概這一塊又是尚未打碎的堅韌石頭了，要打碎方才可找出印刻的字……」

他心思一轉，雙手抱拳道：「白某私越貴地，且失手損毀神器……」

一元大師笑了笑道：「不瞞白施主，這口被施主神力打碎的鐘中，正藏了一部本寺失傳的秘本，方丈師兄這一年來閉關就是想能一舉擊碎此鐘，不料白施主無意中卻幫了本寺大忙。」

白鐵軍呆了一呆，只覺心中一鬆，忙道：「不敢不敢……只是，大師可否見告那行腳僧人法號？」

一元大師思索了一下：「法雲。」

白鐵軍道：「多謝！」他是一幫之主，雖然對方是少林高僧，他也不行大禮，雙手抱拳，倒行三步，身形一掠而起。

一元大師突然想起一事，大聲道：「他俗家姓董，名叫一明。」

白鐵軍身形在空，卻覺一震，那董一明三字好生熟悉，一時卻想不起來。

他身形似箭，一點也不減慢，不一會便下了少林。

白鐵軍到了江南。

他沿著一條小河緩緩地走著。

他也是第一次來此，壓根兒不知道這條小河就是著名的秦淮河。此處在白天只看到一些船家泊在岸邊，到了晚上，船上的彩燈一點上，立刻就彷彿到了另一個世界。

他緩緩地走著，迎面吹來的涼風雖然仍是帶著寒意，但是比起北方的寒風來，那就暖和得多了。

白鐵軍望著緩如止水的河面，喃喃想道：「人人都說江南好，遊人只合江南老，此地景色雖是宜人，我卻仍舊情願生活在北方那凜冽的朔風之中。」

他順著河邊向前走了一程，漸漸遠離畫舫遊艇，河南一片冷清起來，他瞧了一會便向回路走去。

就在此時，忽然冷清清的河面傳來一陣婉轉的歌聲，白鐵軍忍不住駐足傾聽，只聽得那歌聲幽揚中略帶悲涼，吐字卻是清楚無比。

「把酒祝東風，且共從容。垂楊紫陌洛城東，總是當時攜手處，遊遍芳叢，聚散苦匆匆，此恨無窮，可惜明年花更好，知與誰共？」

白鐵軍還是頭一遭聽到這等婉約動人的歌聲，他平日相處的全是粗豪漢子，這時聽著這歌聲，不禁有些癡然了。

只聽得嘩啦水聲，那對岸深長的水草叢中划出一條小舟來，那船頭上跪著一個全身白衣白裙的女子，那女子放開了雙槳，似是準備隨波逐流。

她低著頭俯望著水中自己的影子。那影子隨著船過激起而上下蕩漾，河水是墨綠色的，襯著那船上的姑娘一襲白衫，彷彿是仙境中人物一般。

白鐵軍不禁停下腳步來，靜靜地看這圖畫一般的美景，那船上女子絲毫沒有發現岸上站著一個男人，她自在地伸手在水中撥弄，河面上的風不小，吹著她衣角腰帶飛舞，益顯出飄然逸氣。

白鐵軍從來對女子看都不看一眼，這時竟然看得呆了，他暗暗想道：「人道江南人物秀，如今看來果然如此。」

船中的女子坐了起來，她把手上的水甩了一甩，從身邊拿出一個琵琶來，只見她隨手撥動幾下，叮咚數聲，接著便低頭唱了起來。

這一回，她唱的卻是白香山的琵琶行，只聽她唱道：「潯陽江頭夜送客，楓葉荻花秋瑟瑟，主人下馬客在船，舉酒欲飲無管絃，醉不成歡慘將別……」

唱到這裡纖手微拂，一陣清越無比的琵琶聲隨手而起，彷彿就是潯陽江畔的瑟瑟秋風之聲，白鐵軍聽她彈得動人，幾乎要想喝釆出聲了。

這時那女子忽然一抬頭，正好看見了白鐵軍，於是歌聲琵琶聲驟停。

那女子抬起頭來，年約二十七八，雖非天姿國色，卻是讓人一望而心醉，尤其是一雙眼睛，真是有如一碧秋水，頭上髻盤輕挽，氣質高雅之極，她望著白鐵軍似乎想起了什麼，臉上露出又驚又疑，似悲似喜的表情。

白鐵軍悄悄低下目光，他是個天不怕地不怕的好漢，這時竟然有些害怕那一雙清若無底的眸子，但是他依然忍不住再抬起頭來望了一眼——

這一眼，使得白鐵軍忽然心房劇跳起來，他自己也不明白何故，只是覺得那女子的臉上忽然流露出無比親切之色，萬種風情，倒叫白鐵軍不知所措了。

那女子這時輕攏慢捻了兩根弦，啓口唱道：「山映斜陽天接水，芳草無情，更在斜陽外，黯魂旅思，問君何處來？」

白鐵軍一聽到「問君何處來」，頓時吃了一驚，他抬目望時，那女子正微微含笑地望著他，他也不知該如何是好，只是胡亂拱了拱手，便慌慌張張走了。

白鐵軍一直走出了半里路，頭腦中還是迷迷糊糊的。

他想起那個白衣女子似乎是在哪裡見過一般，仔細想想，卻又太覺荒唐，自己從來不曾到過此地，怎會見過這女子？

這時，他已步入了城中的熱鬧地區，他隨便揀了個館子，獨自喝了幾杯，吃飽飯走出來的時候，已是華燈初上了。

白鐵軍漫無目標地沿著大街道走著，不知不覺之間走到了城邊。

他向一個老翁打聽道：「老丈，敢問秦淮河怎麼走？」

那老人打量了白鐵軍一眼，笑道：「只往左邊直走便到了。」

白鐵軍見那老人面上帶著一種難以解釋的古怪笑容，心中大是不解，只好匆匆道了一聲謝便向左走去，他走了一半，忽然發覺原來秦淮河就是方才自己漫步的地方。

然而前後不到一個時辰，整個秦淮河彷彿變成了另一個世界，放目望著，只見燈光水彩，搖曳著紅紅綠綠，美麗之極。

白鐵軍暗暗想道：「好個豪華世界，原來白天看去那些泊在岸邊的木船，到了晚上竟是如此之美。」

他信步走去，沿途全是踏青的王孫公子，絡繹不絕，船上岸邊鶯鶯燕燕，笙歌不絕。

白鐵軍恍然大悟，暗道：「難怪方才那個老人用那古怪的笑容對著我，敢情這秦淮河乃是歡娛舞台之地。」

想到這裡，不禁啞然失笑。白鐵軍也跑過不少地方，所關心的也全是武林中的腥風血雨，從來就不曾涉足歌舞風月，這時一想到自己處身這種紙醉金迷行列中，他忽然全身不自在起來。

這時他走到一條大船旁，船上一個濃妝艷抹的女子正引著兩個油頭粉面的公子哥兒走上船去，一陣輕薄笑語傳了過來，白鐵軍忽然感到一陣噁心，他心中不知怎地竟然浮起那白衣白裙的影子，他暗暗想道：「莫非那個女子也是歌伎？」

他想到這裡，忽然又覺得自己十分不應該，那仙女一般的人兒怎能把她想做歌伎？

他低頭胡思亂想一陣，又向前走了一程，走到了河邊上。

河水中倒映著自己的影子，風吹水動，不時牽曳幾條紅綠的燈光疊在他的影子上，他默默忖道：「想不到像我這樣的人會跑到這種地方來，將來回去定要好好吹給我那些兄弟聽聽。」

這時，有一個形容猥瑣的漢子走上來，向白鐵軍搭訕道：「客官，可要找個好姑娘陪陪你喝酒？」

白鐵軍心中一動，便道：「不，不，我想向你打聽一件事。」

那漢子立刻湊上來道：「什麼事？秦淮河上的著名娘兒們我老王是無一不知，無一不曉，客官有什麼事只管問……」

白鐵軍道：「你可知道……嗯，有一個人曾在這河上投河而死……」

他話尚未說完，那個猥瑣漢子已經面上大變道：「啊……這個，這個，前天百花舟上阿翠投河自殺，那完全是那流氓老何逼的，詳細情形我不知道……我不知道……你……你老是官府遣來的吧？」

他一面說一面開溜了，白鐵軍見問不出名堂來，只好暗自苦笑一下作罷。

白鐵軍沿著河岸向前走來，前面傳來陣陣喧嘩之聲，他走前一看，原來是幾個錦衣公子圍著一個老太婆正在爭吵，其中一個大聲嚷道：「陳媽，妳昨天答應大爺蘭芳今夜陪我去參加柳員外的詩會的，怎麼不成了，大爺的五百兩銀子都給了……」

另一個叫道：「妳先答應我的，我的銀子也付了呀……」

那陳媽毫不覺理屈，露著金光閃閃的大板牙搖手道：「不是我陳媽無信，實是蘭芳小姐今日病了……」

幾個公子哥兒又大聲嚷叫起來，白鐵軍暗自笑道：「陪他飲酒作詩就要五百銀子，這蘭芳也真高貴得緊了。」

他走了過去，那邊喧嘩爭吵聲逐漸遠去，他走到一個比較清靜的地方，站在河邊心中盤算如何打探羅漢石的事情，忽然，一個嫩怯怯的聲音響自身後：「大爺……」

白鐵軍回頭一看，只見一個眉清目秀的小姑娘，圓瞪著一雙烏溜溜的眼睛望著他。

他四面望了望不見有別人，問道：「小姑娘妳是喚我麼？」

那姑娘怯怯地道：「正是……」

白鐵軍奇道：「什麼事情？」

那小姑娘道：「請大爺過來一步說話……」

白鐵軍心中犯了疑，但他仍舊跟著那小姑娘走過去。

那小姑娘一直向前面荒涼黑暗的地方走去，白鐵軍跟著走了幾丈路，心中更是大疑，但他回心一想，暗道：「怕什麼，難不成我白鐵軍還怕了一個小姑娘？」

他大步跟了前去，那小姑娘也不說話，只是向前走。

白鐵軍忍不住快行幾步追了上去，問道：「有什麼事在這裡說可好？」

那小姑娘道：「咱們小姐想見見你。」

白鐵軍有如丈二金剛摸不著頭腦，他問道：「你們小姐？我不認識她？她……」

那小姑娘掩嘴笑道：「你跟小婢去便知道了。」

白鐵軍跟著她又走了一程，忍不住問道：「你們小姐是誰？」

那小姑娘道：「我們小姐名叫蘭芳。」

白軍軍一怔，暗道：「蘭芳？咦，方才那幾個公子哥兒爭的不就是蘭芳麼？那陳媽說她病了，她卻到這裡來，這是怎麼回事……」

那小姑娘見他猶疑，便回頭道：「咱們小姐只要請大爺去請問兩句話便行了，大爺您快跟小婢前去吧。」

白鐵軍心想：「我又不認得她，她怎會有什麼事來問我？這倒是奇事了。」

他本想再問一句，但覺老是跟一個小姑娘嚕嗦大失好漢本色，便跟著她一直走，不再多問了。

走了一會，白鐵軍暗中覺得已到了下午碰上那個白衣女子的地段了，那小姑娘停下身來，對著河中道：「小姐，那位大爺來啦。」

只聽得嘩啦一聲水響，接著河中一盞油燈亮了起來，一條船向著河岸靠了過來。

白鐵軍仔細一瞧，只見一個青衣女子站在船頭對著他福了一福道：「這位大爺請恕小女子冒昧，實是小女子有幾件事情要請教……小秀，還不請大爺上船來。」

白鐵軍忙搖手道：「此處荒僻，船上說話多所不便，姑娘有話請說，在下在這裡聽著。」

那青衣女子抬起頭來道：「此事極是重要，還是請大爺上船來一談。」

白鐵軍吃了一驚，那青衣女子正是白天所見的那個白衣女郎。他一時之間不禁愣住了，但覺香風迎鼻，那小姑娘已牽著他的衣袖邀他上船。

他不好再推，只得一步跨上了小船。

那青衣女子指著一張大椅子道：「大爺請坐。」

白鐵軍其實心中發慌得緊，但他心一橫，暗道：「便是龍潭虎穴我白鐵軍也要闖的，怕什麼怕。」

想到這裡便坐了下去，那青衣女子已端了香茗上來，白鐵軍又不敢伸手去推辭，只好由她。

這時小船又漂到河中，白鐵軍估量了一下，這河面有限得很，自己一個縱身就能到岸，心想也不怕妳弄什麼手腳。

那青衣女子這時方開口道：「賤妾乃是秦淮河上的歌伎，名喚蘭芳，大爺不嫌輕賤肯來此一敘，賤妾這裡先謝過了。」

其實白鐵軍哪裡知道，蘭芳是秦淮河上頂出名的歌伎，那王孫公子量珠纏頭，也難博她一笑。

白鐵軍暗道：「妳喚那小姑娘引我來的，豈又是我肯不肯？」
但他口頭上只好客氣地道：「哪裡，哪裡。」
那青衣女子目不轉睛地看著白鐵軍，白鐵軍被她看得心中發寒了，他吸了一口真氣鎮定一番，然後道：「在下與姑娘素不相識，不知姑娘何事相召？」
那女子道：「賤妾見大爺的長相與一人好生相像……」
白鐵軍搖手道：「不，不，在下實是第一次來到此地。」
那女子點頭道：「敢問大爺貴姓？」
白鐵軍道：「在下姓白。」
那女子一聽「姓白」兩字，頓時站了起來，她的臉上流露出又激動又似緊張的神色。她指著白鐵軍道：「白大爺，您……您的父母可在？」
白鐵軍心中更奇了，但口上仍答道：「在下雙親早過世了。」
那青衣女子緊接著問道：「白大爺，您可還記得您父親的容貌？」
白鐵軍搖了搖頭道：「在下父親過世得早，我已不記得了，姑娘問這些話是何用意？」
那青衣女子一言不發，只是緊緊看著白鐵軍。
忽然之間，她從衣袖中拿出一塊白綢緞來，那緞子上用黑線繡了一幅人像，雖是繡的，卻比畫的更要栩栩欲生。
那青衣女子把繡像遞到白鐵軍面前，低聲道：「白爺您可認得畫上之人？」
白鐵軍一看，頓時吃了一驚，那繡像與自己的形象竟是有八分相似，只是比自己略爲瘦了一些，卻顯得極是清靈秀氣。

他茫然道：「這是誰？我從未見過。」

青衣女子喃喃：「你當然沒有見過，你當然沒有見過……可憐的孩子……」

白鐵軍聽她喃喃自語，再看那緞子上的繡像，忽然之間，心中產生一種凜然的感覺，彷彿自己與這個繡像之間產生了一種無法形容的吸引力。他自己也說不出是什麼感覺，他心中想快些離開這個小船，但是卻又有些捨不得離開。

那女子從懷中一摸，又拿出一個碧綠的小玉馬來。

白鐵軍見了這小玉馬，終於驚得站了起來。

他驚呼道：「妳……姑娘，妳怎麼也有這小玉馬？」

他說著，從懷中掏出一個一模一樣的小玉馬，他把兩隻玉馬拿在手中把玩了一會，只見那隻玉馬無論色澤形狀都是一般無二。

他滿心疑惑，正自百思不得其解間，忽然一隻白玉般的手伸到他的眼前，他把兩匹玉馬放在那手上，接著他又看見一滴瑩亮的淚卻滴在玉馬上。

他抬起頭來，只見到一張忍悲含怨的臉孔，那一潭秋水般的眸子上蒙著一層薄霧。

那女子距離他只在一尺之外，一股幽蘭般的芬芳飄入鼻息，白鐵軍不禁呆住了。

過了一會，那女子繼續道：「白爺，您的母親芳名可是一個『芷』字？」

白鐵軍顫聲道：「妳……妳怎知……」

那女子眼淚直流下來，向著白鐵軍行了一禮哽咽道：「賤妾再請教白爺最後一個問題……」

白鐵軍被這一連串的問題弄得已失去了鎮定，他急促地道：「什麼問題？」

那女子道：「白爺您的胸前……胸前是不是有三顆紅痣？」

白鐵軍再也忍不住，一伸手抓住了那女子的手腕，顫聲道：「妳怎會知道？快告訴我……」

白鐵軍的胸中彷彿有一團烈火燒了起來。

儘管他傲笑湖海，豪氣干雲，但是在他的心底深處，仍有著一個死結，常常在睡夢之中，他怨尤含悲地對自己說：「白鐵軍，你是一個孤兒，不知身世的孤兒……」

那女子伸手輕撫著白鐵軍的手掌，眼淚滴了下來，泣不成聲地道：「白爺，二十三年前，您……您就是降生在這條船上……」

白鐵軍努力吸了一口氣，但卻平息不了胸中澎湃的思潮。

他瞪大了眼睛望著那青衣女子，說不出話來。

青衣女子緩緩地道：「您……您本也不是姓白，那是您母親的姓……」

白鐵軍叫道：「那麼我的父親姓什麼？」

青衣女子道：「你的父親姓董……」

她指著那幅繡像接著道：「這是您母親親手一針一針爲您父親繡起來的。」

白鐵軍強抑住如狂心跳，望著那幅繡像，顫聲道：「那麼我又怎會降生在這條船上？」

青衣女子一字一字緩慢地道：「你母親那時和我一樣，是秦淮河上的歌伎。」

白鐵軍簡直不敢相信自己的耳朵，方才一路走來時，沿河所見的那些嘴臉和笑聲，彷彿一齊浮現在他的眼前。

他閉著眼叫道：「不，不……」

青衣女子繼續道：「那……那時，賤妾是令堂的小丫鬟。」

白鐵軍叫道：「我不相信，我不相信……」

青衣女子道：「你父親碰見你母親時，正是像你這個年紀，唉！你們父子生得真像，你爲什麼要難過？你爹爹是個聰明絕頂的人，你母親是個天下少見的好女子，還有你的祖父……你可知道你的祖父是誰？」

白鐵軍不敢應聲，深怕一答腔，又得到一個無法忍受的答案。

青衣女子接著道：「你祖父的名諱叫做董天心。」

白鐵軍驚得跳了起來。

他呆望著對面的青衣女子，不知該說什麼，不知該想什麼，也不知該做什麼……

十六　身世之謎

白鐵軍只覺頭頂上像是被人重重一擊，眼前金星四冒，蒼白的臉沒有一絲血色。

那青衣女子神情鄭重，重複道：「相公，您……您就是董公子的兒子！」

白鐵軍厲聲道：「不，不，不准妳再亂說。」

青衣女子柔聲道：「相公，你心中激動，喝口茶歇歇。」

白鐵軍默然，他乃是天生的英雄，從來只知大碗喝烈酒，伸手管不平，胸中盡是豪邁之氣，至於其他各種情懷，在他那寬廣的心中卻是無立錐之處。

此時秦淮河上笙歌四起，笑語盈盈，白鐵軍心中一片混亂，竟是無從收拾。

那青衣女子一雙秀目在白鐵軍臉上轉了好多遍，口中喃喃道：「唉！董公子如果有相公你一半氣概，那結果也不會如此悲慘的了。」

說著說著，她眼中兩行清淚緩緩地流了下來。

白鐵軍仍是沉吟，他強自堅持，其實心中真是遍嘗酸鹹苦辣。

忽然那青衣女子輕聲唱道：

「萍浮無根人無依，飄零最憔悴，
那堪雁離春風後，遼原何處歸？
萬里總是雲和月，伊人天涯？
伊人天涯……」
聲音漸唱漸低，卻是愈低愈是淒迷。
白鐵軍只覺曲子和歌詞非常熟悉，一時之間，也想不起來在那裡聽過、但卻感到十分親切。
忽然靈光一閃，白鐵軍心中一凜，雙目神光暴射，注視青衣女子，凌厲已極。
那青衣女子絲毫不懼地道：「相公若心有疑惑，妾身……妾身……」
白鐵軍沉聲道：「妳是什麼人？誰指使妳來騙我？」
青衣女子道：「去年棲霞山碧雞寺元覺大師講經，賤妾也曾聽了半日，元覺大師是有道高僧，質諸佛學疑難，大師講述滔滔不絕，如滿天花雨，美不勝收。」
她說到此看了看白鐵軍，只見他臉上神色湛然，並無不耐之色，不由暗自忖道：「董公子心地慈善，自應得好報應，這孩子豪邁中仍不失細密，真不愧為奇男子了。」
青衣女子又道：「大師曾持斷木說榮枯、說有根無根，常人總以佛家勸人六根俱淨，七情皆幻，大師卻說人無根則枯，有根便是宿根。」
白鐵軍道：「小可一介莽夫，這佛學精微，半點也未能領會，姑娘此說定有深意，還望直截了當說來較好。」

青衣女子顏色一整道：「大師又道：人生在世，父母為大，芸芸眾生豈無父母，愛根一長，惡根自泯，父母之愛，乃天地間至性至情，總不可以痴字視之。」

白鐵軍泰然道：「多謝姑娘指點，白某身世尚望見告。」

青衣女子慘然地道：「公子，這故事悲慘得很，這十多年來，賤妾每夢到主母，唉，她總是默默地看著賤妾，那目光……那目光……」

她說著說著，眼淚如珠落下，哽咽不能成聲，半晌才低聲道：「公子，世上沒有一個女人能比上主母，她慈愛仁厚，四德俱備，從來沒有怨過來伺候主母的小丫頭。」

青衣女子歇了歇，白鐵軍凝神聽著，他雖是氣吞斗牛的武林高手，乍聞別人訴說自己一直茫然的身世，心中又悲又喜。

——那年的春天，正當昇平的時候，秦淮河畔垂楊吐芽，桃紅怒放。

春風不停的吹著，傍晚時刻，一個少年儒生緩緩踱到秦淮，背著雙手，望著河上夕影，卻是面如死灰，盡是失意絕望之色。

天色漸漸暗了，河上畫舫初燈，那少年望望河中，又回頭望望背後城中，燈火如織，他心中不停忖道：「家是不能回去的了，不要說我出門時講得那麼絕，便是名落孫山，也再無顏回去見爹爹了，董家子弟，豈容落人之後，唉，我為什麼不聽娘的話？」

他心亂如麻，不知今後如何。

忽然背後一個清脆的聲音叫道：「小蘭呀，快打水來，白姑娘要洗頭。」

「好，我先洗洗面盆。」

話一說完，那少年只覺背後風聲一起，全身全頭一涼，水淋淋地被澆得濕透了。

他心中正沒好氣，一轉身，只見身畔不遠，一艘華麗大彩舟上站著兩個女子，年紀小的只有七八歲，一臉驚惶之色。

那年紀長的女子口中埋怨道：「小蘭，妳冒冒失失一天不知要出多少錯，這……這位公子……」

她眼睛溜了那少年儒生一眼，卻不知如何補救，話也說不下去了。

少年瞧著那張清麗面孔怯生生的樣子，一時之間，只覺眼前一花，連被淋濕的事也給忘記了！

年長的秀麗女子斂衽道：「公子全身濕了，夜風清涼，請上船更衣可好？」

她心中真的關切，怕這少年著涼，其實她船上並沒有男人衣衫。

那少年迷迷糊糊地點頭，迷迷糊糊地上了船，進到一個艙房中烘著衣服。

那水氣騰騰蒸發，漸漸地艙中一片迷濛。迷濛中，那少年似乎看到了多年前立下的心願，那功名富貴、錦衣返家的夙志，像水氣一般慢慢的淡了，衣服也乾啦！

「公子，請用薑湯祛寒。」

少年默默地接過，又默默地一口喝了下去。

那麗人又盛了一碗，少年心不在焉的又喝了，薑湯辛辣，但他卻渾然未覺。

那麗人暗笑，就這樣，兩人相識了，相戀了。

少年在麗人鼓勵之下，著實讀了不少書，但名利之心卻淡了。

那少年告訴麗人自己的身世，他姓董叫一明，父親是聞名天下的大俠，天劍董天心。他自己卻從小厭武，十年寒窗，渴望一舉成名，他父親對他極爲不滿，這次離家應考，曾誓言不得功名不返家門，他父母親也不鼓勵，也不阻止，淡然視之。

那麗人姓白名芷，是秦淮河上首屈一指的歌伎，人才並茂，兩人情意繾綣，私訂終身。又是一年春天，董一明應試歸來。他滿心歡喜，自覺考得滿意，便對白芷道：「芷妹，我這便回家去，妳好好的在此等我，此去少則一月，多則三月，一定來接妳歸我董門。」

白芷嫣然一笑，柔聲道：「董郎何必心焦，等金榜傳捷，那時再回家豈不聲勢壯大？」她輕鬆地說著，心中卻惶然發愁，董郎父母嚴厲，能容自己的希望實在不大，但目下愛他已深，如不能長相廝守，這一生也不用再活下去了，因此現下能夠拖一時便是一時。

董一明道：「芷妹，我心中急得很，妳是我們董門長媳，婚禮一定要辦得光光彩彩。」

白芷見他高興，不忍拂他之興，心中也有幾分興奮。她出身寒薄，雖是堅貞自守，但能獲得如此佳公子真愛，真是莫大幸福和緣分了。

董一明又道：「我從小不肯練武，爹爹便不喜歡我，我從來不和爹爹反抗，只偷偷做我愛做的事，去年我離家應試，是鼓足了天大勇氣，其實心中虛得緊，要不是叔叔一句話，臨行時我幾乎又不想走了。」

白芷問道：「你叔叔喜歡你麼？」

董一明道：「叔叔這人深沉得緊，連嬸嬸也不能完全瞭解他，他說：『明兒，你已決定的事便去做吧，董家出個狀元也不錯啦！』叔叔雖是平淡一句話，但我卻覺得得到了無比信心。」

白芷點頭忽道：「董郎，你這些日子孤燈讀書，也真苦得夠了，我陪你好好玩幾天！」

董一明道：「我一刻也等不得，明天一早便走！」

白芷黯然道：「董郎，我心中有個不應該的預料，總覺此去我倆便難再見面了，董郎，我……我此心此身非郎莫屬……你……」

董一明柔聲安慰，是晚兩人和好，第二天白芷送董一明歸去，走了一程又一程，眼看路到盡頭，前面便是大江，這才揮淚作別——

那青衣女子低柔的聲音娓娓地說著，白鐵軍只聽得如痴如迷，心中不住狂跳忖道：「董一明，董一明，那抱石投秦淮河的少林僧人就是董一明，他……他……難道便是……」

青衣女子道：「這一別便是永訣，主母再也沒有見著董公子，又過了一年，主母生下了一個男孩，她將全副精神放在那孩子身上，日夜盼望董公子回來，但花開花謝，一年又是一年，那孩子四歲那年，主母帶著賤妾去尋董公子了。」

青衣女子又道：「主母和我根本不知道董府何在，但主母一片癡心，想蒼天憐憫，再見董公子一面便好，但翻山涉水，行了一年多，愈走愈北，已到了西北一帶，仍是沒有半點蹤跡，主母已憔悴得身如枯柴了。」

白鐵軍想開口問，但話到嘴邊又縮了回去。

青衣女子又道：「這一天走到嘉峪關，遍地黃沙無邊，主母望著這天下最西邊關，終於力盡倒在黃沙之中，她平靜地去了，臨終時口中只是呼喚董公子的名字，沒有一些怨恨他。」

她歇了歇道：「後來天氣突然大變，下起大雪來，賤妾身負那孩子找到一處背風之處，夜裡真是冷得很，那孩子凍僵了，此時忽然一聲犬吠，從雪上跑來一隻絕大黑犬，啣著孩子便跑，賤妾心中一急，便昏了過去，醒來時，一切都變了，賤妾睡在一處大皮帳中，被過路的行旅救了。」

白鐵軍只覺冷汗直冒，心中忖道：「師父的黑星子最是通靈，這姑娘說得絲毫不差，看來是不會假的了。」

青衣女子道：「賤妾求那隊商旅尋找那孩子，找了一天沒有找著，賤妾葬了主母便回江南，過了幾年，賤妾在秦淮河上落籍，有一天，忽然一個中年人求見，原來竟是董公子，他看到了賤妾便問道：『小蘭，白姑娘呢？』

賤妾想起主母種種苦楚委屈，恨他薄倖，當下臉色一寒道：『公子要見小姐麼？太遠了，只怕公子走不到。』

董公子抓住賤妾急問道：『在哪裡，快告訴我，便是天涯海角我也要去。』

賤妾見他不似作僞，當下走出船艙，指著西方天上哭道：『小姐在那裡！』

董公子一怔，隨即坐倒地上，半晌站起喃喃地道：『遲了！遲了！十年！這十年我過的是什麼日子？』

他身子像石像般動也不動，半個時辰、一個時辰過去了，他仰天望著西方，不言不語，臉上卻時喜時憂的，行若正在觀著一幕動人戲劇，賤妾不由自主的也向西邊天上瞧去，只見一片青天，又高又遠，賤妾心中害怕了，連忙上前搖董公子，好半天董公子才回頭看了我道：『小蘭，白姑娘葬在何處？』

賤妾告訴他小姐埋在嘉峪關外，他道：『小蘭，咱們去瞧白姑娘去！』

賤妾心中吃驚，但見他目光又堅定又絕望，便點點頭，當天董公子便和賤妾西行而去。一路上，董公子舉止愈來愈是失常，神智時昏時醒，往往痛哭連日，夢中也常哭醒，賤妾見公子愈來愈是消瘦，已經不像人形，這樣哀傷不休，只怕行不到白姑娘墓前便要倒下，我心中真是著急。

董公子清醒時，從他口中，賤妾斷斷續續得知一些公子這十年來經過，心中更是同情。原來董公子雙親堅決反對這門親事，尤其是他母親是大家閨秀，怎肯讓白姑娘入門？他父親大怒之下，將他關入洞中，外圍木欄，要公子能自己折斷木欄，便是出圍之日。

董公子無奈，只有日夜練功，他對練武最是不喜，這強迫自己做不願做的事，真是痛苦已極，但為白姑娘，他默默無怨，每天接受他父親傳授。但他心中急躁，本來又不適練武，進展甚慢，木欄偏偏又粗，他叔叔嬸嬸為了此事和他爹爹也不知吵了幾多回，但終因他母親堅持，仍是關在洞中。

董公子母親以為過了幾年，公子一定對白姑娘淡忘了，便放他出來再替公子成婚，但卻未料到公子一往情深，終於在這第十年頭上，公子一掌震斷了木欄，頭也不回，日夜不息趕來。

賤妾與公子繼續西行，終算到了嘉峪關，公子在白姑娘墓前徘徊了三天，第四天清早，公子歡天喜地把賤妾搖醒道：『小蘭，我見著白姑娘了，她……她不怪我啦！』

賤妾心中發寒，公子瘦得不成人樣，但雙頰卻閃著興奮的紅暈，公子若見到了姑娘，只怕公子也不成了吧！

賤妾怕得不得了，這時旭光初升，公子又唱又跳，娓娓跟賤妾談小時候的事，又說那年他考試一定是名中前茅，只怕中狀元也未可知、這一路上他從未這麼清醒過。

賤妾勸道：『公子，現在還早，您再歇歇吧！』

董公子道：『我怕芷妹怪我，冤枉我，讓我死一千次，也不要芷妹怪我，我知她會瞭解我的，她……她是頂體貼的，芷妹胸中寬廣，真可容船的呀！』

公子說著說著，忽然像孩子般哭了起來，那眼淚一滴滴落在墓上，主母地下有靈，也應該感受吧！

賤妾對公子道：『主母從來沒有怪過公子！便是到最後一口氣，也是充滿信心而去。她說這是命，沒法改變的。』

公子安慰的點點頭，過了一會目光又陰暗起來，絕望地看著原野，黃沙千里，口中喃喃地道：『命運！命運！』忽然哇的一聲吐了幾口鮮血，那墓前的黃沙染紅了一大片。

賤妾不敢大意，侍候公子在墓前半步不離，又過了一天，夜裡賤妾實在太累了，朦朧睡去，第二天，公子失蹤，墓前多了一捲黑髮，那染紅的黃沙已變黑了，太陽出來以前，一陣狂風，把一切一切都蓋在黃色的沙粒之中。

後來賤妾聽人說，董公子在少林出了家。」

白鐵軍道：「姑娘，事隔多年，何以還能識得在下？」

青衣女子道：「公子，您長得和令尊一模一樣，二十多年前，賤妾在此船上親自侍候主母坐褥。」

白鐵軍心中再無疑念。

青衣女子道：「令堂在公子您小時候以白寶稱呼，您被人救了，看到胸前金鎖鐫字，以爲公子姓白，蒼天有眼，能讓賤妾重逢主母愛子……」

她聲音又哽咽起來。

白鐵軍恭然一揖道：「姑娘一席話，解開小可多年身世之謎，此恩此德，他日必報，小可這就告辭。」

青衣女子道：「公子此去何處，最好上少林寺去見令尊，您生下來便從未見過令尊一面，人間慘事，何逾於此？」

白鐵軍心中一痛，但忍住沒有說出來，他心中淒然地想道：「我從來沒有見過爹爹一面，現在明白了身世，只是太晚了。」

只覺雙目發熱，他是英雄人物，怎能在女子面前流淚？一咬牙起身作別。

那青衣女子道：「還有一事，令尊當年確曾大魁天下，皇帝閱覽令尊文章，嘆爲一代奇才，但卻找不到令尊之人，那第二名的真是祖上積德，便補了狀元，這人便是南京城中鼎鼎有名的馬文玉馬大爺，事隔多年，賤妾無意中聽金陵文人說起那段往事，仍是歷歷如繪。」

白鐵軍再作長揖，身子一起，也顧不得展露輕功，只想跑到一個清靜地方痛哭一場。

這時秦淮河上笙歌處處，管弦不斷，歌聲如虹，輕浮笑語，白鐵軍不住往前跑，眼淚不住流下，心中只是想道：「我是出生在這裡，秦淮河……秦淮河，這裡不知有我娘多少眼淚，白鐵軍啊白鐵軍，你是一個天生孤單苦命的人。」

他愈跑愈遠，不知多久，跑到一處竹林，他穿了進去，頹然坐倒地上，天上繁星似錦，閃閃眨眨，像是在嘲笑他一般。

白鐵軍思潮起伏，心中想：「我娘有什麼錯了，要受這麼苦，我爹有什麼不對，最後要自絕而死，世上又爲什麼總是恨事多些？人只要心地好那便是好人，像我那錢兄弟一樣，我雖根本不明白他，但可斷定他是好人，祖母爲什麼又不能容我娘，歌伎又怎樣？」

他一連串的問題，想到後來，真是一片空白，一個解答也沒有，他心中反來覆去：「歌伎也是人，只要是好人，我們不該幫她麼，只要行爲高尚，我們不該尊敬她麼？」

但想到適才自己聽那青衣女子講到生母爲秦淮河歌伎時，竟是羞憤不已，他是至性之人，這時相信了自己身世，對剛才那種想法，出了一身冷汗，簡直無地自容，暗自罵道：「白鐵軍，你這俗氣的東西，你這勢利鬼，連爹娘的身分都嫌了！」

他理智一長，人倒清醒了不少，胸中瀰漫著崇敬父母之情，暗自忖道：「我祖父便是天劍董大俠，昔日師父口中的神仙人物，但只怕也故去了吧！」

他自嘲的笑笑道：「我祖上可是夠顯赫了！」

想到父母所遇之慘及養育辛勞之苦，忍不住放聲大哭起來，他身高臂闊，性情豪邁，此時想到傷心之處，哭得極是慘痛。

忽然背後一響，白鐵軍收淚返身，雙掌交錯胸前，只見一個十多歲的少女，正睜眼睛望著他，臉上哀然動容，十分憐惜的樣子。

白鐵軍舉袖拭淚，心中訕訕，正想一走了之，那少女卻道：「喂，什麼事哭得這麼傷心？我在這裡看你哭了好久啦，月亮穿進雲裡又穿了出來，往返幾次，你還沒有哭個夠？」

白鐵軍微微吃驚，瞪了她一眼，只覺這少女年紀輕輕，卻是天生美人胎子，雙目發亮，黑暗中真如兩粒寶珠。

少女道：「這麼大一個人還有什麼事解決不了的？哭有什麼用？我現在遭遇一個問題只怕要比你艱苦一百倍，我可沒有哭呀！」

白鐵軍想了半天道：「姑娘真勇敢！」

他心中想這少女輕功不弱，站在自己身後這麼久竟然沒被發覺。

少女道：「你哭得真傷心，我瞧你並不是個沒有主張的人，喂，你親人過世了麼？」

白鐵軍苦笑不語，這少女天真偏又好心，他心中雖是不耐，卻又不能放下臉來，當下道：「那也差不多！」

少女正要說話，忽然林中走出一個矮壯青年，他看了白鐵軍一眼，心中吃了一驚，對那少女道：「咱們走啦！」

那少女臉色一變，滿臉委屈地道：「我和這位大哥哥還有幾句話要說。」

那矮壯青年哼一聲道：「這等膿包和他囉嗦什麼勁兒？妳又不聽話了？來，我帶妳來見一個人。」

那少女想反抗，但好像懾於矮壯青年的威風，不敢再說，只有怏怏的跟他走了。

白鐵軍一肚子煩惱，這時再被矮壯青年一激，真是潮湧而出，當下大喝一聲道：「喂，那矮子，給我站住。」

那矮壯青年飛快返身，指著白鐵軍道：「膿包，你可是活得不耐煩了！」

白鐵軍道：「這位小姑娘是你什麼人？」

他聲音宏量，有若雷鳴，神色更如法曹審問犯人一般，那矮壯青年何等身分，當下怒極反笑，說道：「你倒關心這姑娘，是你親妹子麼，哈哈！」

他言語極是輕狂，白鐵軍見那少女不住使眼色，作出可怕及不可妄動的表示，心中又是好笑又是好氣，但他是粗中有細，一時之間倒也沒有什麼動作。

那少女道：「好好，算你狠，咱們走吧！」

那矮壯青年哼了一聲，他是真有要事，不再理會白鐵軍，轉身要走。

白鐵軍聽那少女口氣似乎受矮壯青年所挾持，他原就俠義心腸，何況此刻心中懊惱，迎頭又是一聲怒喝道：「矮子，今天你不說個明白，休想離開。」

那矮壯青年雙目一睜，口中說道：「你要死也怨不得爺台心狠。」聲到掌到，那少女驚呼一聲，掩臉不敢再看，耳畔只聞一聲悶哼，移開手掌，只見那不可一世的矮壯青年倒退兩步，白鐵軍沉臉而立，威風凜凜。

那少女幾乎不相信自己的眼睛，驀然那矮壯青年又是一掌，那白鐵軍呼的迎上一掌，四掌一交，那矮壯青年跌坐地下指著白鐵軍道：「你……你……姓白……還是姓錢？」

白鐵軍心中微動，一思索，冷冷地道：「在下姓董，草字鐵軍。」

那矮壯青年一怔，喉頭一甜，吐出一口鮮血，回頭便走。
白鐵軍也不追趕，眼看他走得遠了，心中暗自忖道：「這人能硬接我兩掌猶有餘力奔走，難道江湖上又出了一個少年高手？只怕和那姓楊的是一路人。」
那少女幾乎不敢相信自己的眼睛，她高興地道：「喂，你也姓董，那……那真太好了。」
白鐵軍奇道：「那有什麼好？」
少女喜致致地道：「我也姓董呀！你本事真了不得，你本事這麼大，幹嘛還要哭，別人怎麼能奈你何？」
白鐵軍苦笑。
少女又自作聰明道：「我曉得你的心情，有些事情不是武功所能解決的，是麼？姓董的大……哥，我說得對不對？」
白鐵軍點點頭道：「小姑娘，剛才那人，到底是怎麼一回事？」
少女道：「他威脅我，我又打不過他，只有聽他差遣了，他說要等一個什麼姓楊的，一個姓齊的，會齊後便要到漠北去！」
白鐵軍心中一忖道：「看來是了。」
少女又道：「他逼我發了誓，我如不聽了他的話，便會遭到如何如何報應，你想想看，我還能不聽這臭矮子的話？喂，臭矮子他剛才傷得重麼？」
白鐵軍沉吟一刻道：「一月之內只怕難以復原。」
那少女大喜拍手道：「那我便放心了，你真行。」

白鐵軍道：「姑娘重視諾言，如被他尋到仍難脫身。」

少女想了想道：「你道是什麼諾言，他說如果我背了約，有一個人便會慘死在他的手下，我才不信什麼鬼誓，我爺爺教我事如緊急，一切可以從權，我最愛聽我爺爺的話。」她說到此處，臉上一紅，好半晌才又接道：「我只是不願意那人受傷，便是一句話也不願有害於他。」

白鐵軍心想這小姑娘心地可好，不由又看了她一眼，只見突然之間她神色大異，也不知她在想什麼？

少女柔聲道：「謝謝你啦！我還有事要去太湖，要趕到長江去乘夜船。」

白鐵軍道：「去太湖，姑娘和陸家有舊？」

那少女臉色紅得有如朝霞，一頭柔髮幾乎垂在胸前。

白鐵軍道：「那太湖水道繁密，姑娘如是初去，非經湖內人引帶，不易進入，我有一件物事，可助姑娘。」

他從懷中取出一支銀色龍形令劍，上面鐫著一個「陸」字，對少女道：「這是太湖陸氏發給貴賓的令信，執此令信，太湖中人都得向妳致敬，一定會恭迎妳上七十二峰了。」

那少女大喜，笑靨如花，眼前這大漢既能夠打傷那矮壯小子，那他神通廣大是不用懷疑的了。當下感激十分的接過令信道：「姓董的大哥，我將來一定報答你的好處。」

白鐵軍笑笑，見那少女走得遠了，他適才一陣輕鬆也隨少女而去了，留下的卻見一片沉重，遠遠的還傳來陣陣歌舞之聲，他邁起大步往城中走去。

清風拂面生涼，白鐵軍帶著的是一顆破碎的心。

在他一生中，他從來沒有如此脆弱過，以往每當困難來到時，他只知一個解決的方法，那就是一雙鐵掌闖過去，但是此刻，白鐵軍的心中竟然充滿了不知所措的感覺，只覺得前途茫茫，不知道該到那裡去。

想來想去，一股怨恨又生了上來，他不斷地喃喃對自己說：「白鐵軍，姓董的人既不認你這個孩子，你就姓白便了，幹麼硬要姓那個『董』字，稀罕麼？」

他顛三倒四地只是如此喃喃說著，沿著河畔一直走了下去，也不知走了多遠，他忽然覺得累極，那不只是身體上的疲累，是他整個心都累得沒有一點發憤的力量，於是在河邊一棵大樹下坐了下來。

叱吒風雲的白鐵軍，竟如一個衰弱的老翁一般，靠著一棵樹幹漸漸地睡著了。

十七　屍魔再現

不知過了多久，白鐵軍被忽然的異聲驚醒，在這一剎那間，他下意識地已經恢復了敏捷的反應，立刻如同一隻貓狸一般翻身滾入最黑暗的地方，睜開了一雙精光閃閃的眼睛注視著發聲響的方向。

這時天色黑暗如墨，白鐵軍雖是躲在最黑暗處，但是仍然看不清楚什麼，他只聽到了一種奇怪的窸窸窣窣的聲音從前方的叢林中發了出來，神秘之中帶著幾分恐怖，白鐵軍不禁有些不耐了起來。

忽然，他看見了一幕奇景，只見前面那叢林一陣閃動，一個全身大紅衣袍之人從林中走了出來。

白鐵軍凝目望去，只見那人長得又瘦又高，乍看上去彷彿有一丈多高的模樣，更兼一襲大紅色的長袍，令人一看之下，立刻汗毛豎立，凜然生寒。

白鐵軍屏住一口氣，緊張地盯著那個紅衣人，那紅衣人走近了兩步，卻轉過身去，背對著白鐵軍這邊，白鐵軍想要看看這紅衣人的面目，但是這紅衣人站在那裡動也不動，也不知在幹什麼。

白鐵軍伏在樹下看了一會，正想悄悄站起身來，忽然又看見一樁怪事。

只見那紅衣人全身都是紅色，但是雙腳卻是赤裸著的，腳背皮膚上不知怎地竟是隱隱泛著藍光。

白鐵軍不由抽了一口涼氣，暗暗忖道：「這個人怎麼邪門的緊？」

就在這時，那紅衣人緩緩回轉過來，白鐵軍總算瞧清楚了他的面容——這一下，幾乎使白鐵軍駭得叫了出來。

只見那紅衣人臉上竟是一片平肉，五官七竅什麼都沒有，就像一塊平平的肉板。

白鐵軍暗噓了一把口水，忖道：「莫非真有鬼不成？」

他暗暗吸了一口真氣，把力道全聚在雙拳之上，只要有個什麼不對勁，立刻就是雙拳擊出。

那紅衣人卻在這剎那間，忽然手舞足蹈起來，白鐵軍悄悄站了起來，仔細一瞧，只見那紅衣人雙手亂舞，卻是虎虎生風，彷彿抬著千斤重物在揮舞一般。

白鐵軍是何等行家，他立刻看出這個鬼魅般的紅衣人竟是懷著上乘的奇門點穴功夫，只見那紅衣人不斷地對著一棵大樹手舞足蹈，過了好一會方才停手，他走上前去，從那樹枝上拿下一樣事物來。

白鐵軍仔細看去，黑暗之中實是不易看清，方才紅衣人敢情便是對著這黑布袋在手舞足蹈，那紅衣人緩緩把黑布袋打開，袋中裝的竟是一個赤條條的人體。

白鐵軍駭然暗叫了一聲：「漠南屍教！」

他從心底裡打了一個寒顫，目不轉睛地注視著紅衣人，紅衣人把那赤條條的人體拿到亮光之處，只見那屍體上面盡是一點一點的紫青之色，白鐵軍知道他是在練一種奇門的隔空打穴之術，武林中傳說在大漠之南，人煙絕跡的石山之中，有一種邪惡無比的屍教，利用那活人作練功的靶子，來練成不可思議的功夫，白鐵軍雖是見識廣博，卻也是頭一次遇上這等邪門人物。

那紅衣人仔細的察看了屍體一番，似乎對自己的成績很是滿意的樣子，把那屍體掛在樹上，忽然嘴中古里古怪地念了一段咒文，便對著屍身做起吐吶功夫來了。

白鐵軍暗暗思道：「武林中人一提到漠南屍教，便如見到鬼魅一樣害怕，事實上，這紅衣人和鬼魅妖怪著實也差不到那裡去，我看著他，便有三分發毛。」

又過了一會，那紅衣人忽然站了起來，他四面呼呼的嗅了幾下，突然拔步向前飛跑，白鐵軍不知這個怪人究竟在弄什麼名堂，他忍不住也悄悄的跟了上去。

那紅衣人跑得雖快，白鐵軍始終在他身後兩丈之外跟著，白鐵軍一身上乘武功已達驚世駭俗的地步，在兩丈外跟蹤而能夠察覺出他來的，普天之下不會有幾人，那紅衣人雖然恐怖無比，但白鐵軍知道他會武功後，反而就不怕他了。

那紅衣怪人跑了一段路，忽然停下身來，白鐵軍的身形擦著一叢樹的尖頂，輕巧地飄上了一棵大樹上。

紅衣人站在那兒仰首吸了幾口氣，似乎是在察辨什麼味道的模樣，過了一會，他向左走了幾步，忽然蹲了下來。

白鐵軍凝目望去，只見他蹲在草叢中一個荒廢的土墳前，把頭貼在墳堆上仔細的嗅了幾下，然後嘻嘻的笑了起來。

白鐵軍只覺背上發涼，心中發毛，那土墳看來荒廢已久，連個石碑都沒有，不知裡面埋的是什麼人。

紅衣人嘻嘻笑了一陣，便動手挖將起來，他雙手十指有如鐵鑄一般，將一把把泥土大量翻起，一會兒就挖到棺木了。

白鐵軍屏住氣息，要看看這七分像鬼的傢伙究竟要怎麼樣，只見紅衣人一陣猛挖，終於把一個腐朽得已經差不多破裂的棺材挖了出來。

他伸手一抓棺板，便把棺材揭開了，一股腐朽之氣瀰漫開來，那紅衣人卻是好像碰上極爲好嗅的東西，手舞足蹈地猛嗅兩下，又是嘻嘻地笑了起來。

白鐵軍見他毛手毛腳地把屍體從棺材中搬了出來，只見那屍體已經只剩一付白骨了，他集中目力依稀可以辨出那白骨上穿著一身僧衣僧袍。

那紅衣人忽然猛一伸掌，啪的一聲，就把屍體的骨頭震碎，他伏在地上找了半天，從碎骨之中找出一顆瑩瑩發光的骨粒，口中喃喃地道：「舍利子，舍利子……」

白鐵軍暗暗忖道：「原來他是在找舍利子，久聞佛門高僧道行修練得高深時，體內便有舍利子出現，這紅衣人難道憑著鼻子就能斷定這土堆中埋的是個和尚？這倒是奇事。」

那紅衣人把碎骨殘骸踢入坑中，便大搖大擺地揚長而去，當他走到白鐵軍藏身之樹下時，白鐵軍聽到他喃喃地道：「……一共要一百零八個舍利子，我現在只找到六十粒，少林寺的祖宗墳地又戒備森嚴無比，似這等東飄西蕩地亂找亂尋，也不知道要尋到哪一天。」
白鐵軍又跟了他一程，忽然之間，紅衣人又是一陣狂嗅，興高采烈地向河邊奔去。
白鐵軍跟他到了河邊，只見他沿著河邊走了兩步，忽然縱身一跳，躍入河中，過了一會，嘩啦啦水響，那紅衣人又提了一具死屍游了上來。
紅衣人抱著那死屍走到岸上，白鐵軍在高處偷偷一看，竟然又是一具和尚的死屍。
紅衣人依樣舉掌擊碎了那和尚死屍的骨頭，他伏在地上找了好半天，卻是什麼也找不到，過了一會，他喃喃道：「倒霉，這個和尚竟沒有舍利子，敢情他身前是個花和尚。」
接著他便打算一腳把屍身踢入河中，然而就在這時，忽然一陣人語聲傳了過來。
紅衣人一聞人語之聲，立刻伏下了身，他十分機警地把那具屍首一齊藏到一棵老樹之後。
漸漸，人語聲漸近，只見河面上出現兩個小小的人影，白鐵軍躲在樹上瞧得親切，心中暗自驚駭，來的兩個人竟是在河面上踏波而來。
「這兩人是誰？」白鐵軍在心中暗問著，他凝聚目力仔細分辨，來人也走得近了些，終於白鐵軍認出了來人，他暗暗地吃驚，也暗覺奇怪。
「他們兩人怎麼也來到這裡？」
只見那兩人凌波而行如履平地，霎時便到了岸上，白鐵軍和紅衣人都悶聲不響。
那兩人來到了岸上，並未立刻走開，左邊一人道：「大叔，我瞧這樣找也太渺茫了，時間浪費了不少，也未必能找得到。」
右邊的較老的聲音說道：「年輕人就是沒有耐性。」

左邊的道：「算算日子，師父此時大約也動身南下了，咱們不如會合了他老人家再說。」

右邊的道：「咱們這次跑到少林寺去，原先以爲是條上策，現在想想，卻未免有些魯莽。」

左邊的道：「爲什麼？」

右邊的道：「我薛大皇多少年沒有出現中原了，這次突然出現少林寺，這消息只怕立刻就會傳出去……」

左邊的插口道：「大叔你是怕錢百鋒知道……」

右邊的道：「錢百鋒？那倒不是，卓大江和武當山上那個老道士若是聽到我銀嶺神仙突然出現，你說他們會怎麼想？」

左邊的道：「啊！只怕他們立刻要想到昔年那樁事情了……」

白鐵軍在樹上聽了他們的談話，似乎懂了一些，又似乎什麼也不懂，他不禁暗暗思忖：「他們說昔年的事……難道是指星星峽的大戰？……銀嶺神仙和楊群難道和這事也有關連？……」

這時，那銀嶺神仙忽然一轉背，冷冷地道：「漠南屍教的朋友出來吧。」

那紅衣怪人呼的一下躍了出來，楊群吃了一驚，倒退三步。

銀嶺神仙冷笑道：「屍教的朋友，你唬得了旁人，唬不了我，我薛大皇住在沙漠裡幾十年，你身上的臭味我還聞不出來麼？」

那紅衣怪人怪笑一聲道：「我道是誰，原來是薛神仙來了，咱們雖未曾見面，倒也算得半個鄰居。」

銀嶺神仙道：「我只問你一句，你躲在這裡幹什麼？」

紅衣人道：「屍教裡行事，外人問什麼？」

嶺銀神仙道：「是了，這是你們的臭規矩，我倒忘了……」

他話聲未完，忽然一袖拂出，呼的一聲掃向紅衣人，紅衣人一轉身讓了過去，薛大皇已在這一刹那間掃向那樹根的草叢，只聽得「卡」的一聲，一具和尚屍體被他掃動五尺！

薛大皇大叫一聲：「楊群，搜那屍體，這屍體重得出奇——」

他一面說話，一面信手一招，袖管隨意一捲，卻如鐵棍般直取紅衣人的腹間要害，發招之快，取位之準，端的半分不離。

白鐵軍在樹上不由暗嘆，這銀嶺神仙武功委實強到極點，就只看他這一招，已足以睥睨天下。

紅衣人雙掌一揮，身形極快地一閃，已讓過了這一袖，那邊楊群大叫道：「大叔，和尚屍首抱著一方石頭！」

樹上的白鐵軍一聞此言頓時一震，暗暗驚呼道：「羅漢石！」

那邊紅衣人在這一刹那間忽然雙掌僵直，口吐怪聲，對著銀嶺神仙直衝過來。

銀嶺神仙大喝一聲：「殭屍功！」

他大袖一拂，內家真氣已經聚集掌上，白鐵軍在樹上暗暗驚駭，他知道武林中傳聞的僵屍功雖有不可思議的神秘威力，但是銀嶺神仙的內家掌實是非同小可，只要他這一掌一出，只怕紅衣人就要橫屍地上！

那曉得轟然一震之後，那紅衣人居然騰空而起，呼的又是一掌劈下。

白鐵軍暗暗驚奇，看不出這鬼魅般的傢伙竟然有如此高明的掌力。

銀嶺神仙仰手又是一掌揮出，然而忽然之間，四周發出一陣陰森而寒涼的怪風，銀嶺神仙的衣袍被吹得嗚嗚作響，他的掌力竟然滯然發不出去。

這一來，不僅是銀嶺神仙及楊群大驚，便是樹上的白鐵軍也驚呆了，不知那紅衣人弄的是什麼名堂，竟然發出這種令人不可思議的陰風寒氣。

銀嶺神仙雙掌一翻，驀地大喝一聲，一股純陽掌力隨之一推而出。

紅衣人反手竟然硬接一掌，銀嶺神仙覺得自己的掌力穿過那古怪的陰風之時，威力頓時弱了一半，這是他平生從未經歷過的怪事，待要再補掌力已是來不及，只聽得轟然一震，銀嶺神仙竟被震退了兩步。

那紅衣人一聲鬼叫，雙掌格格怪響，又是一掌擊出，銀嶺神仙猛然倒退半步，大喝一聲，發出了火焰掌！

白鐵軍深知這火焰掌的威力，他心知那紅衣人要糟，果然下面紅光一閃，霹靂有如雷殛，紅衣人躍起數丈，哇哇一聲怪叫，蹌踉落地。

只見他從袖中一抖，摸出一面磷光閃閃的三角小旗，口中不斷地發出恐怖至極的怪叫，向著銀嶺神仙一步一步走近過來。

銀嶺神仙面色陡然一變，他拱了拱手道：「閣下可是屍教中黃金大師？」

紅衣人怪笑道：「薛大皇，算你還有幾分眼力。」

銀嶺神仙大笑道：「黃金大師沙不塵，沙老兄你又入中原，莫非是要找那卓大江報昔日一劍之仇麼？」

紅衣人冷冰冰地道：「是又怎樣？不是又怎樣？」

銀嶺神仙道：「若不是也就罷了，是的話，嘿嘿……」

紅衣人等了等，銀嶺神仙卻只有冷笑，並不說下去，他怒聲道：「是的話便又是怎？」

銀嶺神仙道：「是的話，恐怕仍是打不過卓大江那一支神劍！」

紅衣人怒喝一聲狂笑道：「卓大江那老兒早就該死在沙某的斷魂大法之下，薛大皇你既然這麼說，我雖還不想去尋他，現在也非去尋他不可了，你碰上卓大江時告訴他，十三年前的事，今天要連本帶利一起算，沙某要在他的肚上連戳十三劍！」

銀嶺神仙拍手笑道：「妙啊，老夫有消息供應！」

紅衣人道：「什麼消息？」

銀嶺神仙道：「卓大江遠在天邊，近在眼前，你只管在城中小茶嶺去尋他。」

紅衣人冷笑一聲道：「薛大皇，你敢騙我？」

銀嶺神仙道：「要騙你有什麼不敢？你瞧老夫像是打誑語麼？」

紅衣人道：「你若騙了我，我自會來找你的。」

銀嶺神仙冷笑不語。

紅衣人原是取屍找舍利子的，這具和尚骨骸中既然沒有，已毫無興趣，忽然發出一聲怪笑，飛躍而去。

那楊群走近上來，他望著薛大皇道：「大叔，這七分像鬼的傢伙頭腦怎地那麼簡單？」

銀嶺神仙呵呵笑道：「屍教裡的高手，每天練那些古怪神功，全都練得半瘋了。」

楊群道：「那塊石頭，我瞧不出有什麼古怪。」

銀嶺神仙道：「待我來看看。」

然而就在這一刹那間，忽然一條人影如電一般從樹上飛了下來，一把搶過那一方石頭，另一手抱起地上的殘骸，腳未落地，只是身軀一抖，便又騰空而起。

楊群驚喝一聲，呼的一掌橫切而出，他這一招反應迅速，攻出的部位又是妙入毫釐，更加掌力強如巨斧。

從武學的觀點看，樹上飛下來的人絕無躲掉之可能，但是那人卻在剛剛騰起的一刹那，忽然重落地上，雙腳一點地，如流星一般飛出十丈之遙，霎時不見蹤影！

銀嶺神仙驚得臉色大變，他喃喃地道：「群兒，這小子好聰明的虛招。」

楊群拔腳欲追，銀嶺神仙道：「群兒，不必追了，你可知道這人是誰？」

楊群在慌亂之中短兵相接，根本沒有看清對方的面容，他怔了一怔。

銀嶺神仙寒著臉說道：「白鐵軍。」

又是申牌時分了，天色漸漸轉暮，官道上行人走馬也不約而同加快了速度，準備在天黑以前趕到城去，這一刻是最熱鬧的，京城高大的城門來來往往、出出進進的人有如過江之鯽，絡繹不絕。

這時，有一個年約六旬上下的老人夾雜在行人中，也緩緩向城門移去，這老者一身青布衣衫，頷下白鬍根根可數，生得十分清癯。

進城出城的馬匹到了城門上都得放慢速度，這時那老者左右四下張望，不由皺了皺眉，原來四周都是一個個騎著馬的彪形大漢，而且行人中不少武林人物的裝束，可怪的是人人面色鄭重，好像有什麼事情藏在心中。

好不容易進了城門，石板道路長長伸出去，走了好一會，已到市區，更見繁華，那老者四下不住張望，只覺那人擠人的紛嘩喧鬧及耀目欲眩的燈火，似乎對他有一種陌生的感覺，他微微搖了搖頭，喃喃自語道：「唉，整整十年了。」

他緩緩移動足步，放眼向街道兩面望去，要想找一家客棧歇足。

這老者似乎眼力甚好，天色雖然昏黃，但他仍能看見很遠的招牌，於是他沿著街來到一家「悅賓樓」客棧，正待舉足入內，忽然身後一陣馬蹄急響。

老人微微讓開身形，只見那馬上人是個中年人，氣度相當沉穩，他看了老人一眼，面上似乎微微一變，但馬上禮貌地微微點頭，老人微笑作答。

那馬上中年人下了馬，牽馬到一邊，老人便舉步踏入了大廳。

尚未推門，店中夥計已出來迎接，那夥計打量了一下老者，然後說道：「敢問老爺子是哪家的客人，小的好有一個招待。」

老者怔了怔道：「這兒有人請客麼？」

那夥計啊了一聲：「客官不是客人，對不住得很，敝店今日已給人包下來了，老爺子……」

老者雙眉皺一了皺，那夥計未說完話，這時那中年人已將馬匹拴好，走了過來接口道：「這位老先生算是駱老爺子的客人，你別囉嗦了。」

他一揮手，掉頭對老者一笑道：「老先生請進。」

老者怔了一怔，他心中微微盤算，於是點了點頭，緩步入廳。

只見廳中燈火輝煌，正開了十幾桌酒席，滿滿的坐了將近一百多人，老者一進門來，大廳中原有的喧嘩微微一斂，眾人都在打量著老者。

老者也不知這些人在此做些什麼，但他大場面經歷太多了，微微一笑，這時身後那中年人已入廳來，登時大廳中倒有一半人站起身來招呼道：「宇文兄。」

那姓宇文的中年人抱了抱拳大聲道：「有勞各位久候了，宇文敬來晚一步。」

這時大廳中已有人紛紛議論，似乎在討論這老者是何來路。

那宇文敬停了停忽然面色一整，沉聲說：「敝局駱老鏢頭今日不克赴宴主持，在下奉命相代。」

大廳中登時充滿驚呼聲，那老者站在宇文敬身後，這時面上神色不動，心中卻暗驚道：「這宇文敬分明就是那駱金刀飛龍鏢局中第一大將，十年前就已名震大江南北，原來是這般長相，他說駱老爺子不克前來主持，難道今天是駱老爺子請客，啊，那駱金刀原與簡青是生死之交，我……我倒可以問問他那簡青的行蹤。」

他心念連轉，這時宇文敬又高聲道：「駱老鏢頭實是因有重要之約，爲人助拳去了，在下代表敝局，謹向各位致歉。」

他說得客氣，席中人紛紛遜辭，老人暗忖道：「這宇文敬想來在武林中地位不算低了，各人對他都是客氣。」

宇文敬又說了幾句，然後緩緩入席，老者面含微笑，也就坐在宇文敬身邊。這時眾人更加詫異了。

忽然東首一桌酒席上站起一個人來，他捧著酒杯道：「宇文鏢頭請了──」

宇文敬起身回了一杯，那大漢目光一轉，直視著老者，正待開口，那宇文敬連忙打了一個眼色，這一下多數人都看見了，不由得更加納悶，但也不好再問。

這時那宇文敬又緩緩走出酒席，站在大廳中央，他四周環顧了一下，開口說道：「兄弟有幾句話不吐不快，這乃是咱們駱老鏢頭再三囑咐的，兄弟口才不好，說出來也許會衝犯各位，萬請多多包涵。」

四周眾人都一齊道：「宇文鏢頭請說無妨。」

宇文敬道：「若說是全國幹走鏢這一行的，咱們飛龍鏢局可算不上名頭，只是駱老爺子名震天下，咱們幫忙的也沾上了他老爺子的光，所以每次出行只要事前打了招呼，極少出紕漏的，話說回來，這也就是各位看得起飛龍鏢局這牌兒……」

宇文敬又道：「可是這半年來可不同了，江湖上早就傳說飛龍鏢局一連走了三趟貨，三次失手，這種情形正是給咱們難看，可怪的是每一次搶了貨後，那些朋友們立刻翻箱倒櫃，將鏢車搜個徹底，然後一分銀錢不帶，掉頭就走，各位說這種情形怪不怪……」

飛龍鏢局失手三次的消息雖早已傳遍武林，但究竟只是傳聞而已，這時宇文敬親口詳盡道來，眾人都聽得入神。

宇文敬又道：「咱們研討的結果，一定有什麼消息誤傳，說最近鏢局接了一件重寶，來人志在重寶並不在金銀，是以每逢敝局出鏢，必定搶鏢搜索，這也未免太不給咱們面子了，於是駱老爺子親自出鏢，不瞞各位，在臨行前，咱們故意對外洩露有重寶在車，總頭親自出馬，果然不出所料，立刻又有朋友探上線來啦。」

他又說道：「這一戰咱們郭鏢頭竟然殉難，駱老爺子單刀闖關，郭兄弟總算沒有白犧牲，打聽出一點眉目了，駱老爺子才一回局，忽然有客上門，說是有重寶相託，登時咱們驚得呆了，固然是那寶物奇重，再者這有重鏢之事咱們事先都不知曉，倒是對方已有所聞，由此可見對方計劃之周，眼線之廣了。

駱老爺子明知咱們遇上了生平勁敵，但卻一口接了下來，這趟鏢從北方開程到京城才由敝鏢局接手，上一程是由北方鷹揚鏢局擔任的。

各位必然早就有所聞，這鏢是官方所託，不錯，據官方說，知道這消息的人少之又少，當時駱老爺子便將對方早有線索之事相告，官方登時大驚，立刻徹查，但一切都是暗地裡進行，那鏢仍然按時啓程了。

以下的經過自然是各位都已聽說過，這幾天傳得滿城風雨，不錯，方到京城便走了鏢！

說起來這與敝局毫無關連，敝局尚未接鏢，但駱老爺子認爲仍然是原點子所幹，雖未在敝局接手後下手，但仍存心與敝局過不去，是以他老人家一口擔了下來，非查個水落石出不可。」

他說到這裡，忽然仰頸將杯中酒一飲而盡，大聲說道：

「敝局與鷹揚鏢局的潘大先生今日請各位一談，各位想來必是明白用意了，咱們話說直了，斗膽請各位賣一個面子，須知這寶物一失，天下人均思而得之，各位聞風而動，這局面的確難以處置，多半會掀起一片腥風血雨，是以駱老爺子決定以誠相告，只求各位賣個面子，待事情辦完，咱們再一一登門致謝，不知各位意下如何？」

宇文敬到底是出色的老江湖，話說兩面，句句直入，這駱老爺子的威名眾人不是不知，只因這寶物傳說太重，一時眾人都不作聲。

宇文敬看在眼裡，不由怒火上升，但他城府甚深，沉吟了一會，緩緩走了過去。

他走到潘大先生的席上，突然俯下腰來，在潘大先生耳邊低聲說了幾句話，潘大先生登時面上神色連變，但卻沒有作聲。

宇文敬又緩緩走回廳中，大聲道：「各位一時作不了決定，待兄弟再告訴各位一事。」

他停了停道：「可不是兄弟危言聳聽，十多年前有一位高人，江湖上喚叫銀嶺神仙薛大皇薛老爺子的，各位一定聽說過了！」

剎時廳中轟的一聲，倒有一半的人站了起來，那薛大皇三字一出，竟沒有一個不面現驚色。

宇文敬目光又瞟了那老者一眼，卻見那老者面上似乎也微微一驚，他冷笑一聲說道：「兄弟得到消息，那薛大皇已駕臨京城，若說是他也志在此物，以兄弟看來，別說各位沒希望，就是駱老爺子也未必招架得住！」

那薛大皇與錢百峰、楊陸等人齊名，眾人自是沒有話可說。

宇文敬長嘆一聲道：「但願薛先生是世外之人，不會對這寶物有意，否則，唉……」

他有意無意之間又看了那老者一眼，那老者此時卻平靜異常，絲毫看不出異樣。

宇文敬嗯了一聲說道：「方才兄弟不情之請，不知各位意下如何？」

此刻眾人有一半雄心已滅，另一半是自量其力，立刻應道：「駱老爺子的事，咱們怎可拆台？」

宇文敬長吁了一口氣，忽然又乾了一杯，大聲道：「兄弟今日最大的收穫是在酒樓前邂逅這位先生……」說著一指那老者。

眾人方才都曾注意那老者，這時見他要說這老者的身分，都傾耳靜聽。

宇文敬忽然拂了拂額間冷汗，走前二步，恭恭敬敬一揖道：「如果在下雙眼不花，老先生可是薛神仙？」

眾人轟然驚呼，那老者緩緩站起身來道：「宇文大俠，你認錯人了。」

宇文敬恭身不起道：「不知仙駕，未曾相迎……」

那老者心念一轉道：「宇文大俠，老夫有一事相問。」

他不再否認自己的身分，看來多半是薛大皇了，廳中有一半人便想走了，但好奇心所驅，要想看看這神仙名頭到底是何人物？

宇文敬慌忙站起身來：「老先生請問。」
老者嗯了一聲道：「不知駱金刀現在何處？」
宇文敬怔了一怔，訥訥地道：「老先生問……問……」
老者微微笑道：「老夫要從他那兒打聽一個人。」
宇文敬啊了一聲：「他……他在小茶嶺。」
老者點點頭道：「多謝相告。」
宇文敬忙拱手遜辭。
老者道：「老夫此事甚爲急迫，恕先行一步。」一擺手大踏步走向廳門，宇文敬怔在當地，卻也不敢再言，剎時大廳之中一片沉寂。
老者走到廳門，忽然啪地一聲，廳門被人推開，一連走進了兩個人來。
那老者當門而立，見得真切，只見兩人一老一少，老的銀髯拂拂，少年英俊異常。
老者一瞥之下，只覺心中一震，他忽然哈哈大笑，反過身來對宇文敬道：「宇文敬，這才是真的薛大皇到了！」
走進來的兩人正是薛大皇與楊群，宇文敬呆了一呆，那薛大皇已冷聲道：「閣下何人？」
老者背對著薛大皇向後退了三步，薛大皇身形一飄，三個人都站在廳門上，老者忽然一個轉身向左一掠。
薛大皇冷哼一聲，右掌一翻，吼道：「留下！」
那老者待那掌勢來近，猛然一住身形，右掌一起，平空向下一震，剎時「霹靂」一聲，薛大皇駭然倒飛出七八丈之遠，老者左掌一震，楊群正待出手的內力竟被一拍而散，老者哈哈長笑，一閃身刹時已在十丈之外。

薛大皇只覺手心沁出冷汗，他一掠身抓住楊群追出的身形，低吼道：「群兒，快運息！」

楊群呆了一呆，猛吸一口真氣，只覺一衝之下，幾乎又要渙散，薛大皇一掌拍在他背上，楊群只覺胸口一熱，真氣登時通行無阻。

他不由駭然道：「他……他是誰？」

薛大皇面目失色，望著沉沉的黑暗，低聲道：「錢百鋒！」

沿著小茶嶺的山坡，一個龍鍾的老人家一步一步往上爬，誰也不會想到，這個龍鍾的老人家就是天下武林聞之色變的錢百鋒。

他走到一個潭水時，對著潭水望了望自己的倒影，嘴角上掛著一個飄然的微笑，彷彿是對自己的化妝術頗爲滿意似的。

這時，在嶺上，有三個人靜悄悄地坐在草地上，也沒有人敢相信，這三個人的名字是：駱通天，卓大江和簡青。

錢百峰的出現使他們的低聲談話停止。

錢百鋒一直走到三人的面前，作了一揖問道：「老奴想要請教三位官人一事——」

簡青道：「老丈有話請講，不必客氣。」

錢百峰道：「敢問三位可是接到了一張什麼請帖才聚會在這裡的？」

卓大江呼的站了起來，他臉色一沉，低聲說道：「你是什麼人？」
錢百鋒道：「那張『請帖』是小的家裡主人發出來的，小的只是一個看門的老頭兒，小的要請教三位的是可知那送信的人現在何方？」
卓大江的臉上陰晴不定。
簡青道：「這個咱們也不知道，那送信之人只知在江南就是……」
卓大江一施眼色，簡青便停止說下去。
卓大江道：「老丈你多半是弄錯了，咱們三人約了在這裡賞月吟詩，也不識得你家主人。」
錢百鋒啊了一聲，說道：「如此小人告退了，多謝多謝。」
卓大江站起來一揖，雙掌么指微伸，正指向老人胸前氣海死穴，錢百鋒卻如未覺，一步一搖地下坡去了。
卓大江三人對望一眼，都不知究竟怎麼一回事。
卓大江道：「小弟有一個可怕的想法。」
簡、駱二人齊聲道：「什麼？」
卓大江道：「我忽然覺得，方才那人只怕就是錢百鋒？」
此言一出，簡、駱二人同時驚呼起來：「錢百鋒？何以見得？」
卓大江也答不出所以然來，一時之間，二人都呆住了。
這時，忽然一個比鬼哭還難聽的聲音劃破寂靜：「卓——大——江——卓——大——江——」

三人聽了這喊聲，全都覺一股寒意自心頭升起。

卓大江側耳傾聽一會，那喊聲愈來愈淒厲，駱老爺子大喝一聲：「什麼人？」

那淒厲的聲音依然如故：「卓——大——江——」

卓大江忽然霍地站起，他冷冷地道：「小弟知道是誰來了！」

「什麼人？」

卓大江道：「十三年前小弟一劍擊傷的那個鬼魅人物……」

簡青和駱老爺子同時驚呼道：「黃金大師？」

這時候，錢冰在那裡呢？——他正孤獨地在山區裡走著……

天空中已出現幾顆星星，錢冰看了看天色，心知無論如何今日要走出這個山區已是不可能，立刻他想到該找一個棲身之所。

極目四望都是黑壓壓的森林，只有在北端一個山峰露出些光禿的岩石，錢冰估計腳程，大約盞茶時間可到，將衣著檢束一下放足奔去。

漸漸來至一高崖，崖壁上只斜撐著幾株枯枝，是以遠遠看來顯得光禿禿，但崖底不但矮林叢生，並且蜿蜒著一條三餘丈寬的小溪流。

這兒並不是一塊好憩息的所在，錢冰有點失望，但看這溪流清澈得緊，心想不如就此梳洗一番也好。

正當他用手打水之時，突然一聲慘呼從崖壁方向傳來，錢冰大吃一驚，隔水就是崖壁，莫非此呼聲是由壁內傳出？

明月才露出一點兒，由於高崖的阻隔，此處早黑暗得幾乎無法分辨水的流動，錢冰抬起頭，細細向崖壁看去，全是整塊整塊的大岩石構成，毫無縫隙可尋。

「莫非我聽錯了？」這一點上，錢冰自不會不相信自己，但……

突然又是一聲慘呼，而且緊接「砰」的一震，像是整個山壁被大力碰撞般威勢嚇人。

錢冰的好奇心被引了起來，沿著溪岸仔細地觀察一番，只有一處突出的山石似乎有稍許可疑。

這三丈遠近也難不著他，連架勢也不擺，像輕煙般已到達彼岸，果然不出他所料，就在大石之後竟有一道只容一人身過的裂隙，出口處被大石擋住，即使在白日也不可能被人發覺。

這期中慘呼聲一直不絕，像是不知何獸，卻又有些像人類在極端的痛苦掙扎，錢冰再也不考慮，一縮身鑽了進去。

哪知內中突地開朗，竟是一座甚爲寬敞的洞府，四壁顯見被利器削磨過，但是隱隱有股野穴的氣味。

見到這情形，錢冰也不敢太過大意，身子貼著洞壁向內裡飄去。

這時慘叫聲已不如先前一般淒厲，似一負傷猛獸已到了力竭將亡之時，錢冰受著好奇心的驅使，只想看看究竟是什麼東西。

錢冰疾若飄風，身形突地刹住，只見他全神凝住地一步一步往前行去，就在洞底的彎折處，隱隱有火光在閃動。

從轉折處望去，只見內中竟是一間寬敞的石室，微弱的一支火炬旁，兩個漢子神情緊張地相向而坐。

右邊的一位身材高大，雙目凝注跳動的火炬，滿臉的黑鬍子配著似笑非笑的嘴角，一股凶狠惡毒的表情；左邊的一個個子較矮小，看來尚未成年，兩個眼睛死死盯住洞底的一扇石門，神色淒惶，一副不知所從的模樣。

錢冰被這景象弄得迷惑了，看見這兩個俱是獸皮人身，頭形骨骸也都粗大異常，心想：「慘呼聲不知從何而來？」

他忍不住起身就要向那石門行去，另一個大漢立刻將火炬吹滅，嘰哩咕嚕不知說了些什麼。

小個兒心裡不悅，嘴裡也奇奇怪怪地吐出些聲音，漸暗的火光映得二人都猙獰恐怖，像木頭人般彼此就呆呆的坐著。

錢冰雖是內心充滿了疑竇也不敢妄動，只牢牢地盯住兩人，看下一步會演變得如何。

「波」的一聲，最後的火光一冒，石室一下子落得黑暗，石門上有一扇小鐵門，透出更微弱的燭光。

兩個漢子站了起來，彼此對望一眼，又嘰哩咕嚕說了一陣子，才似鼓足了勇氣躡足朝石門走去。

大的一個手中握著一個似刀非刀之物，從他步履中，錢冰看得出其人武功已有極高造詣，小的一個緊隨在他身後，手中也握著同樣的兵器。

「依呀」一聲，石門被打了開來，錢冰趁兩人全神貫注室內，一縱身已來至門邊，立刻被裡面的景象驚得直打寒顫。

石室很小，方圓不過兩丈，就在靠門處不遠倒著一個髮鬚皆白的老者，衣著也如前兩漢般不似漢人裝束，臉孔朝下，口鼻耳處流滿鮮血，鬆開的手掌邊打翻了一個盛水瓦罐，生似才喝水就倒地般。

錢冰心裡已多少明白了是怎麼回事，但他不敢輕視兩人，不願立刻輕舉妄動，這時兩人已走近了跌翻的老者，但離那看似已氣絕的老者有五尺左右卻停步不前，畏懼的神色溢於言表。

小的一個拉了大的衣襟，指著放在屋底角落的大鐵箱。

此屋內除了那口大鐵箱外，就是一些石瓶瓷器，一支白蠟燭發出微光，也只剩片刻的長短了。

大漢看了看死者，又看了看鐵箱，終於忍不住與同伴很快地往鐵箱撲去。

兩人找著了上鎖環子，大漢揚起了兵器就要往鎖上砍去，但只見他手一舉起卻再也放不下來，臉色由黑而青，更成爲慘白，眼睛直勾勾地望著門邊。

小的一個正在奇怪，但立刻他的臉色也變了，只見他「撲通」一聲跪落地面。

一陣沙啞的怪笑，那看似氣絕的老者此刻竟坐了起來，滿面的鮮血將身前一片獸皮染成赤紅，鬚髮上沾著塊塊血跡紅白相雜，尤其氣憤已極的獰笑更加深了他的恐怖表情。

老者已擋著了出屋之路，兩人要想出去非闖過老者不可，老頭子身軀碩大，伸手指著兩人似乎怒極而罵，但錢冰一字也不懂。

年齡較小的一個漢子垂著頭不敢正視老者，但大的一個最初還神色恐懼，但他看老者一直不動手，膽漸漸壯起來，伸手將小的一拉，指著老者竟回罵起來。

老者被激怒得全身發抖，驀地一聳身閃電般往兩人撲去，小的驚叫一聲就往大漢身後躲去。

大漢將手中兵刃一旋，反手將小的拉近，迎來的老者以掌力把兩人一推分開，自己立刻斜裡閃來。

小的武功不高，心神又被震懾，早已不知所措，老者似乎勢在必得，左手虛飄飄往身下小的天靈蓋按去，右手卻全力往大漢擊出。

大漢伸手先扶住山壁，心知在這小室是避不開老者的掌擊，亦翻身全力一拳打出。

「轟」地一聲，緊接著兩聲慘叫，三人一同跌倒地面。

小的一個天靈蓋被擊破立刻氣絕，老者口鼻中血湧得更多，再也不能動彈了，只有那大漢斜倚著洞壁，老半天才勉強站了起來，嘴角間亦淌出一股血絲，用手撫著胸口，果然不出他所料，雖然他被老者一掌擊中、但老者功力早已枯竭了。

洞內沉靜了一會，又響起大漢的笑聲，現在他再也不怕了，他站了起來，向那老者屍身刺了一刀，帶著滿臉興奮的神色朝鐵箱走去。

「卡嚓！」

鐵鎖早已腐朽，大漢有點訝異於輕易就將鐵鎖打開，他從內翻出一堆破舊衣物，至最底層才捧出一個三寸寬厚的鐵盒。

他似是未費全力地就將鐵盒啓開，內面平平整整的放著一部絹冊與一截蠟燭。錢冰立得太遠，看不清絹冊上寫的是什麼，但猜測此物正是引起血腥的罪物。這大漢捧著絹冊欣喜若狂，早忘了戒備之心，只見他打開絹冊步至燃燒快盡的燭火旁，津津有味地看了起來。

錢冰對三人俱無敵我之心，又不通言語，雖想就此離去，但好奇心仍拉住了他，使他不得不待下去。

火光閃了一下，大漢一想起鐵盒中的蠟燭，立刻取了來點著，室內立時大亮，他繼續專心的看了下去。

錢冰有些不耐了，正打算就此離去，但他突然覺察到就在那新燃不久的燭光上，裊裊地升起一絲紅煙，由於室內無風，在火光頂上如球般凝成一團漸漸向四處散去。

大漢的吸氣使得紅煙一陣搖晃，幾縷淡淡的煙絲已無聲無息地進入他的鼻孔，大漢似乎也覺察到有些異樣，轉臉向蠟燭看了一眼，只見他神色大變，抓起絹冊就奪門而出。

錢冰跟在大漢身後若奔馬般衝出洞口，只見那大漢縱身躍到對岸卻「撲通」一跤跌倒地面。

錢冰無聲無息的也來至大漢身邊，那大漢尚未發覺被人跟蹤，痛苦地在地面扭動，極費力地坐了下來。

「救他嗎？」錢冰又痛恨他卑鄙的行爲，何況他根本不懂得該如何救治，但不救又不忍，此時大漢已看見了他，先是一驚繼而神情爲之一鬆，口中怪聲說了一大堆話，錢冰只是搖頭。

大漢原本黝黑的臉孔此時竟泛出一片紫紅色，滿額的汗珠點點而下，錢冰知他中了巨毒，卻不知該如何解救。

大漢見他不懂言語，神情有些頹喪，伸手將絹冊遞給錢冰，又指指他剛奔出的洞口，喃喃說了最後兩個字立刻倒地而亡。

絹冊跌落地面，錢冰拾了起來，發覺上面全是看不懂歪歪扭扭的文字，偶而有幾個圓形；看三人如此沒命的爭奪，自然是什麼奧秘的本子，但他看不懂，只好收進懷裡。

這時他覺得有種古怪的感覺，那洞中有一種極爲神秘淒厲的氣氛，不知不覺間自己的心神似乎已被控制著了，他大大喘了兩口氣，只覺心頭沉重，不由得有點意志沉重起來。

錢冰生性達觀，什麼都看得輕鬆，但方才看見那一幕慘劇，思慮似乎也悲觀起來，他閉起雙目，只覺腦中清晰現出一個人影，忍不住喃喃道：「爹爹，爹爹……那天你爲何沒有按時到達落英塔？你……你現在何處……」

只覺思潮洶湧，思想竟然不能集中，腦海中的那個影子逐漸模糊了起來，他不由打了一個寒顫，半晌呆在石上。

十八　塵封秘辛

且說錢冰懷著異樣的心情，匆匆趕向江南城鎮，此刻他對白鐵軍的思念越加深了。

他邊行邊想：「這一次行走江湖竟逢上這許許多多的怪事，結識了白大哥，但卻始終不知白大哥的真實身分，我想他必定也懷疑我到底是誰了，唉！只是事情太急，這一回再見著白大哥，非得從頭到尾說給他聽。」

他又轉念道：「白大哥似乎也在尋找有關那一年的事蹟，難道他也與這秘密有關麼？不過總算這秘密已逐漸露出眉目了。」

他又想道：「遭遇最奇怪的，莫過於與巧妹邂逅，唉，天下竟有這等怪事，這事不知如何了結。上回那京城來的兩人在中途攔劫我，看來多半也是將我錯認成他了，當時白大哥曾說京城有事發生，難道這事情與他也有關連？」

他想著想著，不由得啞然失笑，一樁樁一件件的事情，都鬧得無頭無緒，現在他渴望的是見著白鐵軍，先解除他心中疑團再說。

他又想起昨夜山洞中的慘劇，那悲淒的氣氛到現在還令人心寒不已，想到這裡，他順手摸出了懷中的那一本絹冊。

昨夜在山洞中燭光昏暗，加之心情驚惶，根本就沒有仔細翻看過，這時翻開一看，只見滿篇古怪文字，分明不是中原文字，上面不時有圖案，錢冰看了看，不得要領，一路翻下去，翻到最後數頁，不覺目光一亮。

仔細一看，只見在最後幾頁中，有一頁畫著一幅圖畫，那圖畫畫的是一個白布包，布包上端紮以紅色帶條，中間是黑色的「天下第一」四字，這乃是一本書上錢冰唯一可以識得的四個字。

錢冰怔了一怔，忖道：「這不就是上次白大哥所說丐幫幫主的信記麼，怎麼這本書上也有？上次白大哥問到這信記之時，神色之間甚是焦急，如能遇著他，一定將這幅畫給他瞧瞧，不知有何關連。」他連忙再翻下去，卻又找到「河南」兩字認得。

他思索不出，便將絹冊小心收起，他曾目睹那一老兩少爲爭這絹冊的慘局，他雖看不懂這冊兒，但卻也可猜到這冊兒定是十分珍貴重要的了。

一路行來，慢慢的，城鎮在望了，錢冰將衣冠整理清潔，這時道上行人如織，不一會來到城門前。

才一進門，他發現城中街道上來來往往的都是衣衫勁捷的彪形大漢，分明都是武林中人，心中不由暗暗吃驚。

他隨便找了一家客棧歇息下來，這時客棧餐廳中坐的也全是武林人物，錢冰一走入廳中，大夥都不由望了他幾眼，錢冰倒不在意，緩緩走入內間去了。

前。

經過甬道的時候，有一個人正好迎面而過，那人突然呆了一呆，停下足步來，擋在錢冰身前。

錢冰一怔道：「這位朋友……」

那人頭上戴了一頂皮帽，壓得低低的，倒遮了一半面孔，錢冰看了看，實在認不出。

那人道：「請問，青風嵐在何處？」

錢冰呆了一呆道：「我不知啊。」

他心中起疑，那人卻冷笑道：「黑魯爾現在在什麼地方？你從他那兒來的麼？」

錢冰更是起疑道：「什麼？你是什麼人？」

那人冷笑道：「朋友，不必裝了，我在門口候駕。」說完匆匆走開。

錢冰呆在當地，他不明白這是怎麼一回事，緩緩走入房中想了想，反正無事，不如去看看到底是什麼事，順便在城中轉轉，看看是否能碰得上白大哥，心念一定，便走向店門。

他心中毫不緊張，倒是那人等得似乎有點焦急，見錢冰走了出來，忙道：「這邊走！這邊走。」

錢冰上前一步道：「閣下到底何人，以我看多半是誤會。」

那人揮揮手道：「等下再說。」

他身形漸漸加快，不一會便來到城門，這時城門外匆匆走進一人，錢冰閃目一看，忍不住大叫道：「白大哥！」

那人正是白鐵軍，他見了錢冰，也是大喜過望，連忙躍過身來，這時那人不由怔在當地，白鐵軍向他打量了一番，問錢冰道：「兄弟，這位朋友是誰？」

錢冰忍不住笑出聲來道：「連小弟也弄不清楚。」

那人冷冷一笑道：「廢話少說，快點走。」

錢冰呆了一下。

白鐵軍雙眉一皺道：「尊駕是什麼人？」

那人冷冷抬起頭來，望了白鐵軍一眼道：「你最好少管閒事。」

白鐵軍正待發作。

錢冰插口說道：「這位朋友，你認錯人了。」

他說得十分誠懇，那人似乎信了，但又搖了搖頭道：「這味道我決不會聞錯！」

錢冰心中一震道：「什麼味道？」

那人冷笑道：「紅粉霧的香氣，嘿嘿，天下獨一無二！」

錢冰茫然道：「紅粉霧？」

那人厲聲道：「黑魯爾在那裡？」

他心情一急，那發出的漢語音調便有些不準，分明不是中土人士，錢冰驀然想起昨日夜晚那山洞中的紅色煙霧，他抬頭一望，只見那人雙目中閃出炯炯目光，昨天晚上可怕的一幕又閃上腦海，不由打了一個寒噤，吶吶作不出聲來。

這時三人已來到城外，那人見錢冰面上神色大變，心中一急，怒吼道：「你說不說？」右手一探，一把抓向錢冰脈門。

錢冰吃了一驚，登時清醒過來，本能地向後一飄，嘶一聲，那人抓了個空，將錢冰袖角撏裂一縫。

白鐵軍陡然大吼一聲，一步跨到兩人中間，右手一招，猛可平擊而出。

那人只覺一股強勁絕倫的掌風直襲過來，他慌忙平封雙掌，只覺雙臂一重，整個身形生生被打出三步。

他驚駭地注視著白鐵軍，白鐵軍這時正猛吸滿了一口真氣，雙臂由外向內圈合，正待再發重掌。那人怪吼一聲，猛然一個轉身，飛掠而去，白鐵軍怔了一怔。

錢冰道：「白大哥，讓他去吧。」

白鐵軍回過身來，錢冰道：「白大哥，總算找到你了。」

白鐵軍也是喜上眉梢，大聲道：「錢兄弟，我正掛念你呢。方才這傢伙……」

錢冰苦笑道：「這廝糊里糊塗的，連我也弄不清楚。」

兩人一齊回身走入城中。

白鐵軍道：「錢兄弟，我有一個問題一直耿耿在胸。」

錢冰暗暗笑道：「我瞞得你好苦。」口中道：「大哥請問。」

白鐵軍道：「如此，咱們找一處偏僻所在。」

錢冰見他說得沉重，兩人找了一處，席地而坐。

白鐵軍道：「錢冰，你曾告訴我，你來自漠北……」

錢冰點點頭道：「大哥，我正想告訴你有關小弟的身世。」

白鐵軍吁了口氣道：「錢兄弟請快說。」

錢冰嘆了一口氣道：「白大哥，小弟自幼離家，在漠北一個塔中度了十年。」

白鐵軍只覺全身一震，他顫聲道：「是……是不是落英塔？」

錢冰點了點頭，奇道：「大哥何以得知？」

白鐵軍雙目圓睜道：「那……那塔中是否還住有一人？」

錢冰點了點頭道：「是我大伯，白大哥，你怎麼……」

白鐵軍啊了一聲道：「錢兄弟，你上次曾親口告訴我，你和那錢百鋒毫無關連……」

錢冰笑著搖了搖頭道：「是啊，小弟根本不認識什麼錢百鋒……」

他猛一抬頭，只見白鐵軍滿面都是驚惶、緊張之色，額際汗水一滴滴滲出，他不由大吃一驚：「大哥，你……你怎麼了？」

白鐵軍怔怔地望著他。

錢冰被他看得呆了一呆，道：「大哥，你怎麼知道那塔中尚有一人？」

白鐵軍忽然仰天長吸一口氣，勉強抑止感情，一字一字道：「那日在少林寺中，銀嶺神仙薛大皇曾親口告訴我，漠北落英塔中住的是錢百鋒那魔頭！」

錢冰咦了一聲：「這就怪了，只有大伯一人住在塔中十年有餘……」

白鐵軍呆了一呆，陡然一個念頭閃過他腦際，他大聲道：「錢兄弟，敢問你大伯姓氏名諱？」

錢冰啞然一笑道：「大伯姓錢……啊！你說他就是錢百鋒？」

白鐵軍怔了一怔。

錢冰道：「說來也令人好笑，十年以來，小弟只知大伯姓錢，他的名號小弟一點也不知曉。」

白鐵軍雙目之中充滿著驚奇，不住地沉思著。

錢冰也默然不語，他似乎也開始懷疑大伯神秘的身分。

白鐵軍嘆了一口氣道：「錢兄弟，我說一個故事給你聽聽。」

錢冰知道他要說的必定與一切疑惑有關，連忙凝神傾聽。

白鐵軍緩緩道出往事——

「二十年前，江湖中忽然出現了一個人，這個人便是錢百鋒，他功力之高，據說已然超凡入聖，別說其他，單說他當年孤身闖武當山如入無人之境，是以不到半年，他的聲名已然轟轟烈烈傳開了。

那時江湖中所傳說的南北雙魏、東海二仙及鬼影子，因極少出現江湖，是以錢百鋒的名頭大有超而過之的趨勢。主要的還是因爲錢百鋒嗜殺，不論是黑道、白道人物，只要碰到他，一不順眼就下毒手，真是名符其實的煞星，那一陣武林中真是鬧得雞犬不寧，只因錢百鋒功力委實太強，眾人都束手無策。

當時江湖上各大宗派掌教，曾一齊到少林山上集會，想要能除此大禍，但少林前輩高僧卻當眾卜了一卦，說錢百鋒氣數未盡，乃是百年怪傑，而且日後且有巨大轉變的可能，眾人才暫時罷休。

錢百鋒仍是我行我素，當時武林中另一勢力正積極興起，便是所謂的丐幫。」

白鐵軍說到這裡，鐵冰只覺心中怦然跳動，只聽他繼續向下說，也許是上天的安排，埋藏已久的秘密逐漸要揭露了……

原來那時候丐幫的幫主姓楊名陸，端的是一個正直的英雄，丐幫弟子在他率領之下，劫富濟貧，仗義行俠，聲名一天天壯大起來。

這主要的原因還是楊幫主功力奇高，有一日，楊幫主率領兩個弟子到山東境內辦事，偶然風聞錢百鋒正在泰山之上。楊幫主思索了整整一夜，下了決心以丐幫的聲譽為賭注，帶了兩個弟子上泰山準備一會錢百鋒。

那一日傍晚，三人行走累了，在泰山山麓一家小店中歇息，三人正吃喝間，小店中來了一個人。

那人看了楊幫主及兩個弟子一眼，便拱了拱手，加入食局。

楊幫主見他對自己三人衣衫襤褸卻不嫌厭，心中便生好感，加之那人口才極好，而且見識淵博，說東道西樣樣精通，過了一會，三人都成了他的聽眾。

話談投機，酒也越飲越多，那人越說越是起勁，後來話題一轉，那人談到武林人物上去了。

那人對武林人物的觀念極端偏激，語出驚人，連說數語，竟然全是仇恨、歧視。三個丐幫弟子都是為人正義，何曾聽說過這等偏理，不由一齊勃然色變。

那人話鋒一轉，開始攻擊當時武林正派人物，個個被他罵得一文不值。

這時各人都有三分酒意，一個弟子冷笑道：「說起敗類，武林之中當推錢百鋒第一。」

那人砰地將手中酒碗打在地上道：「何以見得？」

那弟子只覺酒意上湧，哈哈笑道：「你窮凶個什麼？錢百鋒這王八蛋是你的什麼人？」

那人一言不發，右掌一伸，平空就是一拳，那丐幫弟子雙掌一封，只聽呼地一聲，竟被打了一個跟斗，連人帶板凳一齊摔在地上。

那丐幫弟子功力在丐幫之中算得上十分深厚的一個了，不料一招之下，分明相去太遠，其他兩人登時都被驚得呆了。

楊老幫主呼地一掌拍在桌上，只震得碗筷亂跳，大聲怒道：「你這是什麼意思？」

那人冷笑不語，猛地一掌平推而出。

他掌勢才起，刺耳尖聲大作，楊老幫主為之色變，右掌一沉，迎面推掌，兩股力道一觸，兩人都震了一震。

那人滿面驚色，咦了一聲，猛地左掌一翻，倒撞而上，楊幫主原式不變，硬迎而上，一觸之下，各人又自一震。

那人面色陡然發青，他雙目一瞬不瞬注視著楊幫主，一旁兩個丐幫弟子都看呆了，只因那人的功力深厚簡直不可思議。

那人看了一會，忽然伸手端起酒壺，對著嘴猛喝了一大口，砰地將壺擲在地上，猛然雙手一掀，將滿桌酒食完全翻倒一邊，這一剎那間，他的面上竟然現出青氣。

楊幫主緩緩站起身來，那人猛吸一口氣，雙掌一劃，在胸前一停，迅速向外推。

驚天動地的內力如潮而湧，楊老幫主疾吼一聲，雙掌平平推將出去，兩股力道一觸，喀喀數聲，地上竟裂開好大一片來。

楊幫主身形硬生生被擊得倒退三步，那人卻雙足釘立動也不動。

兩個丐幫弟子驚呆了，忙一前一後將那人夾在中間，過了一會，那人突然哇地一口鮮血，原來他將楊陸震退，自己卻恃強不退，但楊陸拳力實不在他之下，他勉強相迎，已自受了內傷。

他吐出一口血後，卻哈哈大笑起來，對楊幫主道：「服了，服了，閣下乃在下生平第一對手！」

楊幫主雙手抱拳道：「在下楊陸，敢問……」

那人點點頭道：「原來是楊幫主，內力無怪如此沉重，在下錢百鋒！」

楊幫主早就猜到，但仍忍不住失色道：「久仰大名。」

錢百鋒哈哈大笑道：「楊幫主這個朋友，錢某是交定了。」

楊幫主瞧他面色誠懇，而且性子直爽，見識淵博，的確是人間奇才，但只是他聲名太壞，拱了拱手，當時僅淡淡敷衍過去了。

但是那錢百鋒卻將楊幫主視作他生平知己，楊幫主見他如此，也不便多言。

這件事發生後半年，正值明代中葉，國勢日衰，外患開始入侵，邊境地方的居民不堪其苦，武林中有血性的人都知以抗敵爲己任，無奈兵疲馬勞，外族勢力一日日南下中原。

明英宗年間，一個震驚武林的事發生了。

北方瓦刺人入侵，兵力雄大，明朝邊境的守軍不堪一擊，瓦刺人勢如破竹，情勢一天天緊張起來。

朝廷重臣有的主戰，有的主和，英宗親自請出宗位，希望能有以指示，結果最後決定御駕親征。

在這同一時候，武林中也鬧得滿城風雨，只因那錢百鋒在半月之間連殺了三個武當弟子，但武當掌教真人已於半年前去世，正由二代弟子天玄繼掌大局。

天玄道人是武當百年奇才，年方弱冠就曾闖到武當「試道關」最後一關門前，由前任掌門親自啓關。他在關內面壁十年，接掌武當掌門時才三十出頭，但功力之深，已然青出於藍。

他接到武當弟子連遭不幸的消息，不由大怒，立刻在武林中廣爲傳言，要那錢百鋒半個月內上武當一趟。

當年各大宗派的人早就有此打算，但因少林神卜高僧預言作罷，這時天玄道人採取行動，立刻就有人響應。

響應最熱烈的首推點蒼的掌門人天下第一劍卓大江師兄弟，他們兩人一聽到消息，立刻從點蒼山趕到武當。

這天下第一劍卓大江自掌點蒼一門以來，點蒼派盛名一日千里，只因卓大江一手劍法委實神通，他的名頭當時還在武當、少林之上，加之他常年行俠江湖，和他交手的人，從未超出十招，是以有「天下第一劍」之稱。

除了卓大江師兄弟外，還有一個人也趕到武當，這人便是江南太極拳的主持人簡青了。

武當派得此三人之助，實力之強，就算是陸地神仙上山，也討不了好處，江湖中人登時紛紛猜測，想那錢百鋒必然不敢闖山。

半個月限期眨眼即到，那限期最後一天，有兩個人連袂上了武當。

兩個人都是四旬左右的中年人，他們來到武當道觀前，天玄道人出迎道：「不知兩位上山有何見教？」

左邊一人仰天大笑道：「你便是天玄道人麼？」

天玄道人心中暗驚，忖道：「多半是那錢百鋒駕到了。」口中卻淡然稽首道：「貧道天玄，敢問施主可是姓錢麼？」

那人點頭道：「在下錢百鋒和這位大哥赴約來了！」

天玄道人哼了一聲，心中卻暗暗吃驚，瞧那錢百鋒對身邊那個漢子分明客客氣氣，不知他從何處找來這樣一個人助拳？

錢百鋒指了指身邊的漢子道：「這位是楊陸楊幫主！」

這「楊陸」兩字一出口，天玄道人忍不住大驚失色。

須知當時丐幫名聲之盛，穩居武林第一，那楊幫主的名頭不在錢百鋒之下。這時兩人雙雙駕到，若是那楊陸助錢百鋒一臂之力，自己這一邊就有危險了。

他當時想了一想，冷笑道：「久聞丐幫俠名，楊幫主竟甘助紂爲虐？」

楊陸哈哈大笑起來，他指著錢百鋒對天玄道人道：「錢老弟特別請楊某來，咱們有一個建議！」

天玄道人怔了一怔，但也不便多問，稽首道：「如此，請先入內詳談。」

三人一齊進入純陽觀中，只見大廳當中有三個人站在一排，正是卓大江、何子方及簡青。

錢百鋒四下看了一看，面含冷笑，他經過卓大江身前，突然右手疾轉，一把抓向卓大江腰間劍柄。

卓大江大吼一聲，只見他右手模糊一閃，比錢百鋒快了一步，猛然拔劍橫掃，錢百鋒只覺自己身形不動，對方劍光已密繞周身，忍不住叫了一聲：「好劍！」

身形向後疾退，那楊陸大叫道：「錢老弟！」

錢百鋒對那楊陸甚為聽從，立刻收招後退，楊陸對卓大江抱拳一禮道：「這位必是天下第一劍卓大俠了，果是名不虛傳，在下楊陸。」

三個人都吃了一驚，忙一齊回禮。

楊陸道：「今天楊某陪錢老弟上山來，卻是為了求各位一事。」

天玄道人驚道：「什麼？」

楊陸道：「楊某斗膽求道長，錢老弟與武當過節暫時擱在一邊。」

天玄道長怔了一怔，正自沉吟如何應付，那楊陸又道：「只因咱們江湖之人，也應以報國救民為重，私人恩仇為次。」

他這句話說得正義凜然，那簡青登時便道：「楊幫主說得是！」

天玄道人也不便多說，楊陸又道：「北方軍情日日吃緊，皇上已定御駕親征，楊某之意，不如協心同力，去打瓦刺人去！」

卓大江刷地將手中劍插入長鞘，大聲道：「楊幫主，咱們走！」
楊陸拱了拱手道：「卓大俠重義明理，楊某欽佩不已。」他轉過臉來對天玄道人道：「道長請示尊意。」
天玄道長本是青年人，血氣方剛，對這種國家觀念最為熱烈，心中早就躍躍欲試了，但他乃是一門之尊，不可隨口出言，是以沉吟不下，這時楊陸再問，忍不住就點頭稱善了。
楊陸哈哈一笑道：「各位都是中原武林的代表，一言九鼎，我叫化頭兒還擔什麼心，咱們說走就走，皇上據說已出征兩三天了！」
天玄道人突道：「這位錢百鋒錢施主也會去殺敵麼？」
錢百鋒臉色登時變了，冷笑道：「天玄道人，你這話是什麼意思？」
天玄道長冷然道：「貧道只聽說錢施主殺的盡是中原武林同道……」
錢百鋒大怒，正待發作，那楊陸忙搶過身來，一面連施眼色，止住錢百鋒，一面道：「道長此言差了。」
天玄道長怒道：「楊幫主之見如何？」
楊陸道：「須知這次計劃的發起人便是錢老弟！」
天玄道長啊了一聲。
楊陸又道：「當初道長尚未傳令這半月約會的消息，錢老弟有一天突然來找楊某，和楊某相商此事，當時楊某因內人生了一個兒子，沒有外出奔走，是以在家。」
卓大江插口道：「恭喜楊幫主了。」

楊陸續道：「當時咱們商定的結果，是由兄弟率敝幫幾個高手隨錢老弟一齊抗敵，但總覺力有不及，是以遲遲不能作定。這時忽然聽著道長傳下的消息，錢老弟靈機一動，如能乘機勸動各位幫忙，成功機會必然大增……」

天玄道長啊了一聲道：「原來如此。」

楊陸又道：「道長還有事未了，咱們先行，到山下等道長一日如何？」

天玄道長搖頭道：「咱們一同走吧。」

他們都是極重義氣之人，立刻動身啓程。

在一路上傳來的全是前方兵敗消息，御駕親征雖激勵士氣，但終究實力不及對方，連英宗親率軍隊都被困住，瓦剌大軍團團緊逼，呼出要生擒明朝皇上的口號。

一行人聽了心急如焚，飛快趕路，到了山東境內丐幫總舵，楊幫主忙趕回去想多找幾個幫手，哪知在楊幫主離家上武當山的這幾天內，家中竟出了大事！

那時丐幫幫主手下有五員大將，楊陸之下排行第二的是湯奇，再下去是王竹公、梁貫云、方永雨以及雷如群，楊陸等一行人因急於趕路，一路上對江湖傳聞未十分留心，這一踏入魯境，竟傳出丐幫總舵被挑了。

楊陸登時呆住了，他對天玄道人說：「這世上沒有人能隻身挑毀丐幫的，除非是那傳聞中的二仙、雙魏出世了，看來傳聞必然有誤了。」

但心中仍是焦慮不已，趕到家中一看，只見木門緊閉，死氣沉沉，登時心便涼了一半。

那錢百鋒性子較急，伸手一震，那木門應手開了，只見一個漢子當門而立。

楊陸顫聲道：「湯二弟他……他們……」

湯奇怔怔地望著幫主，忽然雙目中流下淚來，楊陸看見那兩行淚珠，就知一切都完了，他呆呆地站著，似乎連踏進家門的勇氣也沒有了。

錢百鋒身形一掠，一把抓著湯奇的手臂道：「是什麼人幹的？」

湯奇轉眼一看，看清了錢百鋒的面孔，忽然大吼一聲道：「錢百鋒，你還敢回來麼？」

他雙手一掙，身形向後倒掠開來，猛然雙掌齊出，直打錢百鋒胸前死穴！

錢百鋒呆了一呆，雙手本能一橫，將湯奇內力化開，那楊陸突然清醒了過來，大吼一聲道：「住手。」

湯奇收住雙掌，楊陸問道：「湯二弟，你將經過說明吧。」

湯奇滿面仇怨地注視著錢百鋒，他開口道：「幫主去後第二日，突有一蒙面人夜襲，當時五個兄弟除了方五弟外，其餘為了等候幫主消息，都在家中。那人功夫奇高，咱們起初尚不知深淺，先是單獨出戰，那人好辣的手段，梁四弟飛上屋頂，和他交手三合，竟被他重手擊斃！」

楊陸聽得臉上肌肉抽搐一下，湯奇繼續道：

「王三弟聽見梁四弟悶哼一聲，心知逢了勁敵，飛身出來，一上手便是重手法，他當時見梁四弟倒在屋瓦上，不知已然絕命，否則一定會招呼咱們一齊上的，那人和王三弟交手十合，忽然連發三招，王三弟勉強招架二招，大吼一聲，被點中關元穴道，一身內力被廢掉了。這下我和雷六弟才知逢上生平大敵，兩人一齊上屋迎戰，那雷六弟的拚命招式幫主是知道的，咱們一上手便是捨命出招，那人卻一招一招接了下來，而且出手之重，生平未見，月光下那人面罩黑布，有一股說不出的陰森感覺。咱們越打越是心慌，那人突然連發三拳！」

湯奇又道：「天啊，那三拳一出，好似有一種死亡的威脅隨之而出，我一疏神被拂到一邊，那人身形好比急箭，一閃進入內室，我拚命爬起身來，打出燕尾金鏢，那人反手一掌，不但掃開金鏢，雄厚內力將雷六弟身形逼退好遠，然後，我聽到夫人的慘叫，嬰兒哭啼，那人身形一閃，又上了屋頂，手中抱著剛生不到十天的嬰兒。」

眾人聽到這裡，只覺那氣氛悲慘，都不由得打了一個寒噤，楊陸滿面淒涼之色，但雙目光芒清澄，絲毫不見混亂，眾人皆不由暗暗嘆服。

湯奇道：「那人站定了，我大叫問他是何人，他哈哈大笑起來，好一會沉聲道：『聽過錢百鋒這名字麼？』我只覺冷汗濕透手心，雷六弟虎吼一聲，那人冷笑道：『告訴楊陸，他若想要這孩子，就別干涉軍務大事！』他說完這話便走了，雷六弟急呼一聲便緊緊追去，我一把沒有攔住，他越跑越遠，我只覺一陣絕望，倒地便昏了過去！」

楊陸呆呆站著，他此時心中真是百感交集，他轉過頭來望望天玄道長、卓大江等人，忽然目光一偏，大聲道：「道長，咱們動身走吧！」

天玄道長嘆了一口氣道：「楊幫主，咱們幾人去就成了，你還是留下的好。」

楊陸面色陡一沉，他偏過頭對湯奇道：「軍兒呢？」

湯奇道：「軍兒好得很，幫主！你……」

楊陸揮揮手，一字一字道：「湯二弟，為兄此次去了，不知如何時可回，咱們丐幫的基業，難道就毀了不成？」

湯奇驚出一身冷汗，肅聲道：「萬萬不可！」

楊陸道：「軍兒天生異稟，內力之深已得全部真傳，但他究竟只有六歲，但……但只要好好撫養……」

湯奇只覺雙目一熱，忍不住淚水下流道：「幫主，你放心……」

楊陸環目一視，他沒有勇氣再踏入那矮小的木屋，縱然他豪情萬丈，但突遭如此慘變，妻亡子散，數十年來苦心經營的基業毀於一旦，他只覺心頭有一種說不出的怨天尤人的感覺。

天玄道長他們又能說什麼呢？沉默著。

湯奇只覺得淚水迷茫中，老幫主好像是一個神仙巍巍地站著，天玄道人慘然的面色，錢百鋒忿恨驚怒兼而有之，卓大江等人沉重無語，那表情就是再過十年，也是歷歷如在目前！

楊陸忽然仰天大笑起來：「錢老弟，若不是這幾日你我寸步未離，你幾乎又背上了黑鍋。」

錢百鋒待要說幾句話，但只無言地搖了搖頭。

楊陸冷笑一聲道：「國破則家亡，大丈夫為國家犧牲性命也在所不惜，何況……何況……」

他揮了揮手，強作豪邁，大聲道：「錢老弟，天玄道長，卓大俠，何大俠，簡大俠、咱們上路吧！」

一行人默默地走遠了。

湯奇只覺沉重的責任壓在肩上，他緩緩走入屋內，帶起「軍兒」，淒淒涼涼地離開丐幫總舵。

楊幫主卻是一去不返了，一晃二十年，這秘密卻仍未揭露。

白鐵軍說到這裡，不由嘆了一口氣，錢冰望著他滿面淒愴的神色，低聲道：「大哥，你就是那『軍兒』？」

白鐵軍點了點頭道：「當年我在大漠，是一個孤兒，楊幫主路過時將我救了，唉……」他想到自己的身世，不由得又是一陣心酸。

錢冰道：「原來大哥與丐幫關係如此密切。」

白鐵軍道：「師父收留我時，膝下尚未有子，他待我極好，在三歲時認我爲義子，天天教我內功心法。」

錢冰點了點頭，他從懷中摸出那本書：「大哥，這裡有一幅圖畫。」說著翻開那頁。

白鐵軍看見那丐幫幫主的表記，不由吃了一驚，錢冰將得到這本絹冊的經過告訴白鐵軍，但那書上的文字兩人一字不識，看了半晌不得要領。

白鐵軍不住苦苦沉思，錢冰嘆了一口氣道：「可惜那一老兩少都死於非命，否則咱們可以問問他們。」

白鐵軍搖了搖頭。

錢冰道：「大哥，這些日來，關於那羅漢石，你有否發現？」

白鐵軍被他一言提醒道：「對了，錢兄弟，那羅漢石我又找著了一塊！」

錢冰喜道：「石上刻的是什麼？」

白鐵軍道：「那石頭的右上方刻了一排字，是大明正統十三年。」

錢冰道：「果然不出所料，大約是說那周公明在這一年刻下這塊碑的！」

白鐵軍點了點頭道：「但是，並沒有看出什麼苗頭。」

錢冰道：「唉，這事情越來越複雜了。」

十九　詭夢縈心

白鐵軍默然不語，好一會，他問道：「錢兄弟，這幾日你找著那簡青了麼？」

錢冰道：「找著了，這幾日小弟曾遇見了一個女子……」

說著便將在江上邂逅銀髮婆婆及那少女遇險之事都說了，當日他追尋銀髮婆婆不著，回到江邊時那少女已被架走了，這事他始終耿耿於心。

白鐵軍聽他說完，心中一動道：「那架走少女的漢子是否身材矮胖？」

錢冰點點頭。

白鐵軍又問道：「那少女模樣很美麗，年紀只有十七八歲，身著黑衣……」

錢冰連連點頭，驚道：「白大哥，你怎麼知道？」

白鐵軍笑了笑道：「我在路上已遇上他們了。」

錢冰道：「啊？那少女怎麼了？」

白鐵軍便將經過說了，錢冰聽那少女被白大哥救出險境，不由噓了一口氣，心中登時輕鬆起來。

兩人又談了一會，錢冰沉吟了一會道：「大哥，小弟有一言相問。」

白鐵軍點點頭，錢冰道：「大哥方才曾疑心小弟與錢百鋒有所牽連，那時面上神色很爲惶急，不知……」

白鐵軍啊了一聲道：「只因——只因這二十年來，江湖上有一個傳聞，錢百鋒乃是害死楊老幫主的人！」

錢冰驚呼一聲。

白鐵軍接著道：「那次的故事，我只知道到楊幫主出征爲止，以後的變化我便一無所知了，如果這傳聞爲真，那錢百鋒便是丐幫第一大敵，是以……」

錢冰道：「你怕小弟與他有什麼親屬關係？」

白鐵軍點了點頭。

錢冰道：「大哥，小弟的確不知道錢大伯的姓名。」

白鐵軍點點頭。錢冰接著道：「但是，方才小弟想了一想，那大伯十成便是大哥所說的錢百鋒！」

白鐵軍默然不語。

錢冰道：「試想大伯叫我出來傳信，所傳的人是天玄道長、卓大江師兄弟及那簡青，這些人都是當年當事人，是以大伯也必就是錢百鋒了，而且，小弟自幼和他同住，大伯的功力甚深，他無事便傳授小弟練氣之法，現在想起來便是內功心法了。」

他看了看白鐵軍，沉吟了半晌才道：「大哥，我有一個感覺，錢大伯決非害死楊幫主的人。」

白鐵軍心頭一震，道：「什麼？」

錢冰道：「必是事出誤會。錢大伯的性情小弟知之甚深，早先幾年，他尙爲人孤獨，在塔中常常長吁短嘆，蹙眉苦思，當初我甚爲怕他，這幾年來他性情漸變和藹，處處流露出慈祥的天性……」

白鐵軍道：「據湯奇說，他也不敢相信那錢百鋒便是殺害楊幫主的凶手，二十年以前，他在江湖中凶名赫赫，唯一的朋友便是楊幫主，他對楊幫主確是一番真情，咱們爲這件事去問了天玄道人不得要領，上次問那何子方，他也含糊其詞，這個秘密，不知何時才可知曉？」

錢冰卻道：「白大哥，我想這件事錢大伯應當知之甚詳，錢大伯就要來江南找那簡青，咱們遇上他後，便可問問了。」

白鐵軍啊了一聲道：「如此最好。」

白鐵軍想了一想，忽然正色問道：「錢兄弟，你自幼住在塔中陪那錢大伯，是如何的安排？」

錢冰微微一笑道：「家父自幼便命小弟如此，大哥，小弟瞞了你好久了，小弟姓錢，乃是想到錢大伯，信口亂編的。」

白鐵軍啊了一聲道：「那兄弟你……？」

錢冰笑了笑道：「小弟不姓錢，小弟姓左！」

白鐵軍呆了一呆。

錢冰道：「家父左白秋！」

白鐵軍幾乎要跳了起來。左白秋，這是個神秘而深不可測的人物，武林中關於他的傳說幾到絕無僅有的地步，很少人提起這個名字，當然也很少有機會能聽到這個名字。

然而就那絕無僅有的幾件軼事中，在真正的武林高人心目中，左白秋是個深不可測的人物，他掌廢川東花家弟兄的事傳入武林時，人們對這個從來無人見過的人的名字不僅是震驚，實在是有些怕了。

白鐵軍當然聽過這個名字，他雖沒有見過左白秋，但是和其他的武林高手一樣，在他的心目中，左白秋是一個具有不可思議的神奇功力的世外高手，此刻他竟面對著左白秋的兒子，怎不令他驚得口呆目瞪？

他凝視著錢冰說不出話來，對於錢冰具有那駭人的輕功和吐吶功夫總算是釋然了。左白秋、錢百鋒兩人調教出來的還有什麼話說？

他喃喃地道：「怪不得……」

錢冰道：「大哥你是生氣了吧……」

白鐵軍哈哈笑了起來，他拍了拍錢冰道：「老弟，我是被你唬慘了，哈哈，原來是這麼一回事。哈哈，錢兄弟……」

錢冰道：「不，左兄弟。」

白鐵軍道：「不錯，左兄弟，不管你姓錢還是姓左，我白鐵軍的朋友只有你這個人，姓什麼又有什麼相干。」

左冰望著他，一時說不出什麼話來，兩人只是默然相望，但是那豪放的友情如醇酒一般流入兩個人的心田。

接著他們又天南地北的談了起來，一直到了夜深，他們由坐著談改為走著談，沿著小溪一直走了下去，直是不知歸路。

夜色漸漸深了，左冰和白鐵軍都疲累了，他們信步走到一棵大槐樹下，便相倚著躺了下來。

天上繁星瑩瑩，銀河如帶。左冰輕嘆了一口氣道：「累了，看來明天是個好天氣。」

白鐵軍望了望天角，卻笑著道：「別說明天了，今夜就會有大雨。」

左冰瞪眼一瞧，不敢相信地搖了搖頭。

白鐵軍微笑道：「你不相信的話，咱們今夜就睡在這樹下，看看會不會淋成落湯雞。」

左冰笑一笑，不再說什麼。過了一會，耳邊已傳來白鐵軍的酣睡聲，左冰自己卻是翻來覆去地睡不著，他愈是覺得疲累，卻愈是難以入睡，腦海中洶湧盤旋著各色各樣的古怪念頭和景象。

他索性睜開眼睛，仰著臉望天空，滿天的星斗都像正對著他微笑。

他凝目注視著天空最亮的兩顆星星，明亮的光一眨一眨，像是在對他說：「睡吧，睡吧。」

在左冰的心裡，卻是彷彿又看到了一對如這明星一般模樣的眸子，正柔情似水地望著他。他想起這些日子以來，對於巧妹，那個不幸的少婦，自己所給予的同情和愛情，究竟是使她快樂，還是最後反而加深了她的痛苦？一想到這個問題，他便支持不住了，下意識地走入了夢鄉。

也不知過了多久時間，左冰在朦朧之間忽然看到了一片乳白色的輕霧，那層白霧逐漸加濃，有如波濤一般在前面滾滾起來，左冰喃喃道：「唉，好大的霧啊！」

然而就在這時，忽然嗚嗚的大風刮了起來，片刻之間，就把那濃霧吹散了。

左冰輕輕揉了揉眼睛向前望去，只見眼前的景物不知什麼時候全變了，濃霧盡散，狂風怒號，吹得漫天都是飛砂走石。

然而就在正前方，他看到了一座血紅的半頹城關，在那塵沙瀰漫之中若隱若現。

這時，狂風似乎小了一些，但是四面卻隱隱飄出令人毛骨悚然的鬼哭神號，左冰只覺彷彿陡然之間進入了冰天雪地之中，遠處那血紅色的半頹城關忽然之間彷彿到了眼前。

只見那城關兩邊四圍皆無城垣，只是孤零零的一座城關，左面已是半塌，裂痕累累，分明是多年失修的廢墟。

城門是兩扇白楊木做的厚門，和那血紅的城磚襯在一起，顯得極是刺目。

左冰望著那座獨關，心中忽然生出凜然之感。他身不由己地向前走去，愈是走近，四周鬼哭神號之聲愈是響亮。

他壯著膽子再走近幾步，這時，忽然半空中出現了一個人影！

左冰駭得張口大叫，卻是叫不出聲來。

那人影由模糊逐漸變得清楚，終於左冰能夠看得清了——

只見那人白髮蒼蒼，白鬍飄飄，身上穿著紫色的錦袍，雙目正癡癡地凝視著下方。

左冰覺得奇怪極了，他想走近一些去看，然而這時候，那老人的影子突然又開始模糊了，左冰趕快追上去。

老人的身形忽然向前猛飛，一直飛到那血紅色的關上，左冰凝目望去，城關頭上似乎有三個大字，但是怎麼樣也瞧不清楚，他忍不住再奔近一些。

這時天空忽然下起暴雨來，雨水如傾盆而至，雷電交加，更加狂風再起，那血紅色的城關與那紫袍老人忽然消失。

左冰顧不得透體淋濕，只是張口大叫。

然而就在這時，他聽到耳邊有人道：「錢兄弟，啊，不，左兄弟，你醒來瞧瞧——」

左冰只覺頭上臉上一涼，猛地醒轉過來，原來方才竟是南柯一夢。

他一睜開眼，順著白鐵軍的手指方向看去，只見滿天烏雲，大雨驟然而至，剎時之間雷震電閃，狂風暴雨，就如夢中一般，倒叫左冰分不出究竟是在夢中還是清醒著。

白鐵軍道：「怎樣？我說得沒有錯吧。」

左冰道：「奇怪，滿天星辰怎會突然下起雨來？」

白鐵軍笑道：「跑江湖的不能上知天文下知地理，那還算得跑江湖麼？」

左冰想起方才那個怪夢，心中有一點奇異的感覺，但也說不出是什麼樣的感覺，他想說什麼，但終究沒有說出來。

白鐵軍道：「怎麼樣？要不要尋個地方躲雨？」

左冰瞧了瞧身上的衣衫，笑了笑道：「已經濕透了，還躲什麼雨？」

兩人就這樣相對坐在樹下，任那瀑布一般的大雨沖洗著，默默無言。

左冰心中暗暗數著，數到三百下的時候，大雨就停了。

天邊漸露曙光，白鐵軍拉了左冰一把，兩人拍了拍身上濕漉漉的衣服站了起來，看看對方尷尬的樣子，忍不住相對大笑起來。

白鐵軍笑道：「左兄弟，你我身濕易受寒，咱們說不得去尋兩瓶酒來喝喝。」

左冰拍手道：「正合我意。」

兩人攜著手沿著溪水走去，兩岸楊柳枯枝輕點水面，另是一番情趣。

左冰漫聲吟道：「江南平蕪，兩岸楊柳枝枯，橋下流水拍枝，堤上行人衣濕，大漠平沙少年，回首揮淚千行。」

白鐵軍讚道：「好詞。」

左冰笑道：「東拉西湊杜撰的東西，既不合音律，又不合道理。」

白鐵軍道：「只要聽起來夠味兒就成了，管那麼多咬文嚼字的功夫幹麼？」

左冰但笑不語，過了一會指著前面道：「酒店到了。」

兩人挽臂入店，要了一罈烈酒，便無拘無束地痛飲起來。酒店裡的夥計見這兩個滿身透濕的人一大早就來空著肚子喝酒，個個都覺邪門，但也不敢多言。

只見半罈烈酒下肚以後，白鐵軍身上冒出陣陣熱氣，片刻之間，他身上的衣衫便全乾了，左冰身上還是濕漉漉的。

白鐵軍拍了拍桌面道：「兄弟，你此去何方？」
左冰道：「也沒有個定處。」
白鐵軍道：「你暫時不離江南？」
左冰舉杯一飲而盡，想了想和白鐵軍相聚之歡，當下道：「大約如此。」
白鐵軍道：「如此甚好，我還有點事情要去辦，辦完了再來找你。」
左冰是個極其灑脫無比的人，他聽白鐵軍如此說，既不問他要去辦什麼事，也不問什麼時候再見，只是點了點頭，舉杯相邀。
白鐵軍把酒罈拿起來，將最後一口酒灌進肚內，丟了一小錠銀子，拉著左冰就走出酒店。他陪著左冰走到小橋頭上，拱手道：「兄弟，我走了。」
左冰道：「大哥珍重。」
左冰看著白鐵軍雄壯的背影逐漸去得遠了，他返身走回小村鎮。
這時旭日已升，小溪畔相繼來了好些姑娘村婦，每人捧一堆衣衫，一起到溪邊洗濯，左冰坐在楊柳樹下，就這麼望著她們搗衣洗衣，肆無忌憚地尖聲談笑，足足看了一上午。
中午時分，當左冰走入村中去吃飯的時候，他忽然看見兩個漢子正走進村子來，左冰眼尖，一眼便認出那兩人正是那日圍攻金刀駱老鏢頭的其中二人。
左冰略為楞了一楞，便閃身在一棟茅屋之後。
只聽見那兩個人一路走去，一路談道：「……一向武林高手，十之八九全是劍術大師，若非親眼目睹，怎麼樣也不相信世上有這樣神奇的刀法……」

兩人匆匆走過，左冰在心中一盤算，暗忖：「莫非他們談論的正是駱金刀的事？」

他忍不住悄悄跟在後面，只見那兩人大踏步走入那小酒店，左冰也低著頭走了進去，斜坐在他們的背後。

那兩人要了酒食，又繼續談了下去。

只聽左邊的一個道：「吳兄，咱們從三個月前起就開始嚴密戒備，凡是駱老頭的鏢都要搜過，大大小小從未漏過一次，卻料不到那話兒是由鷹揚鏢局押運，就在咱們的眼底下讓人捷足取了去，這真是氣人之極了。」

右邊的道：「老孫你就少點脾氣成不成，那本小冊子莫說人人想得，其實就算你我得著了，也未見得就能怎樣，試想那書上全是古怪的外國文字，豈是你我所能看得懂的？」

左邊的道：「雖說如此，但是只要是練武的人，聽到了這本書怎麼能無動於衷？」

左冰聽得吃了一驚，他暗暗忖道：「古怪的文字？……練武的奇書……莫非他們所談的就是指我這一本書？」

他想到山洞中那幾個異族人爲了這本書互相施毒手的情景，不由暗暗打了一個寒噤，他暗忖道：「莫非是那三個蠻子得了手之後又互相猜忌，終於各自暗下毒手，結果同歸於盡……」

那兩個漢子吃喝了一陣，一個說道：「咱們偷雞不著蝕把米，寶書沒有到手，倒把駱金刀得罪了。」

另一個回道：「管他，咱們人是一個，命是一個。」接著便付帳走了。

左冰等他們走了，忍不住伸手摸了摸懷中那本書，他也付了賬走出酒店，腦海中忽然升起了千萬個古怪的念頭，像是有些關連，又像是雜亂無章，他想了一想，頭腦愈覺昏亂，便只好不去想它了。

這天晚上，左冰就睡在這小村中。晚上，他一闔眼，又作了昨夜那同樣的怪夢，同樣是濃霧狂風，飛沙走石，血紅城關與那白髮皓髯的紫袍老頭，也同樣有狂風雷雨與鬼哭神號。

左冰一覺驚醒，回想夢中之境，簡直與昨夜是一模一樣，他不禁糊塗了。

他掀開棉被，支著肘坐了起來，暗暗奇怪，思道：「怎麼一連兩天作這個同樣的怪夢，這個夢究竟是什麼意思？那血紅的城關是那裡？我從未見過這個地方呀……那白鬚白髮的老人也是完全陌生，那麼我怎會老是夢見他？……」

他想了想不得要領，便迷迷糊糊地又入睡了。

第二天，他到野外去跑了一整天，弄得疲倦萬分才回來。

然而當他才一入睡，立刻他又看見了那血紅的城關和那紫袍老人，和前兩夜完全相同，一直到城關和老人同時消失在雷電風雨之中。

左冰簡直驚駭得不敢想像了，接連三夜，他同時夢著一個從不知名的血紅城關和一個完全陌生的紫袍老人，這是什麼道理？

這一夜，左冰沒有再睡，清晨他就離開這個小村子，他經過了兩個風景幽麗之極的小村落，垂柳和野花使人心怡陶醉，於是，那三夜奇夢的事漸漸被左冰忽略而忘懷了。

這一日，他來到一個鎮集，找了一家酒樓，坐到樓上當街的座位，叫了酒菜獨酌。

左冰向樓下一看，街心行人中一個雍容華貴的老婦人正在東張西望，那一頭銀髮在陽光下閃閃發亮，正是上次在無錫船上認識的銀髮婆婆。

左冰大喜，也顧不得酒樓上別人注意，臨窗叫道：「婆婆！銀髮婆婆，我在這裡。」

那銀髮婆婆看到左冰也甚是高興，連忙走上樓來。

左冰上前迎接，這時整個酒樓上的人目光都射了過去，只見那銀髮婆婆和藹可親，面上自然流露一種典雅高貴之氣，都不禁暗暗稱奇，不知是那家侯門的老太太，但想到那少年稱她為「銀髮婆婆」，又不禁會心一笑，均覺這名字甚是貼切。

銀髮婆婆坐定，堂倌加了一付筷箸。

左冰道：「婆婆，又見著您，真是好！」

銀髮婆婆微微一笑道：「婆婆也想念你得緊，怎麼，你有沒有碰到武當那姓馬的小道士？」

左冰搖頭。

銀髮婆婆臉上一片失望之色，嘆口氣道：「我那小孫女到哪去了？難道離開了江南？」

左冰替「婆婆」挾了一塊雞肉，口中安慰道：「婆婆別擔心，他們武當派人多勢眾，馬道長又是武當七子中傑出人物，好歹也要將婆婆孫女找回。」

銀髮婆婆默然，左冰瞧著她忽然心念一動，更覺女扮男裝的黑衣少年稀依間和婆婆有幾分相似，當下將此事連起來一想，不覺恍然大悟，歡喜地道；「婆婆的孫女兒可是喜愛穿黑衣，臉色很白很白，身體瘦俏很標緻的麼？」

銀髮婆婆點點頭又搖搖頭道：「婆婆的孫女兒自然是很標緻的，那還差得了麼？但……但她從來就只喜歡穿白衣的！」
左冰一怔，隨即恍然忖道：「她多半是怕家裡追來，所以扮成一個黑衣少年。」當下十分把握地道：「婆婆！您孫女我見過了。」
銀髮婆婆驚奇道：「在哪裡，快告訴婆婆！」
左冰道：「她此刻到太湖去作上賓了。」
銀髮婆婆奇道：「太湖？我們可不認識太湖的人哪！」
她見左冰一臉誠懇之色，又對左冰印象極好，心中不由得相信了幾分。
左冰又道：「婆婆孫女兒這幾個月不但沒有受苦，反而在江南道上成了大名人，人人提起黑衣人，都是心寒不已。」
銀髮婆婆道：「好孩子，這是怎麼回事，快講給婆婆聽。」
左冰將「黑衣少年」大鬧杭城方老爺子壽宴的事，詳詳細細說給婆婆聽了。銀髮婆婆愈聽愈是相信，對於這個寶貝孫女兒，她知之甚深。
左冰接著又將遇著矮胖少年及白鐵軍的事也說了，銀髮婆婆再也忍不住，拖著左冰便走，口中道：「咱們這便就到太湖去，一個大閨女在外面拋頭露面已是不該，還跑去找萍水相逢的男孩子，更夠惹人閒言的了，只怪她娘早死，唉！」
左冰忙道：「婆婆孫女人聰明得緊，她武功又好，只有別人吃她的苦頭，那陸公子人品極好，俊雅正派，婆婆擔什麼心？」
銀髮婆婆沉吟半刻道：「你哪知道女子名節重要，一生只要做錯一件事，一切都完了，快，我們趕快僱船去。」

左冰和銀髮婆婆趕到江邊，搭了一艘大船，直往無錫。

銀髮婆婆不住問太湖陸公子和自己孫女兒相識的經過，十分焦急，左冰知道得有限，他口才雖佳，言談之間已自加了幾分，但卻仍不能滿足銀髮婆婆的關心。

銀髮婆婆自言自語道：「人豈可貌相，如果外表是至誠君子，心裡卻是僞詐小人，我……我……但願我來得不要太遲了。」

她知孫女自視極高，如此不顧身分來找一個少年男子，定是對斯人情根深種，自己這個孫女平日異想天開，沒有一個人能知道她想的是什麼，但如她自己認爲對的事，便是天老爺也不能改變她了。

左冰忙道：「陸公子文武俱佳，江南人只要一提起太湖陸家，沒有不伸出拇指誇一聲好的，陸公子也真是翩翩濁世佳公子。」

左冰上次泛舟西湖，聽那船娘說的一點江南事，這時也搬了出來。

銀髮婆婆道：「如果不是如此，我那孫女兒怎能看得上眼?從來聰明的人都是靠不住，華而不實倒不如實而拙，如果他敢欺侮我小敏敏，婆婆不把太湖翻天覆地也就不用活了。」

她邊說鼻子上聳，一臉唬人的樣子，但她形容可親，倒並沒有她心中預期的效果。

左冰道：「婆婆孫女兒武功高強，陸公子怎能欺侮她？」

銀髮婆婆搖搖頭道：「你不懂，自古以來，女子名節一壞，便是濯盡三江五湖，也是洗不清的，像婆婆有個侄兒，唉，爲了娶一個風塵女子，結果被他爹關了十年，他後來逃出家門，一去十多年漫無音信，現在他爹爹也後悔了，後悔有什麼用？有些事，錯了便無法挽救的。」

左冰似懂非懂，他天生灑脫，只覺世間並無滯而不通、結而不解之事，一時之間，不能深切領悟。

左冰想到又和銀髮婆婆共舟，心中暗忖實在有緣，這銀髮婆婆親切得真像自己的婆婆一般，在她面前，連心底的話都可以說出。

江上微風吹起，大船走得又平又穩，左冰道：「婆婆，您家住在海上？」

銀髮婆婆道：「小敏敏告訴你了？」

左冰搖頭道：「我見她熟悉天上星辰，所以猜想是來自海上。」

這話原來是那「黑衣少年」問左冰的，他依樣葫蘆說給銀髮婆婆聽，果然博得婆婆一聲稱讚。左冰自幼喪母，這時和婆婆相處，竟覺生平未有之溫暖，露出未泯的童心來。

銀髮婆婆忽道：「好孩子，你姓什麼？」

左冰脫口道：「我姓錢……不……姓左名冰。」

銀髮婆婆心道：「每個人都有自己的秘密，這孩子性情爽朗漫無心機，但連真實姓氏都不能告訴別人，看來世間無憂無慮，心無半點凝滯的人是沒有了。」

她也不追問。

左冰每次乘船的景色、氣候都自不同，這時煙靄四起，遠山盡在隱約之間，江水一片水光，直連天邊，哪裡看得到邊，他來自漠北，原是見慣這種一望無垠的雄偉風光，但一黃一碧之間，光景大為不同。

銀髮婆婆見他欣賞江景，流連不已，心中微微一笑，正要走下船艙，左冰忽道：「婆婆，您剛才說聰明的人便華而不實，依我看來，那……也……也不盡然。」

銀髮婆婆會心一笑道：「那當然，那當然，像你這樣聰明的孩子，又很樸實，實在是頂難得的。」

左冰臉一紅道：「婆婆我不是這個意思，我有一個朋友，便是上次解您孫女之圍，他叫白鐵軍，這人聰明、爽邁、沉著、樸實集於一身，武功之高更是不用說了。」

銀髮婆婆沉吟，心中想起了另一個人：「世上若說機智、聰明、沉著，要以我那夫君為第一了，但那姓白的少年能擊退打敗我敏兒的人，功夫是挺不壞的，能練到這般地步，聰明是不用說了，但世上聰明沉著的人便鮮有豪邁，這人集諸般優點，那真是人傑了，有暇倒要見見！」口中卻漫聲應道：「真的麼？」

左冰點點頭。

船行數個時辰，無錫遙遙在望，銀髮婆婆對船家道：「咱們到太湖去是怎麼走？」

船家用手指指前面道：「前頭便是太湖，客人要到哪裡？」

左冰接口道：「到七十二峰陸家慕雲山莊去！」

船老大搖搖頭道：「沒有陸公子的令信，船隻不能到七十二峰水域去，便要去了，那水道繁密也找不到。」

銀髮婆婆忖道：「那姓陸的豈不是要霸山為王的綠林人，那我……我可不能再縱容小敏敏任性了。」

當下心中更是著急，要探個究竟。

左冰低聲對銀髮婆婆道：「先到無錫再說，買條船自己划去。」

銀髮婆婆點點頭道：「好孩子，還是你想得周到。」

不一會船又濱無錫泊了，銀髮婆婆順手拋了一錠銀子。

依銀髮婆婆意思，馬上便要買船去，左冰不住勸說不急這一刻，這才上了岸來，兩人都是舊地重至，大街小巷略略熟悉了，找了一處大客舍歇腳，銀髮婆婆又催促左冰去買船。

左冰道：「婆婆，要走也要到今晚上。」

銀髮婆婆想了想恍然道：「乖孩子真聰明，有星辰指路，管他什麼交叉水道，包管不會迷路。」

左冰心中暗暗好笑，這些主意都是婆婆寶貝孫女出的，這時讓自己出足風頭，真是有點不好意思了，便對銀髮婆婆道：「婆婆休息一會，我出去買船。」

銀髮婆婆點點頭。

左冰走出客舍，到了江邊，正要打聽有無小船出售，忽然見遠遠一條扁舟如飛而來，那江面上船隻紛紛讓道，遠遠傳來一陣吆喝之聲，他內功深湛，凝神一聽，明白都是叫道：「陸公子到！」「陸莊主到。」

左冰心念一動，凝目望去，登時大喜過望，原來那小船上坐著兩個人，正是太湖慕雲山莊陸公子和那喬裝黑衣少年之少女。

左冰等那小船靠近了，高聲招呼。

那少女驀然見到他，也是極爲高興叫道：「錢兄，你也來了。」

左冰微微一笑道：「小可實在姓左，尚祈姑娘見諒這欺騙之罪。」

那少女嘴一撇道：「誰有功夫和你虛文虛禮，你姓錢也好，姓左好也，咱們反正都是好朋友，是不是！」

她顯然心境極好，說完了笑著望望陸公子。

陸公子長長一揖道：「多謝錢……不……左兄仗義，大恩容我他日再報！」

左冰連忙還禮道：「陸兄如此說來，真是愧煞小弟，小弟無力救出兄台，兄台吉人天相，無恙歸來，真是好生教人歡喜。」

陸公子看了那少女一眼，目光中深情無限，彷彿對少女說：「如非妳不顧性命救我，我那有今天這自由之身？」

那少女嫣然一笑，心中極是甜蜜。

陸公子又道：「小可奉家慈之命，前來無錫給一位前輩送藥來，稍時事罷，兄台千萬到太湖敝莊盤桓數日，多得兄台教益。」

左冰謙遜兩句道：「小弟實是來尋兩位！」

那少女道：「有事到太湖再說，咱們這便去送藥，左兄，今晚初更，咱們便在此相會如何？」

左冰盯著她似笑非笑的看著，那少女心中忽然一慌，脫口道：「你……你找到了銀髮婆婆？」

左冰點頭道：「小弟奉姑娘祖母之命，請兩位前去相見！」

那少女花容失色跺足埋怨道：「我說到無錫怕被婆婆碰上，你偏偏說不會，現在怎麼辦，你倒是想想法子。」

陸公子一怔，連忙柔聲安慰她不要急，他上次被矮胖少年點了穴，雖不能行動言語，心中卻明白得緊，見那少女肯爲自己以身相代，真感激得五內俱銘，後來她脫險找到太湖來，兩人年紀相若，又都傾慕對方，不數日已成最要好一對伴侶，說起大鬧小孟嘗壽宴之事，陸公子這才明白原來那黑衣少年便是這容顏如花似玉的少女。

那少女心中慌急，陸公子也是惶然無計，便像一個做錯事的孩子，不敢又不能不去承認一般，但忽想到一事：「明明是她要和我一塊來玩，哪是我要她來無錫。」

但見「小敏敏」一臉焦急心虛，他只有柔聲安慰的份，心中不免感慨忖道：「那狂歌吟詩，舉酒舞劍，遨遊五湖四海的日子已過去了。」但心中畢竟仍是感到甜蜜，耳畔只聽見左冰催促道：「姑娘，妳婆婆說妳再不回去，妳爺爺來找妳，那可大大不妙了。」

他話未說完，一個年老的女聲接口道：「小敏敏，妳是愈來愈大膽了。」

左冰一回頭，銀髮婆婆不知何時已走到身後，那少女歡叫一聲撲到婆婆懷中，又哭又笑叫道：「婆婆您終於來了，那島上有什麼好？您看江南風光多麼美，您出來散散心可不是好？」

銀髮婆婆哼了一聲道：「小嘴真會說，還不跟婆婆回去？」

小敏道：「婆婆，我還沒有玩夠哩，他……他說要陪我玩遍江南名勝。」

銀髮婆婆一來便打量陸公子數眼，見陸公子一表非凡，心中早自有幾分喜歡，故意沉臉道：「敏兒，妳愈來愈胡鬧，看我叫不叫妳爺爺用厚木板打妳。」

小敏一吐舌道：「婆婆您捨得打小敏？這位是……是太湖陸公子，小敏在江湖遇到許多凶險，都是他救的。」

銀髮婆婆見孫女含情脈脈的望著那俊美少年，知道這寶貝孫女兒對那少年已是情癡愛重，她是一個開通大方的人，當下不怒反喜，臉上笑意愈來愈濃，將那怒意都融光了。

左冰見銀髮婆婆找到孫女，婆孫倆談個不停，流連在此，也覺無味，當下便告辭，銀髮婆婆留他不住，只道他有急事，只有讓他走了。

左冰邊走邊想，忽然前面人影一閃，一個人攔在前面沉聲道：「姓錢的，今夜三更，在東郊王氏荒園等你，這是死約會，你不去自有人來請你。」

左冰一抬頭，只覺那人面孔極熟，來勢洶洶，一時之間不覺怔住了，不知如何是好。

那人一揮手道：「姓錢的，你如果想逃，那是妄想，大丈夫敢做敢當，既然敢殺這許多條人命，嘿嘿！總不致是溜之大吉的狗熊吧！」

左冰想了一刻，忽然想起一人道：「尊駕可是反手劍鄭彬？」

那人哈哈一笑道：「正是區區。」身子一轉，幾個起落便消失了蹤影。

這時夕照大地，漫天彩霞，左冰心中忖道：「這反手劍上次和駱老爺子串通，不知爲什麼又和我拉上糾葛？既是和金刀駱有關係，我好歹要去瞧個明白，打不過他，難道不會跑麼？」

他心中自得的笑了一笑，胡亂吃過晚飯，到了二更，背了魚腸寶劍，便往東郊走去。

來到一處荒蕪林園，等了半個時辰，只聽見沙沙腳步聲起，左冰心中暗道：「這姓鄭的倒也是個好漢，並沒有帶了幫手。」

他心念方止，反手劍鄭彬已現身眼前道：「今日之事，在卜不但要取那重寶，而且要取你性命。江湖上劫財不殺人，殺人不劫財，在下自知理屈，讓你三劍。」

左冰茫然道：「兄台之言小弟一句不解。」

反手劍冷冷一笑，長劍出手道：「請！」

左冰呆立不動，反手劍鄭彬一抖劍道：「既是不肯受讓，在下得罪了。」

他長劍一挺一削，左冰只覺眼前劍光閃爍，令人眼花目眩，左冰知他厲害，連退三步，下意識也將魚腸寶劍拔出，這是上古神兵，一出鞘作龍吟聲，寒光如泓。

鄭彬心中暗暗喝道：「好劍！」手上招式一招緊似一招。

左冰揮動寶劍不知如何下手。但他輕功絕佳，每每從不可思議中脫出危機，鄭彬愈打愈是凌厲，左冰呼的一劍刺向對方，鄭彬一錯步，一劍刺入一株合抱古木之中，那魚腸劍何等銳利，嗤的一聲只剩劍柄在外。

反手劍鄭彬乘勢一劍，左冰奮起全力一拔，只見寒光一閃，拔劍到手，隨著一紙墜地，手上寶劍卻輕了許多，慌忙間也顧不得這許多，連忙倒退閃避，鄭彬得勢直上，那荒林草木茂繁，左冰閃躍之間大是狼狽。

眼看逼向死角，左冰正待施輕功飛越逃走，忽然背後銀髮婆婆的聲音道：「反手劍三十六招，怎麼只剩三十二招，還有四招失傳了麼？」

反手劍鄭彬一怔，只見一個髮如銀絲的老婦當前而立，他這反手劍是失傳多年的絕藝，自已從古簡中東湊西拼，勉強學了三十二式，已是威力無比，但並不知道這劍法到底有幾式，這老婦人一口喊出，只怕原劍法真是三十六式也未可知，當下瞪目而視。

銀髮婆婆道：「『橫渡大江』下面是『平林漠漠』，再下一招是『點點繁星』和『千孔萬眼』，咦，你怎麼都不會？」

鄭彬愈聽愈是寒心，恭身收劍道：「多謝前輩指點！」轉身便走。

銀髮婆婆對左冰道：「婆婆住在東海仙履島，從杭城東行海上五天便到。」

她似有急事，也急急走了。左冰上前藉月光一瞧，心中吃了一驚，那大樹中仍然留著一把劍，他再仔細一瞧，登時大悟，原來這刃裡竟還有一層，適才用力一拔，將裡層劍反拔出了，上前拾起落下之紙片，只見上面寫著幾行潦草的字跡。

「事急，楊兄速來見我。知名不具。」

左冰心想：「這紙片便藏在兩層劍刃之中，當年這收藏的人當真是藏得天衣無縫了。」

月光下，忽覺那字體甚是熟悉，再看兩遍，心中更是狂跳不已，手心冒汗忖道：「這不是……不是大伯……大伯的筆跡麼？」

二十　將軍情痴

左冰凝視著那一行字，那熟悉的筆跡，心中肯定的忖道：「這字爲錢伯伯的手筆，是沒有問題的了，那麼這柄魚腸劍也是錢伯伯昔年之物，這紙條藏得如此隱密，一定是件極其重大之事，多年之後，仍然保藏在劍中，可見那收信的人當年並沒有收到。」

這時荒園寂靜，月光從樹梢中透了過來，一片銀白，左冰怔怔站在樹下，眼前彷彿又浮起了漠北的風光，單調的地形，一眼望去儘是無垠黃沙，早上的太陽從那片黃沙處升起，夕陽也從那裡隱沒，日子便是這樣的過去，一天又一天，那落英塔中的老人額上的皺紋也更加深刻了。

左冰心想：「錢伯伯爲什麼要將自己關在那淒涼的塔中，日子是多麼不容易打發，只有下棋，天天下棋我可下得厭了，後來錢伯伯爲了下一盤棋，得瞧我的臉色行事，可見他無聊的程度。對了，只有在棋局中戰陣攻伐，他才能舒一口沉鬱之氣。錢伯伯雄才大略，豪氣萬丈，只有我最知道，然而在他生命最輝煌的歲月裡，卻自囚於這苦寒的漠北十幾年，但……但沒有人阻止他離開這塔中呀！」

左冰愈想愈是糊塗，他受塔中人託咐，到中原來尋人投書，其實對於塔中人身世是一無所知，但卻結成忘年莫逆之交。

「事急，楊兄速來見我，知名不具。」左冰默默重複念著這幾個字，心中又忖道：「這楊兄又是誰?錢伯伯眼睛長在頭頂上，能和他稱兄道弟的，來頭也差不到那裡去?還有……」

左冰想了很久，一點頭緒也沒有，他天性豁達，轉念想道：「這世上秘密多得緊，我如果都想弄明白，便是想穿了腦子，跑斷了雙腿，也不能盡知，何必如此自擾?」

當下將魚腸劍外層劍刃從大樹中起出，插入鞘中，踏著月色而歸。

才一回到客棧，迎面走來一人，濃眉大眼，年紀約二十七八，臉上透出樸實正直之氣，衝著左冰一笑，左冰微笑點頭，只覺此人面容熟悉，卻想不起何處見過。

左冰回到房內，他這房間原是替銀髮婆婆所訂，是一座獨院，亭台樓榭，佈置得極為精緻，陣陣茉莉香氣，隨清風飄散，左冰沐浴更衣，只覺身心舒寧，一時之間也不想入睡，漫步園中，徜徉花草月色之間。

忽聞隔院一陣清朗讀書之聲，左冰側耳傾聽，那隔院人讀的是諸葛武侯「出師表」，忠憤之氣表露無遺，想來對於表中孤忠之情領悟極深，左冰聽著聽著，有若身歷其境。

他這人極受感動，又極易一笑忘懷，那隔院人讀到「受命以來，夙夜憂勤，恐託付不效，以傷先帝之明。」忽然輕輕嘆息一聲，便不再念了。

左冰出神脫口而道：「兄台忠憤之氣透於言語，武侯一番苦心孤詣，兄台領悟無遺，好生叫人敬佩。」

隔院一個清脆的聲音接口道：「日月風清，兄台雅興，何不過來一談？」

左冰大喜，他生平最愛交朋友，當下穿過拱門，只見不遠一株桂花樹下，立著一個少年，迎了上來，正是適才所見那人，拱手對左冰道：「千山百山幾重天，萬里黃沙一少年。此地又遇兄台，真是喜之不盡。」

左冰驀然想起了此人上次在杭城便在旅舍中照過面，心中一喜，朗聲笑道：「人生何處不相逢，萬里黃沙一少年，兄台好豪氣。」

那濃眉青年道：「小弟其實是一別家園十年，竟是近鄉情怯，心中真是不解。」

左冰道：「前遇兄台，將近一月，遊子遠歸，何必徘徊以懸親心？兄台還是早歸爲佳。」

左冰和那青年原本萍水相逢，但他天生愛成人之美，竟出言勸了起來。

那濃眉少年微微一笑道：「月前杭城相晤，耽誤至今倒也不是徘徊不歸，實乃另外一事纏身。」

左冰道：「瞧兄台口氣，定是來白北方……」

他話尚未說完，忽然前院傳來一陣叱喝之聲，一個客舍夥計慌慌張張的跑了進來，口中結結巴巴地道：「兩位……兩位客官請快出去，小店……小店擔當不起。」

青年一皺眉道：「什麼？」

那夥計道：「郭……郭將軍親率縣令大老爺前來拿人，小店……小店只有兩位客官是遠來旅客，小店……」

青年一揮手，自語道：「郭雲從真是胡鬧，這等招搖豈不嚇壞老百姓麼？」當下昂然走出莊院，左冰緊跟在後。

走到莊院，只見院中高高矮矮站了十幾個文武官員，當先一個豹首環目，銀鎧白袍，年紀甚輕，左冰一眼便認出，正是自己上次初到杭城，在酒樓上要請自己喝酒的郭姓少年。

濃眉青年一現身，那些文武官員紛紛行禮，濃眉青年微微頷首，口中招呼道：「郭總兵、吳縣令、余參將……張副將……如此勞動大駕，真教小弟不安。」

那被稱為縣令的人恭然道：「高帥南歸，卑職失迎，真是罪該萬死。」

濃眉青年謙遜幾句道：「小將南來純係私事，不敢勞動各位大駕，有暇再來拜候。」

眾官員見他有送客之意，便作揖告別，濃眉青年對姓郭的將軍道：「雲從，我返鄉後再找你聚聚。」

郭雲從臉色微微一變，恭然道：「小將恭候將軍蒞臨。」他行禮而別，又向左冰點點頭，大步走出客舍。

這時客舍的掌櫃夥計都是心跳不已，大家作夢也沒想到這位衣著樸素的青年，竟是當朝重將，適才一批人中，江南蘇杭的大官都到齊了。

那濃眉青年見眾人都驚訝的望著他，心中微微發窘，一拉左冰道：「你我一見如故，如此良夜，咱們秉燭夜談，以消長夜如何？」

左冰撫掌叫好，兩人相偕走回院中。

左冰道：「兄台原來是位大將，難怪風度翩翩，忠義逼人，小弟佩服。」

濃眉青年姓高名集君，年紀雖輕，但戰陣運籌、兵法謀略都是超人一等，從武以來，南征北討，出生入死，才成了今日地位，是皇朝第一員勇將。兩人通過姓名，心中都甚歡喜。

高集君道：「左兄不必替小弟貼金，小弟行伍出身，自當效力軍中。」

左冰笑著將上次在酒樓上，看郭雲從飛騎從杭州將軍府中救人之事說了，那姓高的青年將軍撫掌大樂笑道：「還是雲從做事有魄力，左兄別看他年輕，他日成就，猶遠在小弟之上。」

兩人談得極是投機，不覺星沉斗移，這才回房休息。

次日早上，那高集君邀請左冰一同到他家鄉去，左冰天性隨和，他和高集君投機，便一口答應。

兩人從蕪湖乘小船沿江而下，一路上水道繁密，真是千叉萬道，江南水鄉，到處都是小河，大得水運之便，有的明明前面是絕路，但轉個彎卻又是柳暗花明，景象大變，江南山明水秀，無盡無窮，那小篷船行了大半天，黃昏時候到了高家村。

高集君和左冰一躍下船，左冰放目一望，前面遠遠山下一大片瓦屋茅屋，煙囪中正冒著裊裊炊煙，回頭再看，那小舟已蕩在金黃色晚霞中，只一刻便小得如黑點一般了。

高集君心中又是緊張又是歡喜，沉緬在昔日往事之中。

左冰邊走邊笑道：「高兄，人言富貴不還鄉，如衣錦夜行，高兄名成位就，如果壯以儀仗，領眾而歸，豈非一大佳話？」

高集君茫然道：「是麼？」

默然往前走，那山下小村看起來不遠，但走起來卻是好長一段路，兩人踏著自己斜長的影子，無言的走著，原野上暮色蒼蒼，正是向晚的氣氛。

這時小村中的燈火點了起來，清風中明明滅滅，又走了一段路，只見前面山坡上都是墳堆，高處有一所祠堂。

高集君走著走著，驀然停在一處路邊新墳旁，凝視著那墳碑上刻字，伸手揉揉眼睛。

左冰運神一瞧，昏暗的天光中猶能分辨出上面刻的字：

「高門王氏之墓。」

高集君一言不語，臉上一片茫然，跌坐墳前，良久良久，漠然抬起頭來。

左冰輕聲問道：「是令堂麼？」

高集君搖搖頭，兩行熱淚直掛下來，伏在碑前飲泣不止，暮雲四起，天色漸漸暗了。

左冰見他傷心欲絕，自己也勸不上，便陪他坐在一旁。

那高集君到底是領過大軍的將領，雖是心都碎了，但卻不願在左冰面前哭出聲來，回顧從前，真是傷心觸目，再也忍不住熱淚泉湧，不一會前襟濕透了，晚風漸吹漸涼，高集君連心都冰涼了。

左冰想了半天，終於想起一句勸慰的話道：「人死不能復生，高兄節哀爲是。」

高集君喃喃地念著：「天涯隔兮生死絕，卿既離兮何必歸。」站起身來，也不往村中走去，逕自回身揚長而去。

左冰見他心智昏迷，當下不敢遠離，也站起身緊跟在後，高集君視若無睹，走到江邊，砰的一聲，躍入江心之中。

左冰心中大急，他來自北方，對於游泳可是外行，這時遠近均無船隻，只有呆呆站著乾著急，忽見高集君忽地浮出，浪花激起，便如一支箭一般，直游對岸，左冰心中鬆了一口氣。

等到高集君泅上岸，回顧四下無人，便在江邊折了幾段樹枝，運勁一拋，身形凌空而起，藉樹枝浮力，幾個起落，也渡過江面，悄悄跟在高集君身後。

高集君不覺的走著，愈走愈是荒僻，那漫草荊棘將他衣服劃破，刺裂腿肉，衫上都染紅了。

高集君似乎有意折磨自己，如癡如狂的往崎嶇路上走去，左冰輕功極好，他踏草而越，倒是瀟灑自如，但心中卻大為不忍，正想發聲勸阻，忽然遠遠傳來一聲馬匹長嘶。那高集君一怔站住，長嘆一口氣喃喃自語道：「江南還有什麼好留戀？回到漠北去吧，老了便讓黃沙埋了身體吧！」

他回身卻見左冰站在不遠處，當下心中一陣溫暖，散亂的目光漸漸聚集起來，對左冰道：「小弟心傷無狀，倒讓左兄見笑。」

左冰道：「高兄，現已深夜三更，咱們找個蔽風之處先睡覺如何？」

高集君點點頭，兩人找到一處大樹背後之地，高集君頹然坐下拉住左冰雙手道：「左兄，咱們雖是萍水相逢的朋友，但左兄的關懷，真使小弟銘感於心。」

左冰笑道：「四海之內皆兄弟，何況你我投緣，明天我請兄台喝陳年紹興酒去，人生難得幾回醉，一醉能解千歲憂，哈哈！」

他儘量裝得輕鬆，高集君是何等人物，心中更是感激，當下悲極地道：「小弟離家十年，這次回江南原是來接賤內，既然她先小弟而去，小弟再無掛牽，此身早許國家，能在沙場馬革裹屍，求一死於願足矣。」

左冰勸道：「兄台英姿煥發，異日定是廟堂之器，怎能自暴自棄？小弟有句不知輕重的話，令夫人在九泉下，也不願意兄台如此。」

高集君嘆氣道：「小弟受賤內深恩，大丈夫受恩不能報，豈不令人氣短？唉，我原以爲苦盡甘來……好一個苦盡甘來，哈哈！」

左冰見他神色又有些不對勁。趕忙勸他睡下。

高集君道：「我睡不著，我清醒得緊，左兄，我今夜非把我心中的話講出來，你愛聽也罷，不愛聽也罷。」

他這時說話便如一個倔強的孩子，那裡還是一個統率大軍的將軍了。

左冰道：「好，你說，我聽著便是！」

高集君默然，他雙眼望著黑沉沉的天際，似乎在搜羅片段的往事，良久才道：「十年前，便在這靠山的村中，發生了一件令人不敢相信的大事，後山王家村的首富獨生女兒，下嫁高家村一個貧無立錐之地的小夥子，那時候，那時候……他二十歲還差一點點。」

左冰知他在追述前塵往事，便專心聽著。

高集君道：「那小夥子只有一個母親，過著赤貧的生活，但王家小姐卻偏偏看中了他，不顧她父母親的反對，終於嫁給高家，作父親的一怒之下不再理會女兒，也不承認這門親事，作母親的憐憫女兒，偷偷的塞了些細軟陪嫁。那段日子，是那小夥子一生中最快樂的時光，雖然苦得很，但樂在心中，無窮無休。

那王家小姐德貌俱全，嫁給小夥子後，一心一意侍奉婆婆，操勞家事，她身子原本就弱，操心終日，漸漸地消瘦了，但婆婆因她是地主富人的女兒，對她歧視折磨，她卻逆來順受，從不在那小夥子面前埋怨一句。」

左冰心中卻暗忖道：「爲什麼人和人之間關係如此麻煩，婆婆和媳婦是至親，爲什麼相處不和？」

高集君道：「有一次那新娘子實在太累了，一失手打碎一隻碗，婆婆便罵了一整天，那作兒子的心中不服氣，頂了幾句嘴，結果婆婆發怒，兒子和媳婦雙雙跪在爹爹神主之前，跪了一炷香又一炷香，已是深夜的時分了吧，婆婆憐惜兒子，便叫兒子起來睡去，媳婦還要跪到天亮。」

高集君歇了口氣，左冰不由想起銀髮婆婆來，心中暗忖道：「作銀髮婆婆的媳婦才幸福哩！」

高集君接著道：「那兒子道：『媽，您便饒了她吧，不然我陪她跪到天明！』婆婆大怒，搥心拊胸尋死要活的，那兒子心中真是又怒又急，回頭一看，一道柔和的眼光，包含寬恕、體貼、明瞭種種心意，那作兒子的心一熱，幾乎一口鮮血要噴出來了，素瓊，妳這時便要我將心肝掏出來，血淋淋的放在妳面前，我也是毫無猶豫的。」

左冰見他臉上一陣激動，蒼白的雙頰驀然變得紅了，就如回到當日那尷尬的場面，當下輕輕的拍拍高集君寬廣的肩胛。

高集君又道：「日子愈過愈苦，那小夥子終日辛勞，卻是難得溫飽，兩口子一商量，非出外找出路不可，恰好劉元帥在招兵，那小夥子決定從軍，他小媳婦兒將最後一點細軟變賣了作爲盤纏。

那小夥子提著一個簡單行囊，離開了這住了二十年的家鄉，他握著小媳婦的手道：『素妹，此去長遠，家中一切有勞娘子。』

媳婦哽咽道：『大哥，你在外仔細飲食冷暖，此去如果不順，便快快回家，家中雖苦，總勝似流落在外。』

那小夥子不住點頭，他心中可真希望媳婦兒再留一兩句，便可乘勢不走了，他怔怔站在門口，凝視著那雙秀目，但看到的是堅決的鼓勵，那小夥子懷著又怕又悲的心情出外開拓新天地了。

恰巧這時朝廷用兵，那小夥子出生入死，拚命勇敢打仗，他心中只有一個目的，要使他媳婦兒成爲一品夫人，要讓他媳婦兒住在金光輝耀的大宅第中，現在當他接近這目的時，那人卻先去了。」

左冰勸道：「令堂地下有知，得知吾兒奮發鷹揚，一定會瞑目含笑。」

高集君道：「什麼是功名，什麼是富貴？我難道不知愛惜自己的性命麼？我爲什麼要冒著槍林箭雨，三天三夜連換六匹馬，目不合眸的去追擊敵人，這一切對我還有什麼用？我母親不能容我妻子，如今她人都去了，那麼生前的勞苦還有什麼意思？」

他聲調又漸漸高昂，望著天際，向蒼天埋怨傾訴，但天際一片黑暗，只有繁星點點，月光澹澹，左冰心中甚是難過，但卻是無能爲力。

左冰輕問道：「高兄既回家園，明日何不前往瞧瞧？」

高集君道：「江南是不堪再留的了，我知道她一定……一定是操勞憂心而死的，唉！但願窮苦相守至白頭，何必營營汲汲，人算豈能勝過天算？」

左冰抬頭一望，天邊已露晨曦。

高集君在小溪邊掬水洗了臉，他用力又握了左冰雙手道：「小弟這便回部隊裡去，他日左兄北來，千萬到邊關來相聚。」

左冰見他神色堅毅，心想他該不會再出事，便和他告別。

只見高集君愈走愈遠，剩下一個黑點。

左冰忽然想起前人一句詩：「未老莫還鄉，返鄉須斷腸。」心中只覺一片淒然，無意中結識一個英雄好漢，又無意中分享那人的秘密，那人懷著創痛走了，留給自己的卻是一縷輕輕惆悵。他知道，再過一會遇到別的事情，便會忘掉剛才的悲傷。

清晨的溪水十分冰涼，左冰伏在溪邊將臉泡在水中，只覺頭腦一陣清新，心中忽然想道：「看來這世界上有真正不能忘懷的痛苦，我為什麼會覺得痛苦和快樂都是一時的，時間過久了，便會忘得乾乾淨淨？」

轉念又想到「錢伯伯」在自己兒時所說的話：「你學武成就猶在我之上，但總有一天，你自己覺得應該練武，才會專心去練，別人是勉強不得你的性兒的。」

左冰心中暗自問道：「我這算什麼性兒，混了二十多歲，又有什麼值得別人留念的？」

想到高集君那深刻的痛苦，孩子般的真情，從一個手握兵符的將軍臉上流露出來，對於自已因循苟且，簡直覺得可恥了。
左冰蹲在溪邊胡思亂想，不一會兒旭日初升，水中多了一個日影，流光閃爍，似真似幻。
左冰胡思亂想一會，心中若有所悟，當下無精打采，站起身來，只覺腹內飢餓，原來從昨午到現在還未吃飯。來時記得濱江不遠有家酒肆，便大步前去，沿江而上，走了半天，竟是走叉了路。
左冰心中倒不慌，正要穿過一處林子，忽然人聲嘈雜。
左冰輕步走前，只見林子中央是片廣場，高高矮矮坐了幾十名江湖漢子，其中一個五旬老者，站在中央比手劃腳的說著，眾人之中有的吆喝助威，有的反對爭執，鬧得不可開交。
左冰好奇心起，躲在一株樹後看熱鬧。
只聽到那老者高聲呼喝著：「本幫主已決定，各位香主還有什麼話？」
人叢中一個三旬左右中年漢子站起身來，左冰只見他滿臉悲憤之色，激動已極，好半天才說出話來道：「飛帆幫歷來行俠仗義，幫中都是鐵錚錚好漢子，幫主，我甘雲寧死不願認賊作父。」
另一個漢子站起來道：「甘雲，反抗幫主罪該如何？」
那甘雲沉痛地道：「幫主，請你再想想歷代幫主建幫之艱，這……這……」
他說到後來，竟是泣不成聲。
那幫主冷冷地道：「甘雲，你敢漠視本幫主？」
甘雲道：「甘雲至死不敢遵命！」伸手拔出背後長劍，忽地一勒脖子，左冰只見紅光一閃，掉轉頭來不忍再看。

那幫主臉色森森然不動聲色，他放目四周，目光凌厲攝人。

這時人叢中又有兩個人一同站起，其中一人道：「幫主，你倒行逆施，本幫大好基業必然毀在你手，你逼死甘大哥，不久你便會落得同一下場！」

他侃侃而談，沒有絲毫畏懼。

幫主冷冷哼了一聲，凝視那兩人。

兩人一同叫道：「各位哥哥，小弟先走一步。」長劍一勒，雙雙橫屍地上。

這時再無人敢反對，那幫主躊躇滿志，雙眉上揚。

左冰心中一動，只覺這人動作極為熟悉，正思索間，那幫主已率眾人走了。

左冰走出樹後，望著那三具屍首，真是紛亂極了，他心想：「道不同不相為謀，既是意見不合，分手便是，又何必一死以明志？那幫主不知要做什麼事，這三人白白的犧牲了性命，也並不能阻止他。」

但見那甘雲雙目怒睜，面上表情悲憤已極，真是死不瞑目了。

左冰忖道：「如果我有白大哥那等武功，只要一出手便能阻止這場悲劇，但我現在只有眼看它發生，這次回去，便向大伯請教武功吧！」

他心地慈善，當下挖了三個洞，將三人草草葬了，又對墓堆行了一禮，心下更是茫然，邊走邊想：「古人動輒一死以諫君非，我總以為是史書渲染，想不到今日得見，而被諫的不過是一個幫會頭子，這……這不是太不值得麼？」

他哪知道江湖上幫會幫規森嚴，為幫會拋頭顱灑鮮血，那是理所當然，人人敬重的行為，至於幫主威嚴，那便更不用說了。

他默默地走著，心中感情不斷衝擊，多年來一直自以為是、得過且過的隨和作風，似乎有些不對勁了，他心想：「為什麼人要認真，凡事退一步，不就解決了麼，那高集君年紀輕輕，便成一方重將，為了一個女子卻絕望傷心，那樣子似乎永遠不再歡樂了，其實人不都要死麼？只是遲早的問題，那麼早死也算不得什麼了。這三人阻止他們幫主，便用命去拚，這是對還是錯，我難道還忍心笑他們傻麼？如果他們是對的，我便成了天下最無情無義的人了。」

他信步而行，回想自己這二十多年生涯，忽然巧妹那多情的眸子又浮了起來，他連著欺騙巧妹幾次，起先還有些內疚，過後便真的不顧了，如果再碰到什麼有趣的事，那更是忘得一乾二淨了。

左冰不斷地走著，不斷的思想，只覺自己像行在茫茫大漠中，沒有一點指引和攀附，便是情投意合如白大哥，自己也可能在過些日子後，將他忘得乾乾淨淨，他甚至懷疑像錢伯伯、父親若遽然而去，自己哭不哭得出來也成問題。

「這算是什麼人？這不和禽獸一般麼？」

他想到這個結論，心中不斷狂呼道：「我要改變自己，我要認真去做一件事，第一件便是去練武吧！」

黃昏時刻，他終於走到一處大鎮，倒在客舍床上，默默地他似乎決定了很多事。

就這樣，左冰的一生改變了。

誰又會想得到這漫不在乎、對於人生像遊戲一般的少年，日後會成爲支配武林命運的人物，世事是多麼不可逆料！

河水在夜裡黑得如墨水一般，左冰望著河水中自己或隱或現的倒影，心中的思想就像流水一般，一會兒一瀉千里，一會兒阻塞而滯，他敲著自己的後腦，始終無法整理出一個頭緒來。

他一舉足，踢起一顆小石子，「咚」的一聲滾入河中，濺起幾點水花，然而就在這時，「咚」的又是一聲，又一顆石子被拋入水中，左冰吃了一驚，他猛一回頭，直駭得他魂飛魄散！

只見一個身軀直挺挺地立在他身後，那個身軀足足比左冰高出三尺有餘，乍看上去倒有兩個人的高度，尤其駭人的是，那人穿著一身磷光閃閃的白白長袍，頭上紮著一圈五花十色的雜毛，腰間繫著一串頭骨，一動也不動地瞪著左冰。

左冰駭然倒退了三步，他足跟一涼，便意識到自己已站在水中。

他不敢再動，只是心駭無比地反瞪著那個人一語不發。

忽然，那人開口了，左冰只覺那人的聲音低沉得彷彿是口巨鐘：「你是什麼人？」

左冰不知該怎麼答，他囁嚅了一陣，忽然反問道：「你……你是誰？」

那人冷冷道：「你走近一些讓我瞧瞧。」

左冰緩緩從水中走了出來，那人忽然手一招，左冰只覺一股強勁無比的掌力從四面八方雜亂無章地直撞過來。

他心中緊張，根本不知該如何的躲避，正在這時，那人一抖手，掌力全收。左冰不禁又是倒退一步。

那巨人忽然道：「你快滾吧，是我認錯人了。」

左冰心中著實摸不清這人是人是鬼，他心中暗道：「先躲開再作道理。」

他一言不發，連忙匆匆向左跑開，他一口氣跑出二三十丈，忽一閃身，躲入一塊巨石之後。

哪知他方才躲好，耳邊只聽得那巨鐘般低沉聲音：「叫你滾開，你就滾遠些。」

左冰吃一驚，暗道這人莫非腦後生了眼睛，他只得爬起身來，又跑出了十多丈，悄悄閃入一片短叢灌木之後。

那曉得他才躲好身子，那低沉的怪聲又喝道：「你這小子是找死麼？躲什麼躲？」

左冰又驚又駭，正要爬起身來再跑，忽然前面那怪人大笑道：「好小子，你總算到了，一個人來麼？」

左冰聽那口氣又不像是在對自己說話了，不禁大為驚奇，忍不住悄悄的探出半個頭來向前看去。

只見那怪人的面前不知何時已站著另一個人，只因距離過遠，看不出那人是什麼模樣，只聽得那怪人的怪喝聲：「聽說黃金大師在你的手上栽了觔斗，是也不是？」

那對面之人似輕鬆之極，毫不動氣，只是微微欠了欠身，說了一句什麼話，左冰聽不清楚，只聽得那怪人暴喝道：「好小子，你居然還敢承認，你知道我是誰麼？」

那對面之人又答了一句，左冰依然聽不見，但聞那怪人道：「既然知道，還不自尋了斷？」

那對面之人搖了搖頭，左冰不知他有沒有說什麼，只見他忽地猛一伸掌，竟然先向那白袍怪人動起手來。

左冰微一思索，暗道：「是了，這怪人必是約好了這人到這裡決鬥的，先前誤認我就是他的對手。」

只見那怪人一聲暴吼，雙掌直揮，那對面之人竟也絲毫不讓，硬對硬地和那怪人對起掌來。

左冰距離太遠，也看不出那兩個人的功力來，只見遠處那小河邊的樹木全都被兩人的掌力所折，枝葉滿天橫飛。

左冰暗暗吃驚，心想這兩人的掌力簡直就如開山巨斧一般，心中不禁興起了一個念頭，想要悄悄的走近一些去看看——

就在這時，忽然一隻手拍在他的肩上，他連忙回頭一看，只見一個白髮老人面帶微笑地望著他。

他幾乎開口大叫，那老人伸指在唇上噓了一下，叫他不要聲張。

左冰一把抓住那老人的衣袖，輕聲叫道：「錢伯伯……錢伯伯……」

那老人握住他的手，道：「左冰，找你可把我找苦了。」

左冰道：「錢伯伯……你怎麼找到這兒來的？」

那老人道：「說來話長，先瞧那邊的好戲吧。」

左冰抬頭向那邊看看，只見那邊小河畔的兩人這時已成了一片模糊的人影，只有轟然的掌聲不時的傳來，滿天枝葉飛舞如雨，聲勢好不驚人。

身邊的老人喃喃道：「這青年掌力渾厚如此，倒真是罕見的奇才。」

左冰道：「青年？」

老人點頭道：「那青年頂多二十幾歲。」

左冰道：「錢伯伯您認得他們兩人？」

老人冷笑了一聲道：「嘿，三分不像人七分不像鬼的袁老大躲在漠南苦練了這麼多年，功力著實進步了不少，卻連一個青年也勝不了。嘿嘿，他這張老臉往哪裡放？」

左冰道：「漠南……」

這時那邊忽然一聲暴震，接著那兩人分開丈餘。

那白袍怪人怪叫道：「姓楊的，老夫問你一句話——」

左冰一聽到「姓楊的」三個字，他心中忽然一驚，脫口道：「楊群！這青年必是楊群！」

他身旁的老人錢伯伯喃喃道：「楊群……楊群……」

只聽得遠處那青年也提高聲音道：「什麼話你問吧。」

那怪人道：「老夫問你，有一個人你識不識得……若是你與這人有那麼一點關係的話，咱們也不必打下去了。」

那青年道：「什麼人？你說——」

那怪人壓低了聲音說出了一個名字，左冰完全聽不見他說什麼。
只聽到那青年哈哈大笑起來，道：「一點關係？哈哈，就是在下恩師。」
那怪人一聽這句話，忽然雙手一拱，道：「既然如此，這場架不必打了。」
那青年也拱了拱手道：「老兄何爾前倨後恭？」
那怪人呵呵大笑，接著說道：「令師曾救過老夫一次，那就是自己人了，自己人還打什麼？」
那青年道：「不錯，老兄比上次那個什麼黃金大師有意思多了。」
那怪人大笑道：「咱們不打不相識，小老弟，老夫要試一下你的膽子。」
那青年道：「如何試法？」
那怪人道：「老夫有一罐百年人腦酒，要想邀你共飲一杯，小老弟可有膽量跟我去喝一杯？」
那青年道：「有什麼不敢？哈哈，我楊群有什麼事不敢做？」
那怪人道：「那麼——跟我走！」
他丈長的身軀微微一晃，拔身而起，那少年楊群一拔身形，輕輕地已落到數丈之外。
左冰低聲道：「這楊群實在太厲害……」
他身邊的錢伯伯這時喃喃道：「原來是他的徒弟、原來是他的徒弟……」
左冰問道：「大伯，你說誰？」
錢伯伯搖頭道：「你不知道的，你不知道的……」

左冰還待問下去，他發現錢伯伯的臉上帶著從未有過的嚴肅的神色，便不再問下去了。

只見前面那兩人霎時去得無影無蹤，左冰道：「大伯，你來找我……」

錢伯伯打斷道：「你先跟我來，咱們等一下再談。」

他說著轉身向河邊走去，左冰也跟著站了起來，錢伯伯的背影在黑暗中顯得有些老態龍鍾，在左冰眼中，那是個慈祥的老者，但是若換了一個人來看，這個老人乃是武林中談之色變的「錢百鋒」！

左冰跟著他走到河邊，錢伯伯揀了一個樹樁坐了下來，左冰也挨著他坐了下來。

錢百鋒道：「孩子，你離開我多久了？」

左冰道：「不到一年。」

錢百鋒望著左冰，就像父親望著自己的孩子一般。過了好一會兒才低聲道：「雖是不到一年，我可覺得太長了。」

左冰一聽這話，不覺眼角都紅了，他心中想：「大伯被困在落英塔中那麼多年都熬過來了，和我分別不過半年就覺太長，我……我……」

錢百鋒望了望天空疏星，嘆道：「孩子，你可知道你爹爹要你去見他？」

左冰吃了一驚，他睜大了眼睛，半晌才道：「他……爹爹他老人家可好？」

錢百鋒道：「他沒有什麼不好，只是要你回去一趟。」

左冰道：「還是到落英塔？」

錢百鋒點點頭。

左冰道：「那麼你呢？」

錢百鋒搖頭嘆氣，喃喃道：「好不容易出了落英塔，再不趕快把心中那幾件難解的疑慮弄個一清二楚。你以為我還有多少年可活麼？錢百鋒吃世人的悶虧也就罷了，可不能把這悶葫蘆帶到地下去。」

左冰道：「您……您是要算算舊帳？」

錢百鋒雙目一睜，精光暴射，他一字一字地道：「不應該算算麼？」

左冰側著頭忽然恍然大悟的道：「您要尋卓大江、武當掌教、神拳簡青他們？」

錢百鋒苦笑搖了搖頭，然後道：「苦就苦在這裡，當年他們幾人圍攻我，把我困在落英塔，今天我卻不能去找他們算帳。」

左冰大奇道：「什麼，您……您是被他們關在塔中？那又為什麼不能找他們？」

錢百鋒道：「我若是去尋他們，那又中計了！」

左冰愈聽愈糊塗，問道：「中誰的計？」

錢百鋒道：「我也不知是誰，害我的人我現在仍想不出是誰，卓大江他們只是那人的工具罷了。」

左冰道：「這麼說，卓大江他們也不知道被誰利用了？」

錢百鋒道：「正是這樣。」

左冰道：「從前我每次問大伯，您都不肯說，到底是怎麼一回事？」

錢百鋒打斷他的話道：「今天你不問，我也要說給你聽了，因為……」

說到這裡，錢百鋒嘆了一口氣，然後道：「這事能否真相大白，著實渺茫得緊，想想我這麼大的年紀了，還有多少年能活？我若含冤死了，冰兒，全靠你替我弄個水落石出了……」

左冰聽得心神一凜，今天錢伯伯已經兩次提到「我還有幾年能活」這句話，在左冰心中這是不可思議的事，從小到現在，他一直深深以爲錢大伯是世上第一的強人，想不到他會說出這樣的話，難道是英雄末路？

他抬起眼來，凝視著錢大伯，只見他眼睛和眉毛都擠在一起，額上的皺紋條條可數，他不禁忽然感到一陣悲哀，一時說不出話來。

廿一　捨身護友

錢百鋒默默的沉思了一會，忽然笑了笑道：「說來奇怪，在我出塔的前一天，我心中所打算的，憑良心說，我是先要尋卓大江他們大幹一場，殺個血流成河再說的……」

他望了望左冰，又說道：「然而奇的是那天晚上，我做了一個怪夢……」

左冰道：「夢？」

錢百鋒道：「不錯，一個怪夢，我夢見一個血紅色的怪城關……」

左冰訝然一聲叫了起來，那一連三夜所夢見的怪城和紫袍老人一下子湧上了他的腦際，這些日子來，他已把那一連三夜的怪夢淡忘了，這時一聽到錢伯伯如此說，他驚駭得忍不住叫了出來：「血紅色的城關，毀廢得有如孤關，還有一個紫袍老人，悠悠升天……是不是？」

錢百鋒一把抓住了左冰手腕，顫聲道：「你……你……怎麼知道？」

左冰道：「我前幾天一連三夜做到了這個怪夢，歷歷如繪……」

錢百鋒喃喃道：「怪了，怪了，這是什麼意思呢？難是是上天要告訴我們什麼嗎？」

左冰道：「大伯，你請先說下去。」

錢百鋒道：「我做了這個夢，我也不明白是什麼意思，但是隱隱之中，我有一種說不出的感覺，總覺得我的事其中必然還有一個人暗中參與其事，我和卓大江他們全是被他戲弄了。」

左冰道：「究竟是怎麼回事呢？」

錢百鋒道：「要我先說清楚這回事，那必須從咱們本朝正統十四年那年說起……」

左冰一聽到「正統十四年」，立刻脫口而道：「土木之變？」

錢百鋒的臉色變得沉重無比，他緩緩地點了點頭。

須知大明英宗正統十四年，在中國歷史上發生了一件無比大事，那就是土木堡之變，瓦剌人犯界，明英宗御駕親征，結果在土木堡受圍被虜，這是明代一個奇恥大辱，每個人都切切深記，是以錢百鋒一提到「正統十四年」，左冰立刻脫口而道「土木之變」。

錢百鋒道：「那一年，韃子大舉來犯，咱們的軍隊每戰不利，全國的注意力都集中到邊疆的戰事上，咱們雖是在江湖上跑的，也不能不關切民族存亡之事……」

錢百鋒伸手撫了撫額角，繼續道：「楊陸——你是知道的了，天下第一大幫會丐幫的幫主，這人是個熱血的鐵漢子，他從十九歲在魯王祠的大擂台出道，十年之內打遍天下未遇敵手，那威名之盛，委實到了如日中天的地步，那時候，我正在山西太原，拜訪我的老朋友……」

左冰道：「我爹爹？」

錢百鋒點首道：「不錯，就是去拜訪左白秋，那一天，我正在太原城西一家酒樓上喝酒，打算喝完酒就去尋你爹爹，忽然樓下走上來一個衣衫襤褸的文士，看那模樣兒倒像是個落第的秀才，當時我也沒注意他，那曉得他竟一逕走到我的桌前，拱手道：『老兄，在下坐這裡可好？』」

正值壯年的錢百鋒正是豪氣干雲的時代，他也不答，只是擺擺手道了一聲：「請便。」

那文士坐在他的對面，要了一份鴨湯麵，一言不發，不到半盞茶時間，就把一大碗麵條吃得滴湯不留，桌上倒是和湯帶麵灑了半桌了，錢百鋒暗笑這個文士吃相惡劣。

等到堂倌來收錢，那文士竟搜遍全身摸不出一文錢來，那夥計的嘴臉是何等的勢利，看那文士穿得落魄，先已有幾分不敬，這時便開始惡言相辱了。

錢百鋒聽得那夥計罵得可惡，便道：「這位老爺的帳算在我頭上，小夥子你給我閃開些，莫擾了我的酒興。」

那文士一聽到有人替他付帳，便冷笑道：「大爺沒錢自有人代付，你這勢利小子囉嗦什麼？」

夥計只得憤然而去。

錢百鋒倒了一杯酒敬那文士道：「出門人都有個不方便的時候，老兄你請。」

那文士也不推辭便喝了，而且繼續自己動手倒酒乾杯，錢百鋒暗想這人倒是直爽得緊。

過了一會兒，那文士忽然「啪」的一聲把酒杯往桌上一放，嘆口氣道：「唉，可惜可惜。」

錢百鋒忍不住道：「可惜什麼？」

那文士道：「看你老兄俠義爲懷……」

錢百鋒忙客氣道：「哪裡哪裡，這一點算得什麼……」

哪知那文士卻打斷他的話道：「正是，這一點算得了什麼，真是豪傑的，國難當頭，便到戰場上去殺韃子報國去了。」

錢百鋒一怔。

那文士道：「瓦剌犯界，姦殺擄掠，我中華兒女流離失散，血流成河，有血氣的豪傑當該如何？」

錢百鋒舉杯一飲而盡，道：「上前殺敵！」

那文士道：「好！好一個上前殺敵，在下提一個人，老兄可認得？」

錢百鋒道：「什麼人？」

那文士道：「楊陸！老兄可認得？」

錢百鋒霍地起立，抱拳道：「楊幫主何在?錢某畢生一知己，望老兄引見！」

那文士從袖中掏出一封信來，雙手遞給錢百鋒，道：「楊幫主有一封信在此，敬請錢大俠過目。」

錢百鋒已知這文士是誰了，他接過信箋大笑道：「閣下敢情是丐幫的軍師白樑?錢某諸多失禮！」

他打開信一看，只見信上寫著：

「百鋒兄英鑒：心儀平生，惟嘆無常聚之緣，吾兄嫉惡如仇，殺人如麻，武林之中以魔頭相視，陸固知吾兄真俠士也，大丈夫立天地之中，縱不能名傳千古，亦當學燕趙之士，保國衛家除惡護良。如得錢兄一允，天下百姓有幸矣。近聞兄與武當結怨，此時此際中自相火併，實非百姓之福，陸邀吾兄，亦邀天玄真人，欲以陸之薄面作一仲連，情在知己，諒可俯允。」

下面的署名是「楊陸」二字。

錢百鋒看完信，大笑道：「楊兄的招呼，那是一句話，白兄爲我上覆貴幫主，說我錢百鋒雖是一莽夫，但也還知道大義二字，只是今夜錢某必須先去拜訪一位老友，只要與他見了一面，當夜八百里快馬趕到山東貴幫大寨。」

白樑納頭便拜，口中道：「白某先代天下蒼生謝謝錢大俠。」

錢百鋒知道白樑謝他並非謝他出馬，乃是謝他願看在楊幫主面上與武當和解。他一把拉起白樑，笑道：「大丈夫一言既出，駟馬難追，錢某這就動身，到時說不定還代楊幫主請出一個武功高絕天下的高手共參大事。」

白樑知他指的就是他正要去拜訪的朋友，但是終於忍住沒有問他是誰，兩人就在酒樓下作別。

錢百鋒說到這裡，停了下來。

左冰道：「後來呢？」

錢百鋒噓了一口氣道：「當夜我趕到你爹爹那裡，卻沒有見到你爹爹，我只好留下一信，連夜便趕赴山東去了。」

誰曉得這一去，不可一世的錢百鋒就被惡運作弄，幾乎在石塔裡過了半生！

左冰道：「大伯你到了山東，可遇見了天玄道長？」

錢百鋒望著漆黑的長空。半晌，他搖了搖頭道：「我趕到山東之時，丐幫已是群雄畢集，但是武當的掌教並沒有來。莫說武當掌教，便是當時在場的人中，望著我恨得牙癢癢的人也大有人在，但是大家都礙著楊幫主的面子，沒有人發作——」

他說到這裡，臉上飄過一絲冷冷地微笑。

左冰從他雙眼中又看到了那肅殺的目光，他望著錢百鋒出神。

錢百鋒繼續道：「商量結果是楊幫主和我上武當山，天玄道長雖然厲害，且還找了助拳的，嘿嘿，我不怕，天玄加上神拳簡青、點蒼雙劍卓大江和何子方，我也不怕，嘿，若是真的幹起來，我就不信楊陸會袖手旁觀，嘿嘿……」

左冰見他說得離譜，連忙道：「後來呢？」

錢百鋒道：「後來當然沒有打起來，天玄道長和簡青及點蒼雙劍全都被楊陸邀下山了。」

錢百鋒繼續道：「我們到了山東，一齊去找丐幫大寨中約好相候的丐幫兄弟，那曉得丐幫的大寨被人挑了……」

左冰聽白鐵軍說過這一段，他道：「這一段我曾聽一個朋友說過，倒是你們後來如何出發的呢？」

錢百鋒道：「楊幫主的親生兒子被人搶去了，丐幫大寨也讓人挑了，可是楊陸這人真算得上一條鐵錚錚漢子，他轉過身來和大夥兒商討大事，這時，忽然一個丐幫子弟騎著快馬，跌跌撞撞地從大廳外一路衝了進來，他既不下馬，又不勒韁，一直衝到大廳中央，那馬兒忽然口吐白沫倒斃了，馬上之人也隨著倒在地上，楊幫主一把扶起那人，那人累得已昏迷不醒，好容易救醒過來，他只斷斷續續地道：『……瓦剌人連破七營……兵臨土……木堡……』

咱們一聽了這話，全都熱血沸騰起來，試想土木一破，京城無險可守，咱們草莽野民還不去拚死一戰麼？」

左冰聽他說得漸漸激動起來，道：「大伯你當時怎麼說？」

錢百鋒道：「當時我第一個提議大夥兒馬上北上，立刻趕到最前線去，大家都轟然贊成，楊陸就開始主持北上的行程計劃。」

左冰暗道：「世上有些事情是難以人力勝天，想當年天下如許豪傑參與大事，竟是挽不回土木之恥的史實……」

卻聽錢百鋒又道：「然而誰又料得到就在這時，事情又有了大變化……」

錢百鋒當夜在濟南城外竟碰到了老友左白秋家中的老僕左良，這幾乎是不可能的事。

那左良是個啞吧，一見錢百鋒，氣急敗壞地遞給錢百鋒一面血紅色小旗，錢百鋒一見此旗，幾乎驚得當場大叫，他問左良主人可到了濟南，左良點了點頭。

這一來錢百鋒更是提心吊膽，這旗是左白秋的家傳信物，若非左白秋遇上了天大的變故，他絕不會以此通訊，卻無法自己來找錢百鋒，可見事情多嚴重了。

錢百鋒問都沒有多問，拉著他就往城外跑，左良指點方向，不一會就到了西郊人煙稀少之地。

錢百鋒心中暗忖：「我該先回去向楊幫主他們說一聲的。」隨即他又想道：「事勢緊急，還是先看左老弟再說罷。」

他行走如飛，這時，左良忽然向前指了一指——

錢百鋒知道到了，心中不由自主地緊張起來。

錢百鋒抬目一望，只見左前方露出一角小茅房，這時夜風疾勁，星月無光，錢百鋒足行如飛，一會便到了小茅屋前。

那茅屋木門緊閉，窗隙中透出一絲燈光，錢百鋒身形才到門前，房中燈光陡滅，顯然是屋中人已覺察到有外人來到。

錢百鋒沉聲道：「左老弟麼？是我，錢百鋒。」

屋中一陣喘息之聲，錢百鋒只聽屋中人道：「錢兄請進。」

錢百鋒一推門，那門應手開了，錢百鋒閃身入內。

燈火下錢百鋒只見一個人倚榻而坐，正是老友左白秋。

他急忙奔上前去道：「左老弟！左老弟！」

左白秋微微一笑道：「錢兄。」

錢百鋒道：「傷著什麼地方？」

左白秋道：「小弟那日正值坐息，那人直闖而入，小弟決未料到他會動手，正詢問之間，那人陡然一拳打出。」

喘口氣又道：「小弟封手前胸，那知那一拳好比開山巨斧，小弟只覺胸中一痛，不由驚震失色，那人一言不發，又是一拳，小弟雙手還了一拳，那人內力奇重，小弟非得出全力不可，登時那內傷又重了幾分。那人拳勢一收一發，小弟已知他的用意，不再接掌，反身就跑，那人追小弟不著，但小弟只覺傷勢逐漸加重，不得已記起錢兄的留信，便到這兒來找你！」
錢百鋒滿面駭然之色道：「什麼人能有這等功力？」
左白秋又嘆了一口氣道：「那人蒙著黑巾，口音也甚生分。」
錢百鋒道：「如今你覺得如何？」
左白秋道：「小弟拚命將血逼在左臂前胸一帶，但真氣運行不能衝過玄關要脈！」
錢百鋒面色一鬆：「那還好，我助你一臂之力。」
左白秋面色凝重：「恐怕不太容易。」
錢百鋒奇道：「左老弟，你還傷著別的地方麼？」
左白秋搖搖頭道：「那倒不是，只是這幾日以來小弟雖一直躲著那人追蹤，但只要有空閒，立刻凝功運行，一連十多次都停在玄關脈處，現在那裡想來阻抗之力更加增大。」
錢百鋒點點頭道：「咱們試試看吧。」
左白秋忽道：「錢兄，你來的時候沒被人跟上吧？」
錢百鋒哼了一聲道：「那蒙面人還未擺脫麼？」
左白秋道：「小弟這幾日傷勢重了，行走速度難免有些緩慢……」
錢百鋒身形一掠到窗前，只見窗外一片黑沉沉的。
他拾起木栓將門栓上，回身道：「不管如何，咱們試試吧。」說著坐在榻上，一手按在左白秋後心之上，吸了一口真氣，緩緩運功。
茅屋外狂風怒號，漆黑的大地，勁風的嘯聲陣陣逼人，小木門被吹得發出吱吱的尖響。

錢百鋒面上一片緊張之色，豆大的汗珠一粒粒自他額際滲出，他的右掌端抵在左白秋後胸，袖袍整個被運足的真氣逼得脹大起來，他的左掌卻倒過來貼在自己的背後大穴之上。

這時如有武林高人陡然駕臨，見了錢百鋒這個姿態，一定會不相信自己的雙目，那失傳百年的「玉玄歸真」心法竟然在錢百鋒身上出現。

左白秋面上蒼白，一身衣袍整個被汗水滲透了，不時有陣陣白煙自他的頂門散出。

時間一分一分地過去，忽然錢百鋒右掌一陣顫抖，他緩緩睜開雙目道：「左老弟，你快運氣……」

左白秋身子向前用力一彎，說時遲那時快，錢百鋒右掌陡然一撤，身子一陣搖晃，倒向左邊。

左白秋身子向右移了移，長長吐了一口氣，這時錢百鋒伸手在額際拂了拂汗水道：「左老弟，你的功力太過深厚，那玄脈一關我再也衝不開……」

左白秋微微的搖了搖頭道：「小弟一再放鬆穴脈，只是數十年的浸淫，那玄關要脈一直有護身真氣的存在，再也撤之不去。錢兄辛苦你了，唉！」

錢百鋒長長的吁了一口氣道：「左兄弟你別洩氣，咱們等會再試過。」

左白秋望了望他，卻沒有說什麼。

錢百鋒想了想，開口又道：「左兄弟，說實在話，上次咱倆一別分手以來，這幾年你的內力又進了一層。」

左白秋笑笑道：「錢兄好說了。」

錢百鋒搖搖頭道：「不，上回咱們認真的印證了一回，那時你我內力造詣的確不分上下，但是現在你身負內傷，那玄關一脈我尚衝之不開，可見你的內力已穩在我之上。」

左白秋嘆了口氣道：「小弟無意中領悟了一種心法，這些年來日日苦練小有成就，唉，可不瞞錢兄，小弟本曾自認可以無敵天下，但那蒙面人和我對了一掌，雖說是偷襲於不備，但小弟直覺那人內力決不在小弟之下。」

錢百鋒雙眉緊皺，喃喃思索道：「這會是什麼人？有這麼深的內力卻又不願以面目示人？」

他說到這裡，陡然一個念頭閃過他的心頭，他不由得打了一個寒顫，大聲道：「不要就是他！」

左白秋道：「什麼？錢兄，什麼人？」

錢百鋒面寒如冰道：「左兄弟，我這次一路上也曾遇著了一件怪事，也是一個蒙面人幹的……」

說著便將楊陸幫主家遭慘變的事情說了，能夠一口氣連傷丐幫高手的，那功力是可想而知了，已具備了可以偷襲左白秋的資格，而且又是以黑巾蒙面，看來這多半是一個人所幹的了。

錢百鋒雙眉緊蹙，他隱隱覺得這蒙面人懷著一個巨大的陰謀，但卻思之不解。

這時左白秋呼吸又急促起來，錢百鋒忙吸一口氣，伸右掌渡了一口真力，咬咬牙道：「左老弟，咱們這再試過，我就不相信衝不到玄脈大關！」

左白秋回過頭來看了他一眼，沉聲道：「錢兄，你，你可是要用那『天雷氣』吧？」

錢百鋒笑了笑道：「必要時也說不得了。」

左白秋面上閃過一絲古怪表情：「那……到時候萬一突然有人闖入，你非等『天雷氣』發盡，不可能撤下手來——」

錢百鋒笑了笑道：「這個險無論如何也要冒一冒，左老弟，上天注定咱們今日命喪此地，說不得咱們也只得從命了，我就不相信深夜在這等偏僻所在，會有人闖入。」

左白秋嘴角動了動，欲言又止，好一會仍然搖了搖頭道：「錢兄請再三思，那『天雷氣』倘若走了岔，非得那少林『大檀丸』，否則就是大羅神仙也是措手無策。」

錢百鋒笑了笑道：「左老弟，你就省說兩句，好好提氣準備……」

他話未說完，左手陡然一揚，拍地拍在左白秋背心之上，一口真氣直逼出去。

左白秋只覺全身一震，慌忙定下心神，摒棄雜念，五心向天。

錢百鋒面上沉重無比，他一絲絲渡出真氣，每在左白秋身上運行一周到那玄脈大關時就被反擊而出，一連好幾次，他自知沒有指望了，於是左手慢慢自背心放下來，一把抓在自己右腕處，猛地吐氣開聲。

一聲低嘯從他口角發出，終於他發出了「天雷氣」。

這「天雷氣」內力乃是錢百鋒畢生內力的頂峰，昔年他和左白秋印證內力三日三夜，最後發出「天雷氣」內力，左白秋幾乎被一舉擊敗，其威力可想而知，這功力錢百鋒自出道以來，只用過二次，還有一次便是和那丐幫幫主楊陸在酒店中對最後一掌所發。

這時錢百鋒發出「天雷氣」，左白秋也自緊張不已，全神貫注不敢稍有分離，緩緩引導那強勁的內力在脈道內通行，到達那玄脈大關穴時停了一停。

錢百鋒陡然右手一顫，喉中低低吼一聲，左白秋全身震了一震，只覺體內一顫，原來傷處那股瘀血登時散了開去。

錢百鋒吁了一口氣，那「天雷氣」功力仍源源發出，左白秋體內玄脈的抗力逐漸減低。

錢百鋒也不急催內力，怕玄脈一通，一個收手不住，那時左白秋全身百骸全無抗力，一震之下可不得了。

錢百鋒嘴角慢慢浮出微笑，已可以放開握在右腕上的左手了，順便在額上拂拭冷汗。

突然之間，一陣狂風尖嘯，緊接著一陣步履之聲隱隱傳來。

錢百鋒面色登時大變，心中一陣狂跳，這時左白秋已然進入無相境界，這正是最重要的關頭，他這時對外是一切都不可能有所反應。

錢百鋒側耳傾聽，狂風怒嘯中，那步履聲越來越近。

錢百鋒暗暗試了試真氣，這時「天雷氣」雖仍未散完，不可能撤手，但左手已可輕輕發出內力。

他暗暗集了一點內力在左手掌心，平平伸出，距那昏暗的燈火三尺之處停了下來，掌心向外一吐，嗤地一聲輕響，燭火搖了搖便滅了。

屋內登時一片漆黑，伸手不見五指，只有窗外狂風尖嘯之聲，錢百鋒緊張地注視著，暗暗忖道：「萬望這人只是一個過路的。」

那足步之聲越來越近了，到了小屋之前停下了。

錢百鋒只覺冷汗不斷從髮間流出，「卡擦」一聲，門外那人試了試，大約是發覺木門栓住了，一陣寂默。

過了一會，忽然「卡」的一聲，那根手臂粗的木栓斷成兩半，錢百鋒暗暗吃了一驚忖道：「這人掌力不弱，看來果然是武林中人了。」

他左手輕輕伸出去，一陣摸索，在榻下折了根木片，準備那人來近了說不得攻之不備！

一陣風一吹，木門向兩邊開啓來，那人一掠身形進入屋來。

屋中雖是一片漆黑，但錢百鋒耳聽八方，那人身形才一落地，只聽得衣袂聲向右一閃卻又向左邊移開了好幾步。

錢百鋒登時心中大疑忖道：「看來這人是有意來此了，他因不見屋中是否有人埋伏，身形忽左忽右，分明有準備！」

正思索之間，那人突然仰天大笑起來。

錢百鋒又是一驚，只覺那笑聲有如裂岸巨濤，中氣之足令人咋舌。

那人笑完後冷然道：「姓左的，你別再躲躲藏藏了。」

那「姓左的」三個字一出，錢百鋒只覺一陣心驚，那人的叫聲震得整個茅屋都是回音不絕。

那人等了會不見回答，冷笑一聲道：「姓左的也是一代英豪，怎麼做起這種縮頭烏龜來了？」

錢百鋒只覺一股怒火直衝頭上，幾乎忍不住回罵一句，好不容易強忍下來了。

那人又等了一會，仍不見回答，突然伸手入懷，迎風一晃，登時燃起火摺。

錢百鋒一言不發，左手一彈，那小木片好比急箭，呼的一聲射向那人握火摺的左手。

火光一閃一滅，那人右手閃電般一伸，端端的將那小木片接在手中。

這一閃之間，錢百鋒已瞧清那人面上一方黑巾，說不住的陰森可怖。

那人也看清了這邊的情形，似乎不料有兩個人在屋中，不由呆了一呆。

這時左白秋已到了最後關頭，呼吸登時急喘起來，錢百鋒心急如焚，那蒙面人怔了一怔，立刻聽見左白秋的喘息聲，登時醒悟。

他是經驗豐富的人，一聽之下立刻分辨出左白秋的內傷立將痊癒，他冷笑了一聲道：「朋友，你竟有能耐照料姓左的傷勢，想來必是頂尖人物了。」

錢百鋒這時背對著他，心想能拖過一刻便算一刻，若那左白秋萬幸能及時傷癒，就不怕那蒙面人了。

蒙面人這時又點燃了火摺，錢百鋒手心淌著冷汗，那人身形如風，一掠到了錢百鋒對面。兩人打了個照面，錢百鋒只覺那面黑巾透著說不出的陰惡。

那人卻脫口道：「天雷氣，你是錢百鋒！」

錢百鋒登時呆住了，知道他身懷天雷氣功夫的人可真少之又少，卻不料這人脫口便知。

那人雙目在黑巾之後精光閃閃，忽然仰天大笑起來，沉聲說道：「錢百鋒，只怪你命不好！」

他一步跨到兩人中間，錢百鋒眼見他雙目中殺氣森然，自己卻是無能爲力！

這一剎那間，錢百鋒只覺自己一生殺人無數，每次對方雖想還手，但卻都是心有餘而力不足，原來那滋味便是這樣。

他心中不由一顫，暗暗長嘆一口氣，忖道：「上天報應不爽，只是拖苦了左兄弟，否則他早已逃遠了！我——無論如何得救他一救。」

那蒙面人走上前來，猛可一掌揚起來，錢百鋒咬牙大吼一聲。

那蒙面人手掌一沉，內力疾吐，呼地一聲，落向左白秋頭頂之上。

錢百鋒盤坐著的身形陡然直立起來，伏倒在左白秋頭頂之上，那蒙面人一掌結結實實打在錢百鋒背心之上，錢百鋒只覺可怕的巨力一撞，他咬牙盡吐手中天雷氣功，巨力陡然一震而發，左白秋身子一顫，錢百鋒被打得翻了一個身，口中大吼道：「快提氣。」

左白秋被震得倒向左方，本能地提氣，這時才如夢初醒，他緩緩睜開雙目，望了望那蒙面人，那蒙面人似乎為這突生的變故驚得呆住了，左白秋伸手摸向錢百鋒，觸手柔軟，錢百鋒的一身功力分明散盡了。

左白秋只覺胸中一片空白，那蒙面人大吼一聲，上踏半步，左手一弓，右拳虛空一衝而出，砰地一聲，剎時嗚嗚之響大作，打向左白秋斜倒的身形。

左白秋好比彈簧般一躍而起，那人一拳打偏，生生把木板地打碎了好大一片。

忽然之間，左白秋身形一直，雙目中精光暴射而出，右掌一揚，平推而出。

那人呆了一呆，兩股力道一觸，那人身形被打得轉了半圈，掌風揚起，拂開黑巾，左白秋目光如電，已瞧清那人半張面孔，但火光又突滅了。

黑暗之中，左白秋大吼，左右手連揚，如山內力疾發而出，在錢百鋒身前佈成一張密網，掌風左右擊在木壁上，屋頂陣陣搖動。

左白秋連發四拳，身形如風一掠而前，雖然身在黑暗之中，他已意識到那人已走得無影無蹤了。

這時他只覺體內真力充沛，方才錢百鋒最後拚命吐出天雷內力，加上那蒙面人一掌之力被他以「借力打力」最高心法合力一震，果然衝過玄脈大關，左白秋本能納力真氣，上衝「泥丸」，下達四肢百骸，再歸丹田，那被壓在體內的內傷立然痊癒。

現在左白秋只覺胸中有一股慘然感覺，他慌忙點起燈火，只見錢百鋒雙目微睜，嘴角微露笑意道：「左老弟你還記得麼？」

左白秋怔了怔，低聲道：「記得什麼？」

錢百鋒喃喃道：「九年前我曾對你豪語，若是咱們兩人聯手而為，就是陸地神仙也不是咱們的敵手……」他喘了氣又接道：「咱們究竟是……是贏了……」

左白秋長嘆一口氣道：「錢兄，你……你……」

錢百鋒搖搖頭道：「左老弟，你不要再說下去了。方才若我不出此策，則你我都已敗在這人的掌中……」

左白秋默然，錢百鋒喃喃道：「奇怪！這人竟知道我的『天雷氣』功夫，他……他為什麼一定要追殺你死而後已？」

左白秋伸手摸了摸他的胸前，惶聲道：「錢兄，你覺得如何？」

錢百鋒搖搖頭道：「百脈欲裂！」
左白秋嘆了一口氣道：「說不得小弟得上一趟少林。」
錢百鋒笑了笑。
左白秋道：「這屋中並不十分安全，咱們換一處地方再說。」
錢百鋒道：「糟了，這一下我不能參加他們的行動了。」
左白秋想了一想道：「大夥兒現在尚未離開丐幫大舵？」
錢百鋒點點頭。
左白秋道：「小弟這就動身去通知他們，然後便直奔少林。」
錢百鋒嘆了一口氣道：「唉，這次行動是楊幫主和我發起的，而我卻不能參加。」
左白秋欲言又止，他這時心中思緒如麻。
錢百鋒忽然想起了一件事道：「那皇上御駕親征，情勢已危，楊幫主他們心急如焚，等我半日必然不耐，左老弟你先跑一趟……」
左白秋道：「那錢兄，你到什麼地方等？這茅屋不甚安全。」
錢百鋒卻不回答他，只道：「通告他們時，最好直接告訴楊幫主，現在丐幫大舵全毀，你可以直接見著楊幫主的。」

廿二　陋室集英

左白秋帶著異樣的心情上路，兩人幾經商量，錢百鋒一個人躲在木屋的後間，這倒是一個很隱密的所在，只要左白秋及時能帶回少林大檀丸，錢百鋒的傷勢並無大礙的。

整整過了一夜，這時，夜風正勁，錢百鋒藉著牆縫透過的一線月光，仔細地打量了一下四周——

茅屋中四壁都是蛛網，灰塵落了厚厚的一層，不知有多少時候不曾有人住過。錢百鋒暗暗思忖道：「兵荒馬亂的時候，最苦的就是貧苦百姓了……」

他輕輕嘆了口氣，想到身上這一身奇重無比的重傷，方才他要老友左白秋立刻離開的時候，雖然說得一點也不在乎，但是這時一個人靜下來，就不得不感到有些心寒了。

這時他全身絕頂武功失去，有如一個廢人，莫說碰上武林中的仇家，便是碰到一個普通的壯漢，錢百鋒也只有聽其擺佈的分兒。

錢百鋒仔細看了看四周，他發現左面一個大木櫃，櫃後黑得伸手不見五指，他緩緩爬到木櫃之後，只見木櫃後面還放著一個空空的大木箱，那木箱放置的位置正好被木櫃擋住，極是不易發現。

錢百鋒暗道：「這個空木箱倒是個藏身的好所在。」

他坐在木櫃後，緩緩又試了一次真氣運行，但是立刻他就感到失望了，那一口真氣宛如被阻塞的蒸氣，在他百脈穴道之間亂衝亂撞，絲毫條理都整理不出，錢百鋒不禁再次暗暗輕嘆一聲。

這時，忽然黑暗中傳來咿呀一聲，錢百鋒立刻意識到有人進來了。

他原想坐在黑暗之中，偷偷看看外面來的是什麼人，但是繼而一想，自己一生結仇無數，還是小心一些爲是，於是他輕輕地爬入那隻大木箱，屏息靜待。

只聽得門響之後，緊接有人走了進來，一個沙啞的嗓聲道：「我看咱們就在這個無人的茅屋裡歇一歇吧！」

另一個沉而有力的聲音道：「湯老弟，你說得有理。」

接著便是拍打灰塵的聲響，顯然兩個人已經坐了下來。

那沙啞的嗓子長長噓了一口氣，然後道：「總鏢頭，咱們鏢局自從由你來主持之後，當真是威名遠播，宵小聞而喪膽，就事業而論，正是蒸蒸日上之時，你在此時作此決定，未必是明智之舉……」

那沉著有力的聲響道：「老弟，愚兄如何沒有看到這層，不但不是明智之舉，簡直是條下下之策，不過咱們若把眼光放遠點看，覆巢之下，豈有完卵？若是國家亡了，還有咱們什麼事業不事業？」

錢百鋒在黑暗中聽了這話，心中不由一震，連忙仔細聆聽。

只聽得沙啞的聲響道：「總鏢頭說得有理，小弟雖是個粗人，但絕不是不明大義的渾蛋，這些話也是因總鏢頭沒有把我當外人看，我才這麼提一提……」

那沉重有力的聲音道：「老弟對我的忠義好心我全知道，心裡感激得緊，只是這個當頭，什麼也顧不到了，聽說楊陸已經召集了丐幫全部英雄上前方去了，我姓駱的也不能後人呀！」

錢百鋒在暗中聽了這一番對話，猛然想起一個人來，他心中暗道：「久聞飛龍鏢局出了一個駱金刀，一柄金刀的功力直追漢唐古人，打遍武林未逢敵手，想來就是外面這人了，嗯，這駱金刀倒是一條好漢，我若不是眼下這副窩囊樣子，倒要出去見見他。」

但聞那沙啞的嗓子道：「咱們此去北方，局裡的事小弟總有幾分不放心。」

那姓駱的道：「咱們這次趕赴北方，消息守得夠秘密，綠林裡不會知道，再說，有老孫、老王留守家裡，差不多的事全能應付得了。」

那沙啞的聲音打斷道：「我擔心的是史氏兄弟……」

那姓駱的半晌沒有說話，沙啞的嗓子又道：「總鏢頭你上次在沙家寨毀了史氏兄弟一生英名，只怕他們是有隙必趁的。」

那姓駱的長嘆一聲道：「唉！那也只好由得他們，咱們此刻顧不了那麼多啦。」

錢百鋒從那一聲長嘆之中，可以聽出那駱金刀雖是豪氣干雲，但是分明心裡深處對自己一手創立的事業仍是不能完全放下，他暗暗嘆道：「武林中人在刀口上舔血，爲的只是一個英名千古，他一手打出來的天下，當然是放不下的了。」

外面兩人談話停了一會，似乎是在閉目養神。錢百鋒暗忖道：「這時候，左老弟應該老早會上楊陸他們了。」

就在這時，忽然咿呀門聲又響，分明又有人走了進來，錢百鋒不由心中又是一陣緊張。

只聽得外面那沙啞的嗓子低喝道：「什麼人？」

靜悄悄的卻是沒有回答。

那沙啞的聲音低聲道：「鏢頭，聽見門響麼？」

那姓駱的噓了一聲示意噤聲，過了一會，只聽得姓駱的朗聲道：「大師既已推門，何不請進？」

接著便有一個輕微的腳步聲傳來，一個蒼老的聲音道：「施主請了。」

那姓駱的道：「大師請了，咱們是過路的，這所茅屋無人居住，是以進來休息片刻……」

那蒼老的聲音道：「好說，現在可休息好了麼？」

這句話不但把黑暗中的錢百鋒弄糊塗了，便是前面的駱金刀也不知他是什麼意思。

但聞那沙啞的聲音道：「大師此言何意？」

那老和尚冷哼了一聲道：「老衲是說你們休息好了便快快上路。」

那沙啞的聲音道：「此屋是大師所有？」

那老和尚的聲音：「不是。」

那沙啞的嗓子驟然變為怒聲：「既非大師所有，咱們高興休息多久便是多久。」

那老和尚重重哼了一聲，忽然道：「你們是不走麼？」

這時駱金刀道：「敢問大師怎麼稱呼？」

那老和尚道：「老衲先問你，施主貴姓？」

駱金刀道：「在下姓駱。」

老和尚冷冷地道：「駱施主，老衲再容忍一次，你們快走吧。」

駱金刀尚未答話，那沙啞嗓子姓湯的已經喝道：「和尚，你是故意發橫麼？」

那和尚沒有回答，錢百鋒只聽得呼的一聲怪風嘯聲，接著「啪」的一掌，一聲哎呀，那沙啞的嗓子怒喝道：「和尚你敢暗箭傷人，看掌！」

呼的一聲，緊接著又是一種怪風嘯起，立刻碰的一聲，似是那沙啞嗓子的人跌了一個踉蹌。

只聽得那駱金刀大喝一聲：「湯老弟且慢！」

接著駱金刀大聲道：「流雲飛袖！原來是少林寺的高手到了。」

那老和尚笑道：「駱施主，你又錯了，老衲不是什麼少林寺的。」

駱金刀道：「駱某敢問一句……」

那老和尚道：「問吧。」

駱金刀道：「敢問大師如此蠻橫無理，是專衝著在下來的，還是一貫如此？」

那老和尚忽然嘻嘻一笑道：「這個問題倒是有趣，老衲問你，若是專衝著你來的怎樣？是老衲一貫如此又怎樣？」

那駱金刀道：「若是專門衝著駱某來的，今日駱某身有萬倍要事，說不得忍一口氣，夾著尾巴走路，還請您老人家多多包涵，若是你老人家一貫如此的話——」

那老和尚似乎興趣盎然地追問著道：「又怎樣？」

駱金刀道：「若是大師一貫如此蠻橫，駱某倒要領教一下了！」

此言一出，黑暗中的錢百鋒不禁要拍手叫妙了，他心中暗讚道：「好一個駱金刀！」

那和尚聽了這話，大笑起來，哈哈道：「不巧得很，老衲便是一向這樣蠻橫慣了的。」

只聽得嚓的一聲輕脆無比的聲音，駱金刀的聲音變得又沉又狠：「大師，駱某要動手了。」

錢百鋒幾乎要忍不住爬出來瞧瞧，但他仍然忍住了，只聽得呼呼風動，接著那古怪的風嘯聲再起，錢百鋒側耳傾聽，他是何等武學大師，聽了十招之後，不禁疑念滿腹，暗道：「流雲飛袖！分明是少林寺的正宗流雲飛袖，怎麼那和尚方才說他不是少林寺的？」

再聽了一會兒，只聽得兩種破空呼聲愈來愈是緊急，到了三十招之後，那駱金刀的刀刃破風之聲漸漸發出奔雷之聲，嗚嗚然如大雨將至，錢百鋒只覺好似能夠目睹一般，那刀勢愈加愈強，分明是刀尖上已逼出了內家真力。

錢百鋒暗暗吃驚道：「傳聞中駱金刀刀法出類拔萃，直追上古神風，從這刀勢浩蕩、內力如泉的情勢推斷，他的刀法在百年內稱得上第一了。」

他雖是完全看不見，但從那呼呼風聲之中不僅能辨出相搏兩人的勢態，甚至兩人出招何處輕靈何處沉重，全如目擊一般瞭然於胸，武林中人傳言「閉目過掌」的神奇功力，在錢百鋒這等武學大師來說，又不知高出多少倍了。

但是到了百招之上，駱金刀的刀法似乎大變，每一下都精妙無比。
錢百鋒正在暗暗讚賞之際，但是每一招的結果卻都出了錢百鋒的意料之外。
錢百鋒立刻知道必是駱金刀施出他的獨門刀法了，他再也忍不住，悄悄地伸出了頭，向外望去。
只見黑暗之中，一片模糊的光影，中間夾著一層灰白色的網幕，完全分不出什麼是刀光，什麼是袖影。
錢百鋒凝目看了十招，他忍不住由衷而嘆了，他在心中喃喃地道：「如果今日錢百鋒命該絕於此地，那麼在臨死之前尚能一睹這等前無古人的寶刀神技，也該死而瞑目了。」
那駱金刀的刀法愈施愈快，那奔雷之聲也愈來愈是震人心魄，眼看是駱金刀的威風越來越盛，已是穩居上風的了，然而就在這一霎時之間，那老和尚忽然一停一滯，接著雙掌並出。
錢百鋒看得微微一愣，但是立刻之間他的腦中閃過一個念頭，差一點就脫口呼出：「糟糕，駱金刀要敗！飛龍爪！飛龍爪！」
果然就在這電光石火之間，駱金刀的奔雷刀風驟然一停，接著駱金刀一個踉蹌，倒退了三步之遠，他倒提著金刀，戟指喝道：「飛龍爪！飛龍爪！和尚，你還敢說不是少林寺的？」
那老和尚仰首笑道：「當然不是。」
駱金刀站在原地沒有說話，也沒有行動，只是呆立著，似乎陷於一片苦思之中，躲身黑暗中的錢百鋒也在默默苦思著，究竟這個老和尚是什麼樣的來歷？
「他一口否認來自少林，試想飛龍神爪乃是達摩老祖的絕學中唯一沒有傳出武林的少林秘技，這個和尚一身那麼驚人的絕學，竟然一口否認與少林有關，他究竟是誰？」

不知過了多久，那駱金刀忽然「嚓」的一聲將手中金刀插入鞘內，對那老和尚道：「和尚，你不承認來自少林也就罷了，反正大家心裡有數，今日駱某敗了一招，異日……異日……」

他原想按照江湖規矩交代幾句場面話，但是說到這裡，忽然想到此去戰場殺敵，異日不知有沒有命回得來，想到這裡，他忽然說不下去了，猛一頓腳，向他的夥伴一招呼，抽身而退。

錢百鋒驚駭萬分地打量著這個赤手空拳擊退駱金刀的老和尚，只見他在茅屋中踱了三轉，忽然獨自一個人笑了起來。

錢百鋒想要縮身進去，聽他這麼一笑，忍不住繼續窺望過去，只見他喃喃自語道：「憑良心說，這個姓駱的小夥子可真厲害，依我看來，即使是易筋經後面所載的那一套無人懂得的複雜大元刀法練成了，也未見得能有他的刀法高明，瞧他架式模樣，分明是自己悟出來的，這就更不容易了。」

說到這裡，那老和尚微微冷笑了一下，繼續自言自語道：「不過碰上我老人家，嘿嘿，那可還差一點兒。」

錢百鋒看他那嘴臉，看得有點倒胃口了，便想縮身進入箱內，然而就在這時，忽然寂靜的屋外傳來一聲如巨鐘驟鳴一般的聲音：「阿彌陀佛！」

雖是寥寥四字，但聲音卻彷彿是有形之物，凝在空中久久不散，那屋內的老和尚一聽了這四個字，似乎忽然一震，呆了半晌，臉上流露出一種難以言喻的奇怪表情，然後緩緩坐了下來，對著屋外冷冷地道：「既來之何不進屋？」

咿呀一響，茅屋外一個身材魁梧的黃袍和尚緩緩走了進來。

錢百鋒屏息不動，凝目注視著走進來的黃袍僧，只見那黃袍僧走進屋來，一語不發，只是左右來回踱了三趟，雙手捧著胸前一個木魚，一步一聲地輕敲著。

黃袍僧一共敲了九響，在屋當中立定，把木魚擁在懷中合十道：「善哉善哉，我佛有靈。」

錢百鋒瞥見那黃袍僧懷中的木魚，並非普通的木頭所製，竟是通體透亮的一塊美玉雕成，他心中猛然一震，暗暗忖道：「莫非來者是少林寺的方丈？」

只聽得那坐著地上的古怪老和尚冷笑數聲，開口道：「白雲蒼狗，滄海桑田，幾十年的時光只是彈指之事，敢問少林寺當今的方丈換了哪一位啦？」

那黃袍僧合十道：「不敢，正是區區小僧。」

那老和尚頭都不抬，冷冷地道：「報上輩分來。」

那黃袍僧道：「小僧海字排行第三。」

那老和尚微微一笑道：「那是我的侄輩了。」

那黃袍僧行禮拜倒，口中道：「弟子參見師叔……」

他話聲未完，那老和尚已拂袖而起，口中道：「汝既非我弟子，我亦非汝師叔，老衲早已不是少林寺中之人，你大可不必來這一套。」

錢百鋒見這老和尚拂袖換位之間，如同騰雲而起，雖是疾如閃電，卻又瀟灑無比，分明一身佛門神功已達爐火純青之境，不由暗暗嘆服。

那黃袍僧道：「師叔既是不肯受這一禮，可肯聽弟子進一言麼？」

那老僧揮揮手道：「好吧，你有話便說。」

那黃袍僧正色道：「師叔雖然離開少林久矣，但是少林大雄正殿之側石壁之上那一行大字，想來師叔還是記得的了？」

那老僧道：「是又怎樣？」

黃袍僧道：「那是昔日我少林俗家弟子丐幫的英雄穆中原老前輩重歸少林寺後，面壁讀經忽然大徹大悟，用金剛指在壁上留下的箴言，有道是『佛山若有地獄之門』……」

他說到這裡，故意一停，那老和尚忍不住脫口而道：「我亦入地獄！」

黃袍僧一擊掌道：「不錯，師叔可知穆老前輩此言之意麼？」

那老僧道：「穆中原半生在江湖上與人廝殺，殺得膩了，便怪模怪樣地跑回少林寺來念幾天經，隨便寫兩句似通非通的話，誰曉得他安的是什麼心？」

黃衣僧道：「師叔錯了，穆中原挾神拳之威重歸少林，留下這兩句話之意，是說『佛即是心，心若離了佛山，雖在淨土之上，亦是地獄之中，心若不離佛山，雖處紅塵之中，欲入地獄亦無門徑可尋』，師叔三思。」

那老和尚怔了一會，臉上流露出一種奇怪無比的情緒，但是那只有一剎時之間，立刻他又恢復了冷漠之態，一揮袖道：「你不必多說了，老衲早非佛門中人，你所要求的，若是軟言相商，那是毫無餘地，若是強求硬取，只管動手罷，嘿嘿……」

黃袍僧道：「佛祖有云……」

老和尚厲喝道：「住口，什麼禪機玄學，老衲比你精通十倍，那全是一片胡言狂語，你要動手便動手，不然就請快快離開。」

黃袍僧合十道：「弟子雖然是當今少林一門之掌，但是終究是師叔你老人家的晚輩，怎敢談動手兩字？」

老和尚道：「那麼你就快滾罷。」

黃袍僧道：「但聞人棄佛，未聞佛捨人，師叔，你前途茫茫，苦海……」

他話聲未完，那老和尚忽然大喝一聲，一掌拍在地上，只聽得「劈啪」一聲巨響，像是一掌重重拍在空心的木板上一般，整個茅屋一絲不受震動，甚至連塵土也沒有飛揚，然而土地上竟然被他一掌擊出一個尺深的大坑來。

這一掌拍出，不僅那黃袍少林掌門方丈大驚失色，便是蟄伏黑暗中的錢百鋒也驚得幾乎要大喝出聲了，這老和尚分明已練到了內家掌力的最高境界。

武林中所謂「隔山打牛」、「隔疊碎磚」的上乘功夫談起來是神乎其技，但是若與這種頂尖兒的內家神功比起來，那又是等而下之了。

少林掌門方丈面露驚駭萬分之色，過了一會道：「如此說來，師叔是一意孤行了？」

那老和尚道：「一點也不錯。」

少林掌門望了望地上整整齊齊的深坑，面如死灰地一言不發，忽然一轉身推門而去了。

那老和尚冷冷地哼了兩聲，坐在原地靜靜地運起氣來。

過了一會，他忽然從袖中拿出了一件什麼東西，只見他抖手一揮，一道微弱地火光隨手而起，接著黑暗中便有一點如豆的燈光，敢情他用火摺子默燃了一盞小燈。

錢百鋒凝神太久，這時覺得頭中有一種昏昏沉沉的感覺，但他仍努力保持清醒，不斷地思索這一連串的變故。

這時屋中只剩下了那老僧人，那僧人面對著錢百鋒藏身之處而坐，雙目微闔，桌上一燈如豆，昏黃的火光不住地搖曳著，照在老僧的面上，說不出的蒼然。

錢百鋒心中不住忖道：「從未聽說過少林寺中竟出了這麼一位僧人，那內力之高，真已到了登峰造極的地步，單瞧他一呼一吸之間竟在我一次半之上，這一份內力就在我之上了。」

那老僧人默坐了一會，忽然站立起身來，錢百鋒已見過他的功力，而且彼此身分不明，是以萬萬不敢稍放鬆一點，呼吸儘量的壓低，只怕萬一被他發覺。

那僧人在屋中來回踱了兩次，忽然木屋之外又響起了一陣足步聲！

錢百鋒心中吃了一驚，暗道：「竟有這等事，短短前後不到一個時辰，這荒僻所在竟然客來不絕，不知來者又是何人？」

他正在思索間，忽然一陣疾風響起，木門吱地打開，一個黑影一閃而入。

那僧人身形停了下來，正好站在錢百鋒視線之前，加之入門之處離燈光相當遠，十分陰暗，錢百鋒窮盡目力，也瞧不出來者爲何人。

那人和老僧打了一個照面，卻一言不發。緩緩走入屋內，這時他轉了一個身，正好背向著錢百鋒。

錢百鋒只見那人披了一件大大的黑衣，裝束好生奇怪，自頭頂一直披到腳前，連是什麼身形都看不出。錢百鋒暗暗納悶。

那黑衣人四下張望了一番，低聲對著那老僧說了幾句話。

錢百鋒只覺那黑色大衣有一種說不出的陰森感覺，加以那人話聲十分含糊，因此雖距藏身之處不過只七步，卻一字也未聽見。

那火光正照著老僧，錢百鋒看見老僧面上神色不動，雙目一闔，並未回話。

那黑衣人嗯了一聲，忽然一步步又走到門前，一開門便走出屋去，足步聲越來越遠了。

那黑衣人從進屋到離屋，一共前後不到半盞茶時分，錢百鋒不但未聽見他說什麼，連他是什麼人也未能看見，這人好不神秘，錢百鋒想不出他與這老僧有什麼關連，那老僧卻頭都不回，緩緩走到原來的位置，盤膝又坐下。

錢百鋒只覺心中思想太過於複雜，卻一點也想不通，這時那老僧面上的神色似乎在沉思某一件事情，錢百鋒又看了一會不得要領，只覺有一些疲倦，忍不住闔上雙目也靜坐養神。

也不知又過多久，錢百鋒只覺屋外狂風怒號，不知什麼時候已下起傾盆大雨來了，雨點打在木屋頂上發出陣陣響聲不停。

忽然轟隆一聲巨雷，錢百鋒只覺心神一震，登時清醒過來。

他張目一望，只見這時老僧仍未離去，忽然屋外一陣急奔的足步聲，錢百鋒暗暗忖道：「這大約是躲雨的人了，總不至又是武林中人？」

他思念才轉，吱的一聲，木門已被人推開，一個低沉的聲音道：「請問屋內有人麼？」

那老僧緩緩睜開雙目，道：「阿彌陀佛，施主請進……」

那人一步跨進來，見是一個僧人在木屋之中，不由怔了一怔，忙道：「大師請了。」

那僧人回了一禮，面上神色卻是微微一變。

錢百鋒望去，只見那來人面貌清癯，年齡從他的外貌上看來大約六旬左右，一襲青衫，說也奇怪，渾身上下有一種說不出的懾人氣質。

錢百鋒暗暗吃驚，忖道：「這老頭不知又是什麼來路，但瞧他分明大雨中疾奔不少時候了，自頭至腳，衣衫上卻乾乾的，只有鞋底水漬略沾，難道內力已高到能運氣阻止雨水的地步？那老僧人神色變動，想是也注意到這一點了。」

思索之間，果然那老僧合十道：「敢問這位施主尊姓大名？」

那老者微微笑道：「老朽荒野之人，賤名何足一提？」

那老僧神色又微微一變，卻也不便多言。

那老者拱了拱手道：「大師也是避雨在此麼？」

那老僧點頭不語。

老者道：「如此時候大師仍在山野，不知有何急事麼？」

那老僧卻微微一笑道：「老僧正想以此相問施主。」

那老者啊了一聲道：「老朽到中原來爲了尋找一人。」

那老僧呆了一呆道：「如此說來，施主不住在中原？」

那老者含笑點了點頭道：「老朽此行也順便想到少林寺一行，看看多年故人。」

那老僧面色陡變道：「不知施主要尋找少林寺那位和尚？」
老者怔了一怔，沉聲道：「大師與少林寺有所關連？」
老僧卻岔開話頭道：「這一場急雨來得好不突然……」
那老者望了他數眼，卻不再言話。
那老僧想了一想，忽然又問道：「敢問施主是來自北方麼？」
那老者冷然道：「大師何必一再相探。」
那老僧呆了一呆，冷笑道：「施主如要上少林，也不必去了。」
老者神色一變，沉聲道：「爲何？」
那老僧道：「只因那少林方丈回不到少林了。」
老者呆了呆，道：「什麼？大師如何得知？」
那老僧哈哈大笑起來道：「只因老衲不讓他回去了。」
老者怔了一怔，忽然微微一笑道：「大師一再出言挑激老夫，不知意在爲何？」
老僧緩緩直立起身形，冷然道：「施主自雨中行來，卻點透不沾衣襟，老衲斗膽相問施主是何人物？」
老者冷笑道：「如此說來，大師也是武林中人了，請教大師名號……」
老僧人冷冷道：「施主尚未回答老衲所問。」
老者雙眉一挑道：「咱們素不相識，今日斗室相逢，雨停後各自分手，以老夫之見，大師不問也罷。」

老僧人冷冷一笑道：「施主既不肯說，老衲代施主說了吧。」

老者呆了一呆道：「什麼……你……」

老僧人面色陡然一沉，冷然道：「施主可是姓左？」

老者又是一呆道：「左？大師為何有此猜忖？」

老僧人面寒如冰，冷笑道：「左白秋，你就是左白秋！」

只聽得錢百鋒心中一震，那老者也是微微一驚道：「左白秋？」

老僧人冷笑一聲道：「你還想裝麼？那錢百鋒現在何處？少林寺一行結果如何……」

錢百鋒只聽得渾身沁出冷汗，忖道：「他怎麼知道左老弟為我上少林？他是什麼人？他與那打傷我的蒙面人有關連麼？是了，他見這老者身懷上乘內功，又提及少林之事，便誤會了，只是，他如何知道此事？好在他沒有懷疑我仍藏身此屋。」

他思索之際，那老者冷笑道：「大師信口胡言，恕老夫不懂。」

老僧人冷笑道：「想不到左白秋竟是這種人物。」

那老者雙眉一皺道：「大師句句相逼，不要說是誤會，就是老夫真是左白秋……」

那老僧人不待他說完，忽然左手一揚道：「左白秋，你敢接老夫一掌麼？」

他話聲方落，猛然吸了一口氣，錢百鋒方才曾親眼目睹他的驚人內力實在自己之上，這時見他面上紅雲一掠，心知他已發動全力，心中不由大驚。

只見那老者雙眉陡然軒飛，左足向後一滑，身形平平飄後五尺，這時那老僧雙掌一伸，平搗而出。

「嗚」的尖銳聲陡然響起，那老者右掌一橫，左手一顫，斜斜反擊而上，錢百鋒幾乎不敢相信自己的雙目，那一掌出手之快，力道之重，簡直是神來之作。

兩股力道一觸，老僧人身形一震，倒退半步，那老者右掌一劃，平胸而立，老僧人滿面都是駭然之色，望著那老者雙目之中暴射的精芒，吶吶問道：「……你……你不是姓左……」

那老者冷哼一聲道：「老朽姓董，千里草『董』。」

錢百鋒只覺一陣巨震，竟然忍不住低低啊了一聲，慌忙按住嘴巴，心中卻仍是狂跳不已，默默忖道：「我知道了，我知道這老者是誰了……」

那老僧人面如死灰，忽然身形一斜，一閃如電，掠出門外，不管那傾盆大雨，剎時便不見了。

那老者怔了一怔，卻也不追趕，他站著想了一想，錢百鋒心中不住地跳著，也不知他在想什麼？

好一會，那老者緩緩仰起頭來，雙目之中精光全斂，沉聲道：「室中的朋友請出來吧！」

錢百鋒暗呼：「糟了，原來他方才已聽見了我的低呼。」

他心中飛快思索，卻是無法可施，只好緩緩站起來，走出隱身之處。

那老者見他走了出來，打量了幾眼，錢百鋒微微嘆了一口氣道：「老朽錢百鋒！」

那老者驚了一驚，不由倒退了半步道：「你……你就是錢百鋒？」

錢百鋒點了點頭。

那姓董的老者想了一想道：「錢兄面帶病容，難道……」

錢百鋒微微苦笑道：「不瞞你說，錢某現下身懷沉重內傷……」

那姓董的老者啊了一聲道：「錢兄與方才那位和尚有什麼關連麼？」

錢百鋒搖了搖頭道：「老夫之事說來話長……」

於是將受傷的結果略略說了，那姓董的老者啊了一聲，道：「怪不得方才那老僧如此懷疑於我。」

錢百鋒說話太多，氣血不由一陣浮動，忍不住喉頭一甜，一口鮮血直噴而出！

那姓董的老者身形如風，一掌已拍在錢百鋒背心之上，錢百鋒只覺氣脈一通，便昏迷了過去。

也不知過了多久，錢百鋒悠悠醒了過來，睜開雙目一看，只見那姓董的老者正低著頭微笑著望著自己，他微微一運氣，只覺上下通暢無比。

他簡直不知道是清醒著還是在夢中，那麼重的內傷難道他會醫治麼？

那姓董的老人望著他滿是震駭的目光，微微一笑道：「錢大俠為友療傷，拚死護友，這種行為老朽心中很是敬佩。」

錢百鋒愕然道：「你……你怎麼打通那脈穴的？」

姓董的老人微笑道：「錢大俠誤會了，以錢大俠的內力造詣，脈穴一阻，若無外來藥力相輔，就是神仙也是束手無策。」

錢百鋒陡然一驚，恍然道：「啊……你有那少林稀世珍寶大檀丸？」

那老人哈哈一笑道：「不錯。」

一剎時間，錢百鋒只覺心中百感交集，又是震驚，又是感激，又是茫然。

那姓董的老人又是一笑道：「老朽很少涉足中原，但好似曾聽過錢大俠的名頭？」

錢百鋒苦笑道：「在下在武林中是大魔頭……」

那姓董的老人微微一笑，緩緩說道：「是非之別乃在於實際的行動，決非僅因聲名而定。」

錢百鋒只覺心中一震，好像被人當頭敲了一棒，他呆了一呆，只覺心中好些事情要待去思想，但又覺紛亂無緒，不知從何想起。

那姓董的老人卻也不言語，好一會，錢百鋒緩緩站起身來，一揖到地，恭聲道：「錢某敬謝救命之恩。」

那姓董的老人身子一側，避過一禮，錢百鋒也不再多言，只是沉吟了一會兒，對那老者道：「老先生身懷少林聖藥，方才又曾提及要想上少林一見故人，想來與少林寺淵源至深了？」

那姓董的老者面上神色微微一動，輕輕嘆了一口氣，點點頭道：「四十年前，老朽幾乎走入寺中，作永不出世之想。」

錢百鋒啊了一聲，沉吟了片刻，緩緩問道：「在下有個猜測，不知是否正確？」

那老者微微一怔道：「錢大俠請說無妨。」

錢百鋒道：「在下猜，老先生便是四十年前名震神州西域的董其心董大俠！」

那老者面上神色微微一變，卻迅即平靜如常，微微一笑道：「往事如煙，何足重提！」

錢百鋒嘆了一口氣道：「老先生絕跡江湖四十年，但在下自從習武以來，日夜思念的便是能有一日見見傳說中董大俠的功夫，並和他印證所學。」

董其心微微笑道：「錢大俠過獎了。」

錢百鋒卻是滿懷感慨繼續說道：「人稱董大俠神仙功力，仁義之尊，在下平日聽多了，雖是敬佩，卻總有一二分不相信的感覺，今日一見，唉，始知確是名不虛傳！」

董其心見他說得認真，也不便說些什麼，錢百鋒沉思半晌，突然哈哈大笑起來。

董其心微微一驚道：「錢大俠？」

錢百鋒道：「在下浪跡江湖十多年了，所結知心不過兩人而已，卻始終以不能找出令我心悅誠服之人，今日此願已達，在下心中的確暢快得很！」

董其心微微一笑道：「錢大俠乃是性情中人，平日拔劍飲酒，豪邁慣了，若說是心悅誠服，老朽萬不敢當！」

錢百鋒認真地道：「倘若此刻武林中有人得知董其心曾駕臨這小木屋，重現武林，保險這消息不消兩日便遍及大江南北。」

他話未說完，董其心已然慌忙搖手不已，苦笑說道：「老朽早無出世之意，四十年來這分胸懷早就枯竭了，錢大俠千萬不可傳出去。」

錢百鋒很瞭解地點了點頭道：「遵命。」

董其心微微一笑，忽然想起一事問道：「方才那老僧是何人物，不知錢大俠可否見告？」

錢百鋒搖了搖頭道：「在下也正猜之不透。」

董其心啊了一聲道：「方才他曾言及少林方丈之事——」

錢百鋒點了點頭道：「在下一直藏身後屋，董老先生尚未駕臨之前，少林方丈也曾出現此屋之中。」

董其心驚啊了一聲，錢百鋒便將方才的經過說了，只是未提那黑衣怪人。

董其心皺了皺雙眉道：「如此看來，這老僧與少林關係很密切了，這人功力奇高，如果要為難少林，倒有幾分麻煩。」

錢百鋒也暗暗點頭，他想了一想，忽然想起左白秋正為自己急奔少林，哪知自己已然痊癒，事不宜遲，須趕快乘左白秋尚未走遠叫住他，再者自己還有參加楊陸的行動之事。

他想到這裡，匆匆與董其心說了。

董其心聽完點了點頭道：「國家興亡，匹夫有責，錢大俠這一次行動，老朽深以為是，現下事不宜遲，正好老朽要上少林一行，不知那左白秋是何模樣，若在途中相逢，老朽告知他一切便是。」

錢百鋒心中大喜，一揖到地道：「董老先生大恩，容錢某日後相報！」

董其心微微一笑道：「錢大俠，今日之事萬不足與他人道也！」

錢百鋒身形一飄，已掠到屋外，遙遙呼道：「董老先生請放心，後會有期。」

聲音一止，錢百鋒身形已在幾十丈以外，他這時心中念頭已定，是以毫不耽誤，如飛般向山東丐幫大舵直奔而去。

來到大舵前，卻見冷冷清清的，分明是人去樓空，他心中倒也不在意，以為左白秋已趕到傳過訊息，大夥兒不等他先行而去，便緩緩步入屋中，想歇歇氣再出發追趕大夥相會。

他緩步入屋，屋中靜悄悄的，四下微一張望。

忽然他瞥見左壁牆上刻著一個記號。這個記號錢百鋒識得，是丐幫傳信的記號，錢百鋒按照那記號尋去，果然在一堆木板中找出了一張留箋，上面寫著毛筆字：

「情勢迫急，不能久待，已先行一步，錢兄速隨後跟上，路線不更變。」

下面簽的是楊陸的名字，錢百鋒登時看呆了，照這箋上所說，他們並沒有得到左白秋的訊息，只是久等不耐，不知自己到什麼地方去了，是以先行一步。

錢百鋒想了一想，翻過箋子一看，只見背面畫著符號，原來這箋只是兩個時辰以前所留，錢百鋒更是一驚，喃喃忖道：「看來大夥兒才離去不過兩個時辰，那左老弟離開木屋到現在已有一天之久了，不可能趕不到這兒來說一個訊息，難道這其中有什麼不對麼？」

他想了一想，仔仔細細又將箋子看完了，上面的確是楊陸的親筆，錢百鋒百思不得其解，喃喃道：「如此看來，左老第一定是沒有趕來了。」

他思慮了半晌，覺得在這大舵中等候左老弟不如也留一張箋信，自己先追趕大伙再說，好在只有兩個時辰之差，心念一定，立刻留下信箋，直奔而去。

他心中急迫，足下如飛，這時已殘夜盡褪，曙光微現，只是路上行人稀少，錢百鋒正好放足而行。

一連追了兩個時辰，來到一個分岔道，錢百鋒駐下足來看了一看，照原來的計劃便當走靠左手的道路前行。錢百鋒吸了一口氣，略略休息了一下，饒是他內力深長，這一陣長奔，額上也全是汗珠。

正待再行起步時，忽然他耳際傳來一陣足步之聲，錢百鋒仰首望了望天色，這時天邊露出魚肚的白色，但大地仍是一片死寂，這種時候，難道也有人和自己一樣急於趕路不息？

那足步之聲逐漸來得近了，錢百鋒心中思念一掠，暗自忖道：「先藏起身來瞧瞧再說。」

他身形一掠，平地飛出三丈，一側身已隱身在一叢森林之後。

足步來近，錢百鋒輕輕撥開枝葉，運足目力望去，雖是天光朦朧，但錢百鋒目力過人，已清清楚楚看見來的是兩個人。

那兩個人走得並不太快，錢百鋒暗暗忖道：「這兩個人身材都甚高大，但卻不知什麼急事，可怪這時候竟在路上行走！」

那兩人走得更近，錢百鋒看得真切，猛然心中不由一震，暗暗忖道：「咦！這兩人分明不是中土之人！」

立刻，「韃子」這個念頭閃上他的心頭，他不由更加驚疑了，連忙屏住呼吸，那兩個人邊行邊談，談的卻是相當標準的中原官話。

只聽那右邊一人道：「這兩天雙方的情勢真是到了一觸即發的地步了。」

左邊這人道：「誰說不對？那宋朝皇上御駕親征，聽說咱們大王四路奇兵都已準備好了，就等待這麼一天！」

那右邊的人嗯了一聲道：「若是能一舉擒王，嘿嘿，明朝江山……」

那左邊的人冷笑一聲打斷他道：「若是？我看這已成定局，四路兵一圍，莫說十萬大軍，多少人也要被圍得水洩不通，看那皇帝老爺從那一條路走！」

錢百鋒心中大震，聽這韃子說得十拿九穩，想來前方我們軍隊吃了大虧，不知皇上知不知道對方的居心？

這時那右邊一人道：「不過，聽說中原武林中有人發起抗拒外敵的行動，而且參與者都是佼佼人物！」

右邊那人點了點頭道：「軍師爺怕的就是這一點，這個消息一傳到，他立刻就有了安排，如今國師爺也來了中原，情勢又當別論。」

錢百鋒呆了呆，忖道：「消息？這消息是什麼人傳到對方去的？這事的發起先後不過三數日之久，而且並未揚之武林，敵方又有誰能夠探知？」

他思念一停，這時那兩人已經過他的身前，錢百鋒望了一望，只見兩人目中寒光湛湛，分明都是內家高手，更是不敢大意。

只聽那右邊一人又道：「西方的一環有問題麼？」

那左邊的人哈哈一笑道：「那就得瞧咱倆的努力了！」

那右方一人道：「不過，我倒有一個想法，軍師爺始終不相信西方這一環會出問題，但對方乃是泱泱大國！」

那左方一人搖搖手打斷他的話頭道：「你別空擔心了，咱們奉命行事便是。瞧，天又快亮了，咱們這長相想混入中原，是決不可能的，只得晝伏夜行，天一亮咱們先得找一處藏身！」

說著說著，兩人去得遠了。

錢百鋒思索半晌，卻始終不得要領，不知什麼人是那軍師爺，什麼西方一環等等，只是從兩人對話之中，已隱約得知皇上大軍已危在旦夕，也不暇多思，心想若能追上大夥，一商談之下必有結果。

錢百鋒向左冰說到這裡，嘆了一口氣，左冰聽得入神，問道：「大伯，以後呢？」

錢百鋒面上神色古怪，默然不語，像是回憶著什麼往事一般，好一會才道：「以後……唉，以後得問問你爹爹了！」

左冰道：「爹爹？」恍然道：「啊，您要問爹爹當日爲何沒有依時趕到丐幫之事？但此事又不關重要。」

錢百鋒仰天嘆了一口氣，道：「唉、誰想到這小小一件事情，變成一切的關鍵。」

左冰吃了一驚道：「那……那咱們快去找爹爹，爹爹他現在何處？」

錢百鋒嘆了一口氣，卻並不回答，好一會才道：「冰兒，咱們又得分離了。」

左冰驚道：「爲什麼？那爹爹呢？」

錢百鋒笑了笑道：「冰兒，你爹爹現在正在落英塔中！」

左冰啊了一聲道：「他……」

錢百鋒微微一頓道：「冰兒，他叫我找你去塔中一行……」

左冰茫然道：「大伯，那麼您呢？」

錢百鋒面色微微一變，好在左冰心情激動，並沒有注意，他道：「我還得到……到一處地方辦事，辦完事立刻趕來與你會合，你一路之上不要行得太急，我自會追上你的。」

左冰啊了一聲，依依不捨地望著錢大伯，錢百鋒慈祥地一笑，揮手道：「孩子，咱們再見了。」

左冰點點頭，還想問下去，錢百鋒忽然飛身而去，左冰不禁滿腹疑慮，只得茫然轉身向西北方行去。

廿三　惡水飛帆

且說左冰放開腳步走了，剛走上官道，忽然背後蹄聲大作，幾個驃悍騎士縱馬飛奔，左冰閃身一旁，他眼快，已看清那數人正是上次在林中看到的飛帆幫眾，心中微微詫異，不知他們又有什麼舉動？

正沉思間，又是一批騎士疾馳而過，左冰暗暗留意，不到半個時辰，前前後後一共是六批騎士，每次六人，都似身有急事，狂馳而過。

他心中好奇，不由也加快腳步，走了一個時辰，來到一處大鎮，只見街道上來來往往都是勁裝江湖漢子，左冰在江湖上也混了些日子，心想一定又是什麼武林聚會，或是武林大頭子辦喜事，當下走進一家酒肆，叫了些酒菜，獨自飲酌。

忽聽不遠桌上兩個江湖豪漢正在飲酒談論，其中一個人道：「飛帆幫此次用最隆重禮節迎立新幫主，李老爺子正當盛年，爲什麼倦勤了？」

另一個人低聲道：「那『千里迎龍頭』的禮節，豈是爲飛帆幫主而設，聽敝當家談過，這次聚會乃是迎立江南水路黑白兩道總龍頭，老弟你莫小視這次大會。」

先說話的那個人道：「那龍頭的位子，只怕飛帆幫李幫主順理成章當定了。他們飛帆幫在大江算得上第一幫了。」

另一個人含笑不語，半晌忍不住道：「那可不見得，老弟你等著瞧。」

兩人又談了一會，起身而去。左冰心想：「飛帆幫看來一定有極大圖謀，上次他幫眾竟以死相諫，這圖謀只怕是個大大奸計。」轉念又想道：「這管我什麼事？」心中正自釋然，忽然想起自己不久以前下過的決心，當下盤算一番，一抬頭，只見樓上走來一對少年男女，迎面對他一笑，正是太湖陸公子和銀髮婆婆的孫女董敏。

左冰心中甚喜，連忙站起邀請兩人入座，只見那太湖陸公子面帶輕憂，那如冠玉的俊臉，顯得穩凝多了。

陸公子道：「錢兄別來無恙，也是應李幫主之邀麼？」

左冰搖搖頭，他也懶得解釋自己姓左，那少女董敏卻喜孜孜的道：「又遇到你了，咱們正感到人手孤單，你來了真是一個上好的幫手。」

左冰暗暗苦笑。

太湖陸公子道：「家母遣小弟應飛帆幫主之邀，商量江南武林之事，但小弟這數日觀察，飛帆幫此舉只怕大有深意。」

董敏插口道：「管他什麼用意，我們既來之則安之，還怕他怎的？錢兄你道如何？」

左冰便把不久以前看到的飛帆幫內鬨之事講了，那陸公子聽見睜大了眼，臉色更加凝重。

陸公子道：「如此看來，飛帆幫此舉定然包藏禍心，說不定……說不定是『鴻門之宴』，想要排除異己，那迎立什麼雙龍頭，只怕也是個幌子了。」

左冰奇道：「飛帆幫到底要迎何人爲龍頭？陸兄想已得知。」

陸公子搖頭道：「小弟事先如知飛帆幫欲迎江南水路盟主龍頭，也不會前來了，唉，那甘雲是鐵錚錚一條漢子，他被李幫主逼死，將來自有公道。」

他臉色慘然，左冰心中忖道：「聽說太湖陸家不但在江南是武林世家，便是在天下武林中也是獨樹一幟，怎肯受別人節制？」

當下沉吟低聲道：「那麼咱們在暗中窺探，既免中計，又可弄清此事真相，他日揭發飛帆幫陰謀也比較有力些。」

陸公子連連點頭稱是，那少女董敏卻不高興了，嘟嘴道：「大哥，你年紀輕輕，怎的像小老頭一般，怕狼怕虎的？飛帆幫對我們尊爲上賓，大家還可以相安無事，如果對我們弄鬼，鬧他個天翻地覆，一走了之。」

她眉毛不住上聳，作出一臉唬人之態，左冰知道這是她加強語氣的表情，心中暗暗好笑，卻是默然不語。

董敏見兩人雖不出言反對，但瞧表情可沒有半分贊同之意，當下更是生氣，想了想，瞪著陸公子道：「你們如果怕事，便回去吧！看我一個人能不能把飛帆幫鬧他一個冰消瓦解？」

陸公子道：「敏妹別胡鬧，咱們從長計議。」

董敏可不買帳，瞪住陸公子凶呼呼地看，她不管自己多麼無理，能夠吃住此人，那麼胡亂取鬧的對象自然認定此人了，這是少女的天性，如是名門千金，便更加嚴重了。

左冰微微一笑道：「陸兄和董姑娘日後還是照樣赴約，小弟趁這兩日工夫打聽清楚此事來龍去脈，這些人都不認識小弟，是以行事比兄台方便。」

那太湖陸公子在江南是鼎鼎有名的人物，隨時有人注意，有所行動極易暴露，巴不得左冰這句話，當下大喜道：「如此偏勞兄台。」

左冰自覺這計策面面顧到，實是目下最妥善之法，他生平極少決策計謀，都是得過且過，因循苟且，這時竟有一種新鮮得意之感。

忽然樓下街道上一陣兵丁喝叱之聲，左冰憑窗一瞧，只見是一乘綠絨馬車緩緩而過，前面十數個兵士正在叱喝開道。

左冰道：「這小鎮怎會來了個大官，氣派不小。」

忽然陸公子臉色微紅，董敏冷臉看著他，正自奇怪，那馬車內露出一張秀臉來，端的儀態萬千，華貴無比，似漫不經心往樓頭看去。

陸公子神色大不自然，悄悄別過頭道：「咱們依計而行，兄台如有消息，小弟下榻鎮東悅賓客棧之中。」

左冰點點頭，那馬車漸漸走得遠了，三人下樓作別。

左冰心想晚上行動，便在鎮中到處遊蕩，熟悉地形，好容易等到三更時分，身子一縱，翻牆而越，便往飛帆幫總舵直奔。

忽見左邊黑影一閃，一個瘦削身形疾跑在前，左冰也未經思索，便悄悄跟在黑影身後。

只見那黑影幾起幾落，飛進一家深院大宅，左冰不遠不近跟在後面，那黑影一進深院，便隱沒在花叢樹木之中。

左冰遲了半步，走進花園，只見花影動搖，樹木扶疏，哪裡還有人影，不由甚是懊喪。沉吟半刻，正想離開去辦正事，忽見花葉搖動處，適才那瘦小黑影又跑了出來，手中還抱著一人，依稀是個長髮女子。

左冰忖道：「這人深更半夜將別人閨女搶走，這成什麼話？說不得，只有出手嚇他好救人。」

如是在半月以前，左冰說不定會亂替那夜行人想很多理由來搪塞自己，此時卻加快腳步緊跟在後，只待到人跡稀少地方下手。

那夜行人向鎮外跑去，左冰看他身形極是熟悉，心中暗暗稱奇。

那夜行人跑到一處荒野地方停住，將手中抱的女子放下，忽的拉開蒙巾，左冰在暗處借月光一瞧，登時瞭然。

原來那夜行人也是個年輕少女，正是那頑皮姑娘董敏，這三更半夜又在這荒野之地，不知道究竟想幹什麼，此人行事往往出人意料，左冰不由凝神注目。

董敏在那女子身上拍了拍，那女子悠然醒來，緩緩坐起，左冰運目瞧去，月光下只見那面孔艷麗無比，卻是日間在酒樓上所見在馬車中的官家小姐。

只聽見董敏冷冷地道：「喂，妳知道這是什麼地方？」

那官家小姐睜大眼睛，說不出一句話來，她睡中被董敏點了昏穴，這時陡然來到荒野，還以為是在夢境，她揉了揉眼睛，發覺四下一片黑暗，夜風呼嘯，還好眼前是個美麗女子，不然真會被嚇昏了過去。
她定了定神問道：「喂，妳是誰，我怎麼會來到此地？」
她一向嬌養，說話間自有一種頤指之氣，董敏氣不過別過頭不理她。
那少女又問：「喂，妳怎麼不回答我的話？」
董敏正要發怒，忽然心中想到一事，仍是冷冰冰的說道：「這是亂葬崗，妳看，妳看，妳後面不是鬼火燐燐麼？」
那少女聽得心驚膽寒，冷汗直冒，哪裡還敢回頭，只有緊閉著眼睛。
左冰忍不住向後一看，真是燐光閃爍，這一向長行夜路，知是螢火蟲發亮，但董敏一個少女，在這荒野黑夜還敢拿鬼來嚇人，那她膽子也真不小了。
兩個少女都不再講話，其實董敏心中害怕的程度並不弱於那少女。
好半天董敏又道：「聽說妳爹爹是什麼尚書，是不是？」
那少女天性聰明，雖然是長年居深閨之中，但讀書極多，才思敏捷，是江南大大才女，這時見面前是個和自己年紀差不多的少女，驚懼一過，反倒鎮定下來，當下回答道：「妳問這個幹嘛？」
董敏怒道：「妳敢不聽姑娘命令，叫妳知道厲害。」說著刷的拔出一柄短劍，一劍刺去。
那少女閉目待斃，只覺臉上一陣寒意，董敏的劍在臉前劃過，真是間不容髮。
董敏見她安然閉目，並未嚇得大叫，當下更是氣憤道：「哼，尚書有什麼了不得，我老外公是提督，總督妳總應該知道了，比尚書大多少？」

那少女道：「我們不管這些，妳把我弄到這荒地來到底有何用意？」

董敏從未當人面前顯過自己家世，這是被少女氣急了，才口不擇言抬出祖上來，這少女又給她軟釘子一碰，真是羞怒交加，眼淚都快流出來。

董敏怒道：「那妳是不見棺材不流淚了，惹得姑娘性起，莫怪我手狠心辣。」

那少女不理，苦思脫身之計。

董敏又道：「妳……妳……和太湖陸公子是親戚麼？」

那少女眼睛一亮，柔聲道：「陸公子是我表哥，他本事大得緊，我勸妳還是趕快放了我，不然如果我表哥知道妳對我無禮，那可不妙。」

董敏哼了一聲道：「我把妳殺了，他也不敢說半個不字。」

那少女眼珠一轉道：「哦，那妳也認識我表哥了。」

董敏臉一紅，黑暗中別人並看不見，她堅決地道：「我不但認得他，我說話他從來沒有不聽的。」

那少女恍然大悟，心中一陣酸意，寒著臉道：「我表哥是個大好人，怎能和妳這種人交朋友，我可不相信。」

董敏怒叫道：「妳再胡說，我打妳兩個耳光。」

那少女絲毫不懼，昂然道：「一個女子凶得像個羅刹，我表哥再糊塗，也不會看上妳，哼，還有我姑媽，哼哼，從來也沒見過這等厚臉皮的人。」

她心中憤怒憂慮，不再害怕，董敏也不甘示弱，兩人針鋒相對，吵得激烈，左冰怕董敏一怒之下什麼事都做得出，施展上乘輕功又湊近了一些。

董敏道：「算妳嘴硬，我沒有時間跟妳多說，我可要走了，聽說這裡經常鬧鬼，還是吊死鬼哩！」

那少女眼珠連轉，驀然驚悸恐怖驚叫道：「妳……妳……後面是什麼？」

董敏全身有若雷殛，只覺眼前一黑，摔倒地下。

那少女站起，口中喃喃地道：「看是誰在此伴著孤魂野鬼？」

原來董敏口中說鬼來嚇唬人，其實心下甚虛，神經已拉得有若滿弦，這突然一擊，自然支持不住，當場嚇昏了。

左冰目睹這事，心中暗暗忖道：「董敏天真胡鬧，那少女卻嫻然深沉，兩人鬥口，董敏怕要吃虧。」

那少女猶豫一會，她見路途艱險，又不識得方向，好生爲難，最後似乎鼓起勇氣，一步步摸索而行，左冰閃身走近董敏，正要上前抱起她回去，忽然一陣暴響，一個沉著的聲音道：「姓錢的，有種的出來較量。」

左冰見敵暗我明，當下飛快想了一遍，將董敏藏在暗處樹下，閃身而出，只見林外空蕩蕩地沒有一個人，他沉吟一刻。忽然想起一事，急忙縱回林中，那大樹下的董敏已是蹤影杳杳。

左冰頓足不已，他四下尋找，卻是了無蹤跡，頹然忖道：「敵人用計調開我，這便將董姑娘擄去，如果……如果她受了損害，我怎好向陸公子交代，又怎對得起銀髮婆婆？」

他一時之間沉吟無計，心想回去告訴陸公子，兩人也多一個商量，便快步往鎮中走去。

走了半刻，只見那富家小姐正一步一顛蹣跚走著，他心中又感不忍，停下身道：「喂，我送妳回去！」

那官家小姐一驚回頭，見是個俊秀少年，臉上甚是誠懇，她學問淵博，對於相人也頗有見地，一眼便認定左冰不是壞人，心中一喜，便如在茫茫大海中忽然抓住一點可攀附的東西一般，心中一鬆，適才那股勇氣早就消失迨盡了。

左冰道：「我背妳回去吧！」

那少女大窘，但見那少年臉色上一片坦然，眉間卻是憂心如搗，她心中雖願受這少年之助，但口中不得不說：「你走吧，我自己回去。」

左冰又道：「妳這樣走法，天亮了也走不到。明早鎮上若傳出尚書千金失蹤了，那可是滿城風雨。」

那少女想了想，目下又是舉步皆艱，一咬牙讓左冰背起，只聞耳邊風聲大作，便若騰雲駕霧一般，不一刻便到鎮內。

這片刻時間，她心中真想了許多問題，她是聰明絕頂之人，不然她手無縛雞之力，怎能將董敏嚇昏，是以想的問題也特別深刻。她心跳得很快，愈跑近住的地方一分，只覺與這少年距離也近了一分。

左冰在屋頂上跳躍如飛，不一會到了那深院大宅，一躍而入，那少女低聲道：「多謝俠士相救，請問俠士住在何處，他日家父定有厚禮相謝。」

左冰笑了笑道：「將來只希望令尊大人賞個吃飯的差事，便感激不盡了。」

那少女熱心地道：「那不成問題，你本事高，家父保薦你做個統領，一定不成問題。」

左冰心中有事，漫然道：「是麼？」

那少女見他笑得揶揄，忽覺受了奚落，自己一番好心，竟被人看作傻姑娘一般沒有見識，正要說話，那少年道聲再見，越牆而去。

左冰足不稍停，馬上又跳進悅賓客棧，走到陸公子所住房間，輕輕叩了幾下門，裡面卻無回聲，用力一敲，那門呀然而開，室內空空，只有一把長劍。

左冰心中大感緊張，在房中等了半天，也不見陸公子回來，心中忖道：「陸公子可能發覺董姑娘失了蹤，便出去尋找，但他爲什麼連劍都未帶去，顯然是匆忙離開此地。」

又等了半個時辰，天色已是大明，左冰走到窗前，忽見紙窗上有兩上小指般細孔，窗櫺上猶有灰黑燒跡，他坐倒床上沉思道：「怕是江湖上人用的迷香，聽說這是下五門的伎倆，陸公子怎麼會受這種人暗算？」

他坐在床上把最近數日所聞所見，都連起來仔細想了一遍，彷彿若有頭緒，結果又是一片茫然，但有一種直覺的感應，心中不住忖道：「董敏和陸公子失蹤，那是對方早就安排好的，如此對方對我們可說瞭若指掌，隨時伺機而動，這……這可太危險了。」

轉念又想道：「我和陸公子在一起，對方爲什麼不向我下手？既知道我姓錢，那我的底細也不會不知，當今之計……唉，如果我白大哥在……」

他看看天色已亮，上街胡亂吃了些東西，仍是沉吟無計，最後心一橫忖道：「我這便直闖飛帆幫大舵，說不定會弄出點名堂，總勝似在此獨坐愁城，打不過難道不會跑麼？」

當下盤算已定，直赴飛帆幫總舵。

他輕功極佳，迂迴而進，只見那院中戒備森嚴，要混進去談何容易？只有等天黑才有機會，便又退出總舵，他怕形跡敗露，便買了些乾糧，便道遠遠來到郊外，躲在小山後岩洞中，好好休養，準備晚上大施身手。

他昨夜竟宵未睡，不多時便倒在洞中沉沉睡去，這一睡足足睡了好幾個時辰，醒來時已是落日西墜，暮色蒼茫。這小山爲四野鄉民野葬場，太陽一落，便顯得陰風慘淡，鬼氣啾然。

左冰看看時間還早，便吃了些乾糧，忽聞山腰中一聲怪嘯，聲音沉悶令人生厭，他心中奇怪，仔細分辨到底是什麼叫聲，但聽了片刻，只覺心神恍惚，神不守舍，連忙凝神聚息，好半天才靜下來。

那聲音仍在，左冰天生好奇，忍不住走出山洞，跑上山腰。

只見遠處墳堆叢集，一個長髮披肩的怪人面對著即將沉沒的落日，噓噓吐氣，直到日頭完全落下山看不到，那長髮怪人盤坐在地，雙手運勁挖掘泥土，左冰見他運爪如飛，不多時便挖了好大一個坑，忽聞喀嚓一聲，那怪人從坑中挖出一付白森森的骷髏來，一回身磔磔暴笑，似乎得意已極。

左冰這才瞧清這人，真是有如鬼怪，但那十指挖土的工夫，卻實在嚇人，正驚愕間，忽然灰影一閃，左冰只覺眼一花，一個灰袍老者端端立在那怪人身後，左冰見那怪人似若未覺，心中不禁駭然，這灰衣老者的輕身功夫，已至出神入化地步。

那怪人長吸一口氣，驀然站起轉過身子，一言不發，十指如鉤抓將過去，原來他嗅覺極靈，一吸之下便聞到有人在後，當下這一抓是他生平絕技，從來未曾失手，都是鮮血淋漓的抓住獵物，但這次卻是雙手一空，敵人身形已在左邊三尺。

那怪人暴吼一聲，又是一抓，他這兩手亂抓，看似毫無章法，其實招招都暗合上乘武學，陰狠之處，真是天下無雙。那灰袍老者身子動也不動，但堪堪等那怪人抓到，身形又移了一個方位。

那灰袍老者冷冷地道：「你是漠南來的妖魔，你十指已墨其九，這十年來已有二十七個壯漢死在手中，今日你自作了斷吧！」

那怪人雖醜惡，但心中卻不魯莽，知道目前這灰衣老者實是生平未見之強敵，當下倒退三步道：「我黃金大師與閣下無怨無仇，閣下休要迫人太甚。」

那灰袍老者冷哼了聲道：「那李老三是一個樸實農民，和你這妖怪無怨無仇，你為什麼要拿他練功？廢話少說，免得老夫動手。」

「黃金大師」在漠南是人人皆知的大魔頭，真是聞聲色變，人見膽寒，這老者一再相逼，黃金大師忍無可忍，雙目怒睜，形貌更是獰然。

灰袍老者冷冷地道：「你是不肯自作了結了，十招以內老夫如不能殺你，便讓你走吧！」

黃金大師忖道：「沙漠裡的薛神仙我在他手中猶能走上五十招以上，這人如此狂妄，我難道當真如此不濟？但善者不來，來者不善，這人話說滿了，我得更加小心。」

他狂態盡斂，凝神聚氣瞧著灰衣老者，手一揮道：「你發招吧！」

黃金大師趁他說話之際，暴嘯一聲，身形淩空而起，在空中連發五招，那灰衣老者道：

「五陰鬼爪，妖魔你竟敢練這種喪天害理的功夫。」

口中說著，腳下踏著八卦方位，閃踏之間，只用了一招，連變五種手法，將黃金大師攻擊盡數封回。

灰衣老者大喝一聲，也自凌空而起，卻是後發先至，兩人在空中交手數招，一齊落地，左冰看都沒有看清楚，只見那長髮怪人仆倒地上，想掙扎坐起，卻是再也辦不到了。

黃金大師喃喃地道：「你……你……姓左還是姓錢？」

那灰衣老者淡然道：「老夫姓魏，草字若歸。」

那黃金大師目光渙散，斷斷續續地道：「東海二仙……南北……雙魏……鬼……鬼影子……果然……」說到這裡，再也接不下去。

左冰心中狂跳忖道：「這灰衣老者，便是宇內聞名的武林有數高手『南魏』，那身可敬可佩的功夫，真令人五體投地了。」

那灰衣老者洒然拂袖，也不見他作勢，但步子大的出奇，且經過左冰隱身之處道：「小夥子，出來吧！」

左冰只得閃身而出，那灰衣老者凝目瞧著他，忽然輕輕嘆了口氣，飄然而去。

左冰只聽見背後一個聲音斷斷續續接道：「……果然……果然名不……名不虛傳。」

左冰回轉頭來，只見那長髮怪人已斷氣死去，他看看這一耽擱，時間正好開始行動，想了想如何下手，下山往鎮中走去。

這時鎮中已是萬家燈火，遠遠望去有若繁星，左冰心中忖道：「這太太平平的小鎮，正在醞釀一場大劫，明天這時候還能不能看到燈火，那便很難說的了。」

夜風吹來，他頭腦一清，收拾起感慨，施展輕功疾行。

剛剛一走進鎮中，迎面走出一個古稀老者，身材極爲適度，那長衫穿在他身上貼切已極，面貌華貴，一表堂堂，左冰心中暗暗喝采。

那老者長衫及踝，質料非紗非帛，發出一種柔和的光彩，他見左冰長得俊，也不由打量了左冰一眼，微微一笑。

左冰站在那裡等那老者走遠了，這才往飛帆總舵行去。日間早已看好地形隱身之處，一進院子，仗著絕頂輕功，一程一程的躍進，漸漸走進院中大廳，只見廳中燈火輝煌，聚集了十餘位江湖漢子。

他閃身廳後陰暗之處，從窗縫中往內瞧，只見那飛帆幫李幫主正在興高采烈地宴客，但覺他那矮壯身形、說話神氣，實在熟悉極了，可是總想不起來。

他看了半天，這飛帆幫總舵因爲四周防衛嚴密，外人根本極難進入，因此中心處反而極少人守衛佈卡了，左冰沉著的瞧著，心中不斷忖道：「這姓李的幫主，我一定在那裡見過他，我一定要想出來，說不定對整樁事情有關。」

但想破腦袋也想不出，他腦中靈光一閃忖道：「這人上次我一見他便覺得有什麼地方不對勁，原來……原來這姓李的幫主，他臉上滿是皺紋，看起來已是五旬以上，但他手上皮膚細嫩……這豈不是有些不對稱？」

他想到這，眼前彷彿一亮，心中狂跳又忖道：「這人面容可能是化裝的，那麼他根本不是李幫主，但化裝技巧能夠瞞倒飛帆幫全體上下，也真是巧奪天工了，這……這不太可能。」

左冰又從自己認得的人中一個個想過去，沒有一個人和這人身形相似，但對這人一舉一動實在熟悉，正在這時，忽然背後一聲輕響，他在暗處，不慮別人瞧到他，當下回身一瞧，原來身後一人躡足而來，正是自己前來尋找的太湖陸公子。

左冰輕輕投一塊石子，那陸公子十分機智，身子一閃躲在暗處，好半天才又閃出身來，左冰輕步走了出來，兩人在重重危機中見面，相對一望，都覺大是安心。

陸公子在前引路，兩人走到林木茂盛園中，陸公子湊耳輕聲道：「那李幫主是假的。」

左冰早有此想，當下急問道：「陸兄識得他是誰？」

陸公子道：「此人正是上次到太湖來，趁家母外出綁架小弟之矮壯漢子。」

左冰恍然大悟，幾乎叫出聲來。

陸公子又低聲道：「這人武功高絕，爲什麼卻要扮成飛帆幫主？依小弟看來，李幫主只怕已遭毒手。」

左冰點點頭問道：「陸兄沒有中敵人熏香？」

陸公子道：「董姑娘外出不回，小弟起身敲了隔壁九次門，都不見回答，倒在床上假寐，怎會著了道兒？後來一想，索性冒險入虎穴，探個明白，這便假裝被迷，來到此地，果然是飛帆幫下的毒手。」

左冰默然，心中忖道：「陸公子還不知道董姑娘此刻被擄身在何處，暫且莫告訴他。」

忽然人聲喧雜，幾個人也走進花園，兩人屏息凝神，不敢發出半點聲響。

左冰和陸公子雙雙隱入暗處，只見三人仰首而來，談笑之間進了大廳，左冰運神一瞧，心中暗自震驚忖道：「那走在最前面的人正是神秘青年楊群，此人也來參加這江南飛帆幫立幫主事件，看來這事不太簡單。」

耳畔卻聽到陸公子低聲道：「錢兄，你我分開在大廳兩邊，探聽一些消息如何？」

左冰點點頭忖道：「正該如此，兩人站在一起，目標太大極易暴露。」

當下施展輕功，繞過廳後，到大廳另一邊去，屏息凝神走到窗前，悄悄點破了窗紙，只見那姓楊的少年高居首席，整桌酒席只有四、五個人，那喬裝飛帆幫幫主的矮胖少年正在大口喝酒，神色極為得意。

過了一會，幾人酒也喝得差不多了，楊群正色道：「姜師兄，此間的事都佈置好了麼？」

那喬裝幫主的道：「師弟只管放心，江南水路這次可以一網羅盡，南人水性奇高，能有這些人協助，哈哈，師弟，大事豈能不成？」

楊群搖搖頭道：「聽說飛帆幫內頗多忠義之士，一個駕御不善，你我雖是不懼，但反倒激起江南武林同仇敵愾之心，那就弄巧成拙了。」

「飛帆幫主」道：「這個師弟放心，咱們潛伏在江南的助手，年來利用各種手段挑撥離間，江南水路經過幾次火併之後，已是元氣大傷，飛帆幫內桀驁不馴的人死的死，散的散、此時雖是仍稱第一大幫，其實已是空負其名了。」

楊群道：「太湖陸家呢？聞說陸氏家傳，精通兵略戰法，太湖又是天下一險，實在未可輕視。」

到。」

「飛帆幫主」道：「陸家第二代膿包得緊，上次愚兄深入太湖大寨，略施手段，便著手擒

楊群讚道：「師兄這半年來真是辦了不少大事，一旦咱們水師練成，直下江南，師兄是第一功。」

那喬裝幫主的矮胖少年道：「愚兄請賢弟來主持這大選龍頭幫主之事，實在是恐力所不逮，有咱們漠北第一劍到來，真是穩若泰山了。」

楊群微微一笑，那喬裝幫主雖是師兄，但神色之間對於這個師弟十分恭維。

窗外左冰聽得似懂非懂，心中奇道：「這些人說話真怪，又要練什麼水師，真不知是何路數？」但心中隱約有一種預感，這幾人包藏一個天大禍心，只不知道是在什麼方面？這次霸佔江南武林，看來並不只是為爭強鬥勝，揚名立萬。

他轉念又想到，上次飛帆幫那三個忠義之士，為了違抗冒牌的幫主旨意而自殺，那麼這其中必有什麼見不得人的陰私了。

左冰愈想心中愈是凜然，那冒牌幫主不住吹噓自己手段高超，那號稱鐵桶般的太湖七十二寨，自己如何如入無人之境，楊群微現不耐，他師兄倒也機智，馬上住口不說了。

左冰心中擔憂陸公子忍不住氣，便要壞了大事，但見陸公子並無動靜，心中正自暗讚此人少年老成，那冒牌幫主問道：「師弟，大師兄傷勢如何？」

楊群嘆口氣道：「大師兄運功抗毒，但那毒性實在厲害，又因時日過久，已有毒素內侵肝腹，雖是服了天下至靈聖藥少林大檀丸，但非一年不能逼盡體內毒氣。」

冒牌幫主道：「希望大師兄早日康復，咱們勢力更加雄厚些，師弟，你瞧目下中原武林誰是強敵？」

楊群沉吟一會道：「那姓白的少年，只怕是年輕一輩中第一位高手，非是小弟洩氣，此人功力之強，絕不比我師兄弟三人稍差。」

冒牌幫主道：「愚兄總不信那姓白的能勝過師弟，上次愚兄和他對了一掌，此人雖強，但較之師弟猶遜一籌。」

楊群緩緩地道：「不說那姓白的，便是和姓白的常走在一起，那長得相當俊的小夥子，也是深不可測。」

冒牌幫主哈哈一笑道：「師弟這回可看走了眼，那姓錢的小夥子，只是個道道地地的大膿包。」當下便把上次自己劫掠太湖陸公子，那姓錢的開溜之事說了。

楊群卻不以為然地道：「這人深藏不露，但小弟有一點能夠確定，那姓錢的小夥子，絕非等閒無能之輩，咱們連他深淺都摸不出，那實在是相當危險之事，他日有機會，小弟非逼他出手不可。」

冒牌幫主又道：「愚兄還有一件事沒跟師弟說起，後天大典中，愚兄準備一計萬全之策，包管十拿九穩。」

楊群微詫道：「什麼？」

冒牌幫主得意道：「愚兄準備用『迷魂散』放入酒菜之中……」

楊群急問道：「是崆峒獨霸天下的『迷魂散』麼？當世之人除了崆峒掌門能配製外，師兄怎會有此物？」
冒牌幫主道：「愚兄已將崆峒掌門的女兒從西湖擒來……」
楊群道：「師兄趕快逼她說出這藥的配方，此物用途極廣，迷失人之本性，可謂不費吹灰之力。」
左冰聽得心中一震，他是極其聰明的人，當下立刻便想到一件事，心中焦急忖道：「巧妹不是崆峒掌門的女兒麼，她不恰好也是住在西湖畔麼？糟了，多半便是巧妹。」
卻聽見廳中幾人開始低聲商討，似乎是極秘密之事，凝神聽去，卻又聽不清楚，過了一會，只見眾人吃得差不多了，紛紛離席而起，左冰連忙閃到黑暗之處。
楊群和另外幾人紛紛走到後院廂房去了，左冰輕輕拍掌，久久不見陸公子回答前來，又等了片刻，輕步走到廳對面去，只見黑漆漆地哪有陸公子的人影。
正奇怪間，忽然背後一陣風聲，他飛快一轉身，但來人身形有若疾電，左冰還來不及騰空而起，那人已欺近身來，左冰只覺肋下一麻，倒在地下，睜眼一瞧，那出手的人竟是楊群，不知何時又跑回來。
左冰穴道被制，動彈不得，楊群凝目注視著他，兩道眼神有若利劍，不住在他面上端詳。
他一提左冰，施展輕功，向後院走去。
左冰只聽見他口中喃喃地道：「難道我真……真看走了眼？」忽然眼前一黑，什麼也不知道了。

廿四　香魂飛天

也不知經過多久，忽然醒轉，只見一片漆黑，好半天瞧清楚，四壁都是鐵檻。

左冰運動一下手腳，發覺已是靈活自如，他心中尋思脫困之計，忽然隔壁一聲長嘆，黑夜中顯得淒涼無比。

左冰輕聲問道：「請問你是誰？」

隔壁一個女音驚奇反問道：「喂，你是誰，你的聲音怎麼這麼熟悉？」

她這一叫，左冰心中又驚又喜，結結巴巴地道：「巧妹我……我……是妳……大哥。」

隔壁的巧妹再也忍耐不住，嗚嗚哭了起來。

左冰連忙安慰道：「巧妹，妳別哭，大哥就想辦法來救妳。」

巧妹哽咽道：「大哥，我……我想得……想得你好苦，我……以爲……以爲今生再也看不到你了。」

左冰心中好生不忍，柔聲道：「大哥知道妳受了很多苦，別傷心，我一定替妳出氣！」

他柔聲安慰，巧妹更是哭得起勁，將這數月來的委屈和被擒之恥都發洩出來。

左冰等她哭了個夠，這才說話道：「巧妹，當今之計，咱們先想脫身之法爲妙。」
巧妹頹然道：「大哥，你……你……你也被人關住了麼？」
左冰想了想道：「真是一言難盡，巧妹，他們逼妳要那『迷魂散』配方，妳告訴他們了麼？」
巧妹氣道：「大哥，這個我怎能告訴他們？你……你真是糊塗了。」
左冰聽她語氣不對，連忙住口不說，怕露出馬腳，巧妹聽他久久不再說話，還以爲自己話說重了，他心志極高，被人捉住已是奇恥大辱，自己怎能再刺激他？
巧妹天性溫柔，歉然道：「大哥我心裡急，說話沒存輕重，你莫見怪。」
左冰道：「我目下並無良計脫身，巧妹，妳好好休息一夜，精神養足也好運籌。」
巧妹道：「大哥說得是，你一定也是中了敵人迷香，此刻定是疲倦，你也好好休息一夜。」
左冰不再言語，閉目睡了一會。
正在昏昏沉沉，忽然隔壁彈指之聲，巧妹低聲問道：「大哥，你睡著了麼？」
「沒有。」
「大哥，我睡不著，我心裡在想一個問題。」
左冰道：「什麼？」
巧妹深情道：「大哥，你沒來之前，我心裡虛得緊，可是一聽到你的聲音，便一點也不怕了，大哥，你以後不要再離開我了吧！」

她說著又哽咽了。

左冰滿口道：「巧妹，如能脫得今日之困，大哥陪定妳了。」

巧妹長長的嘆了一口氣，但聲音中充滿了歡愉，彷彿只要聽見這一句話便滿足，目下的困境根本算不得什麼了。

巧妹道：「大哥，你我夫婦也不知經歷過多少苦難，大哥，都怪我命不好，把你也給連累了。」

「快別胡思亂想，好好睡一覺吧！」

巧妹不再說話，第二天左冰醒來已是日上三竿，他睜開眼來一看，一張秀麗絕倫的面孔就在眼前，左冰揉著眼睛道：「巧妹，妳……妳……妳怎麼……」

巧妹嫣然一笑，笑容斂處，卻是一絲淒悵神色，左冰怎會注意到這些細節。

巧妹道：「咱們就走。」

左冰幾乎不相信自己的耳朵，因見鐵門已開，心想機不可失，拖著巧妹一躍而去，半點不敢逗留，飛快跑去，越牆而過。

左冰和巧妹跑得很遠，巧妹被左冰帶著有若乘風御虛，心中對這多情的夫婿實在崇愛無比，但忽心中一痛，眼淚都流出來了。

兩人走到荒野進入山區，前面水聲潺潺，兩人趕了這一大段路，覺得十分口渴，便循聲走去。

那山路彎彎曲曲，轉了幾個大彎，愈旋愈高，只見前面竟是絕崖，白練似的一條瀑布，從山頂直掛下來，水勢洶湧，水聲雷動，空谷傳響，下面一片茫茫水氣，也不知到底這水潭有多深。

左冰眼見前面無路可尋，便止步道：「咱們走錯了路，看樣子得回頭了。」

巧妹點點頭道：「大哥，我累得緊，咱們歇歇好麼？」

左冰攜巧妹上前捧了水喝了個夠，只覺那水極是甘美冷冽，那瀑布彷彿從天上來。高處氣候寒冽，水中雜著碎冰，相撞作聲。

巧妹忽道：「大哥，那捉我們的人是什麼來路？」

左冰道：「我也弄不清楚。」他心中想到失蹤的陸公子，還有被擒的董敏，一時之間沉吟無計，呆呆的望著瀑布出神。

巧妹又道：「大哥，咱們成親多久了？」

左冰心中一驚，口中卻答不出來，含含糊糊地道：「這個……巧妹，咱們成親……成親就像是昨天的事一般。」

巧妹閉上眼睛，悠然地道：「我每天記著日子，幸福的辰光我最珍惜，大哥，咱們成親已經三年零六天了。」

左冰微微一笑。

巧妹道：「幸福的日子過得真快，大哥，一個人如果得到真正的愛，那便是片刻刹那，也比那終身渾渾噩噩的人要幸福多了，大哥，你說是麼？」

左冰點頭道：「巧妹，妳說得不錯。」

巧妹又道：「大哥，我有一件事非常對不起你，我……我……」

她怯生生的像個做錯事的小姑娘。左冰道：「妳隨便做錯了什麼事，我都不會在意的。」

巧妹紅著臉囁嚅道：「我嫁到俞家，沒有……沒有……替你生……生個孩子。」

左冰一怔道：「這……這個……怎能怪妳？」

巧妹低著頭道：「大哥，幾時我要替你物色一個德貌兩全的姑娘。」

左冰笑笑不語，巧妹望看瀑布，水勢浩大，真如萬馬奔騰，心中一窒，話都說不出來了。

左冰忽問道：「那些人爲什麼要放開咱們，巧妹，我想只怕還有陰謀。」

巧妹慘然一笑道：「大哥，不管有什麼陰謀詭計，只要你在我身邊，我便不會怕了。」

左冰道：「我有一個朋友，也陷入那飛帆大寨，我想到天黑……天黑再去探望一下。」

巧妹急道：「大哥，你千萬別再去涉險，你……你難道……不顧我麼？」

左冰道：「那至少也要等他幾天，如果他真的遇險，我也好去給他家裡報訊。」

巧妹凝視著他，目光中柔情縷縷，心中不住地道：「大哥大哥，你如再遭別人暗算，又哪有人來捨身救你？」

巧妹走到瀑布邊，用手捧水打濕頭髮，竟梳洗起來。

左冰見她好整以暇的梳洗，心中真感奇怪，暗自忖道：「女子脾氣也真怪，我們被人追趕，並不見得脫離危險，這當兒還有心思來梳頭。」

他坐在瀑布邊，呆呆望著巧妹的倩影，但心裡反覆尋思，爲什麼楊群他們要放了自己？想來想去，連半點頭緒也沒有。

忽聞巧妹笑嘻嘻地道：「大哥，請你替我正正這髻兒，這裡沒有銅鏡，我瞧不到是不是梳歪了。」

左冰瞧著她頭髮梳起處，還有那後頸如霞光般的肌膚，只覺心中一陣茫然，根本連巧妹的話也忘了。

巧妹嗔道：「大哥，你沒聽見嗎？」

左冰嘆口氣道：「唉！你皮膚真白，真是好看，便是西施重生，也怕要自嘆不如了。」

巧妹笑嗔道：「大哥，你幾時學得油腔滑調，討人家好？我可不領這個情。」但心中畢竟歡喜。

左冰並非好色之輩，但巧妹實在生得美艷，而且心地良善，款款深情，左冰每和她相處一次，對她憐惜之情便增加幾分，心中竟有一個慾望，想永遠冒充她丈夫了。

左冰道：「我哪裡是討妳的好？巧妹，妳愈來愈美，隨便什麼衣裳，隨便怎麼打扮，都是一樣的。」

巧妹怔怔的望著這多情的夫婿，忽然雙手一撲，投入左冰懷裡，香肩顫動，竟哭了起來。她邊哭邊說道：「大哥，我打扮只給你一人看，大哥，你……你便……便看個夠吧！」

左冰見她抬起頭來，淚光閃爍，真是楚楚惹人愛憐，一種從未有的衝動，輕輕在她的唇上親了一下。

巧妹幽幽地道：「大哥，這兒風景真好，但咱們卻不能久留，唉，好的東西，總叫人不能留戀。」

左冰道：「巧妹，妳心中有什麼事？爲什麼老是如此憂鬱？」

巧妹笑道：「大哥，我有什麼心事？和你在一塊，我心裡喜歡得傻了。」

左冰道：「巧妹，這批人武功高強，目下咱們只有避著他，但……將來總要和他們周旋周旋。」

巧妹道：「大哥，這江湖上爭強鬥勝的事有什麼意思，只要他們不再尋我們麻煩，也便罷了！」

左冰搖頭道：「咱們身受被執之辱，豈能不報？」

他憤然而說，但話一出口，心中感到奇怪，自己一向得過且過，不記前隙，此時在巧妹面前，竟是憤慨難忍，報復之心躍躍欲動。

巧妹輕輕嘆了一口氣，她知大哥性子堅毅，決定的事再也難更改，她眼角不住瞟著左冰，只覺自己朝夕相處的良人，又是俊雅，又是正直，不禁愛癡情切，依偎在左冰懷中，悄悄閉上了眼睛。

那山風微微吹來，左冰只覺鼻端盡是香郁，非蘭非麝，陽光照在飛瀑水珠上，忽成五顏六色，明艷變幻不可方物，左冰不由得呆了，搖著懷中的巧妹道：「巧妹，快來看這彩虹。」

巧妹睜開眼睛，瞧著瞧著，不由流下兩行眼淚來，這美好大千世界，軟紅千丈，還有多情的夫婿便在眼前，一時之間，她對這世界當真愛戀若狂。

左冰並沒有注意，心中想起大漠上海市蜃景，空中樓台亭榭，若虛若幻，大起懷鄉之思，耳畔只聽到巧妹低聲地道：「大哥，我們每離開一次，感情便更增加了幾分，我不久便要回崆峒一次看爹爹，這一別便是經年，大哥，我心中雖是不願，但爹爹年事已高，我又不能不回去。」

左冰原想道：「巧妹，我陪妳去吧！」但他靈機一動，心想巧妹不讓自己陪伴，一定是有理由，不要毛毛躁躁露了破綻，他原先恐怕巧妹得知丈夫死去而傷心欲絕，是以假冒她的丈夫，但相處數次，此刻卻唯恐身分被識破，心裡真想朝夕與這秀外慧中的女子在一塊兒了。

巧妹道：「大哥，我離開你以後，你諸事小心，免我牽掛，你師妹是個好姑娘，你多多和她親近吧！她爹爹卓老爺子一定會漸漸寬恕你的。」

左冰道：「巧妹，這世上只有妳真心待我好，我管別人怎的？從前我還常常以被逐出點蒼門為恥，但現在我可想通了，這名利都是假的。」

他雖是安慰巧妹，但說得甚是激動，心裡竟也覺得不能釋然。

巧妹哭著道：「大哥，你待我真好！我……我這一生報答不完，來生也要補報你。」

左冰撫著巧妹一頭秀髮，浮起縷縷柔情蜜意。

巧妹忽道：「大哥，我知道你心裡一定在關心你那位姓陸的朋友，等天暗了，你便去打探一下吧！」

左冰看看天色，已近黃昏時刻，只聽瀑聲如雷，四周卻是一片靜寂，左冰點點頭道：「陸公子智勇兼備，一定能脫得險境，等天黑我們同去打聽吧！」

巧妹緊倚在左冰懷裡，娓娓柔聲講述著往事，儘是一些生活上的細節，但左冰聽得津津有味，溫馨無比，不知不覺間，已是明月初上，兩人這才覺到腹中飢餓，便吃了一些乾糧。

巧妹道：「大哥，你快去快回。」

左冰心中懸念陸公子和董敏安危，站起身來道：「三更以前一定回來。」

一轉身施展輕功縱起，才行了兩步，忽然巧妹在背後叫道：「大哥，大哥！」

左冰回身走來，只見巧妹怔然瞪著眼睛，從頭到腳一遍遍看著他，好半晌沒有說一句話，山風漸晚漸冽，巧妹迎風而立，衣帶飄起，不勝單薄。

巧妹不好意思地道：「大哥，你……你戴頂帽子，夜裡天氣怕要變了。」

左冰抬頭一看，天上繁星似錦，晴朗高穹，心知巧妹是藉口之詞，便柔聲道：「我這便去，一定快回。」

當下一轉身，循原路而去。

剛轉了兩個彎，忽然前面人影一閃，一個高大老者大踏步而來，也不見他作勢，但步履之間，卻是快得驚人。

左冰不願多惹枝節，躲在一旁，待那老者閃過，只見他往瀑布邊走去，左冰擔心巧妹，便折回跟在身後，他輕身功夫天下罕見，跟在後面那老者並未發覺。

剛轉個彎，前面便是瀑布，忽見前面老者如一頭大鳥般騰身而起，口中叫道：「巧兒！巧兒！爲父在此。」

左冰一怔，只見兩條人影一齊躍起，那老者身形在空中暴進數尺，但卻差了幾寸，巧妹尖聲叫道：「爹爹，女兒已自作了斷了！」

那瀑聲依舊如雷，巧妹卻墜身於萬丈瀑布下，左冰呆呆的看著驟然發生之事，心中只覺一片茫然，耳畔只聽見那老者淒厲叫道：「巧兒！巧兒！爲父來遲一步……」

左冰一時之間什麼也不能想，但只能想到一點，那良善美艷、集一切女人優點於一身的巧妹，是永遠見不到了，他心中只覺一陣發痛，痛得他連呼吸也覺得不順暢了。

夜風呼呼的吹著，這灑脫的少年在這一剎那間，像是經歷了幾世，他心中默默地想：「從今以後，我會和那少年將軍高君集一樣，我……我不再會快活起來。」

但他怕再見那崖邊傷心的老丈，不知什麼時候，他帶著滿懷的不解和傷痛悄悄地走了。

天上的疏星伴著一輪發光的淡月，平原上一望無垠，大地靜得似乎停止了脈動，只有遠處的河水，不時傳來一陣嗚咽。

白鐵軍披星戴月地不知已跑了幾許路程，這時，他停下了腳步，向四面打望一下，然後繼續向前疾行。

黑暗中，前面出現了一片林子，白鐵軍略爲考慮一下，便舉步跨入了那片林子，林子中靜得連一聲鳥叫都沒有，白鐵軍穿過這片林子，舉目一望，前面露出一片牆角，竟然是一座大廟。

那廟看上去前後有好幾殿，但是黑壓壓的沒有半點燈火，也沒有鐘鼓之聲，倒像是一座荒廢敗壞的古廟，白鐵軍到了廟前，只見一扇油膝脫落的大門半閉著，他輕輕推開，發出「咿呀」一聲。

門內依然是一片黑暗和寂靜，白鐵軍一直走入正面大殿，他舉首望處，只見殿門上一塊橫額，上面四個擘窠大字：「清原古刹」。

殿內一片黑暗，甚至連一點香火都沒有，白鐵軍走到香案前，只見正面矗立著三座菩薩，左右的兩尊是金童玉女，正中的一尊坐在蓮台上，像是觀音大士的模樣，白鐵軍伸手掃了掃神像前的供案一下，案上除了灰塵以外什麼都沒有，他心中暗道：「我就在這案桌上睡一覺再說。」

他正要爬身上桌的時候，忽然窗外一縷月光射了進來，正好照在那當中菩薩身上，就在這時，白鐵軍忽然發現了一樁怪事——

那泥土塑的菩薩這時候一雙眼珠忽然動了一動，白鐵軍吃了一驚，他揉了揉自己的眼睛，以爲是自己的眼花了，等他睜開眼再看時，那一線月光已隱去了。

他悄悄從懷中掏出火摺子來抖手一晃，藉著火光看去，只見那菩薩一動也不動，一雙眼球分明是土塑的，一點異樣也沒有。

他不禁笑了一下，熄了火重新躺下休息，這時廟中忽然飄過一陣輕風，過了一會兒大殿中忽然明亮起來，原來掛在東壁角下一盞油燈不知什麼時候忽然自動燃亮起來，殿裡依然不見一人，甚至連供案上的白鐵軍也不見了，只有供案的正當中插著三支暗綠色的鋼針，一望而知是浸過劇毒的。

這時，奇怪的事又發生了，那盞掛在東壁角上的油燈忽然又自動熄滅了。

供桌底下，白鐵軍悄悄地爬了出來，他輕輕伸出手來，戴上一隻鹿皮手套，然後將那供桌上的三支鋼針拔了下來，放在手中。

他心中暗暗思道：「分明是有人要謀害於我，這是怎麼一回事？」

他想到方才那盞自動明滅的掛燈和那菩薩會動的眼珠，心中不禁打了一個寒顫，他沿著供桌摸到那菩薩的正側方，伸手摸了一摸，再敲了一敲，發出清脆的一響，他心中暗道：「莫非這菩薩是空的，中間藏了人？」

他一念及此，再也不多考慮，掌心忽然發勁，只聽得「劈啪」一聲，那比真人還高的菩薩在剎那間忽然化爲粉碎。但是菩薩中並沒有任何東西，白鐵軍見自己無緣無故毀了一座神像，心中十分後悔。

就在這時，他伸手一摸，在那菩薩的座底上忽然摸到一個鐵環，他心中忽然一動，暗道：「是了，這個空心的菩薩下面連著這個鐵環，鐵環下面一定是個地窖，那藏在菩薩中的人，必定是早已溜下去了。」

他想到這裡，伸手就拉，然而就在這時，他的背後忽然一陣輕風又起，他一驚之下，反手便是一掌打出，同時閃電般一個轉身，黑暗中，那一掌之力如石沉大海，也看不見半個人影。

白鐵軍是個身經百戰的老手，他不加思索，反手再向後方發出一掌，同時縱身向左閃出了五步。

同樣的，那一掌之力依然有如石沉大海，白鐵軍掌力卓絕，這兩掌打出，普天之下能硬接下的不會有幾人，這時兩掌之力完全落空，但是四周半點聲響也沒有，分明是被人硬生生地化納了下去，霎時之間，白鐵軍額上全是豆大的冷汗，他知道遇到平生未遇的高手。

他長吸一口氣，朗聲道：「哪一位朋友身懷絕世神功，卻躲在這裡裝神弄鬼？」

黑暗中沒有人回答，白鐵軍把全身功力聚在雙掌下，提氣再次喝道：「藏身的朋友，在下若有得罪之處，就請出來面對面談談。」

他話說了一半，立刻感到一股巨大無比的掌力迎面襲來，白鐵軍此時有如一個拉滿的弓，一觸即發，他一矮身，雙掌連出，一口氣拍出三掌。

這三掌用力之佳，配位之妙，可稱得上爐火純青，只聽得轟然三響，白鐵軍幾乎被震得血氣浮動，黑暗中，只聽得對面也發出一聲長長的吸氣聲。

白鐵軍又驚又駭，他猛一伸手，觸手生涼，原來他出手發掌，不自覺之間已前行了五步，又到了原來那菩薩神座之前，他伸手所握正是那個鐵環。

白鐵軍心一橫，猛一提勁往上一拉，果然被他拉起一大塊石板來。

然而就在這時，又是一股掌力擊到他的背後。

白鐵軍藝高膽大，他奮起神力揮動那塊石板向後一擋，轟然一聲，那塊石板竟被那偷襲而至的掌力震得粉碎，白鐵軍手中只剩下了一隻鐵環。

他趁著這一剎那間，身形一斜，閃電般悄悄從那石板揭開處躍了下去。

白鐵軍一身駭人神功，一出道就聲名大起，威名直追前輩高人，這時被人在暗中一再戲弄襲擊，實則已是滿腹怒火，他心中一橫，便不顧後果地躍入地窖，他估量敵人便是要想尋件什麼東西把這地窖的出口堵住，只怕一時也沒有那麼快，他倒要先看看這地窖中究竟有什麼花樣。

他雙腳才一落地，已經凝目向四面打量了一周，只見這地窖中四面皆空，什麼也沒有，因爲空蕩的緣故，看上去倒像是比上面的大殿還要大似的。

他身形如箭，霎時之間已經圍著這地窖繞走一周，但是奇怪的是什麼也沒有發現。

這時，那頂上的出口發出呼的一聲，白鐵軍知道上面將被堵住，他長吸了一口氣，身形驟然如一支箭一般飛快地向上射出，仰頭望處，那出口堪堪被一塊巨大銅板蓋上。

此時白鐵軍身形離頂不及三尺，只見他猛一聲大喝，拳出如山，轟然一聲暴震，頂上的銅板竟被他一掌之力擊得塊塊碎裂，呼的一聲，白鐵軍的身形正好從裂口衝出。

陡然聽到一聲陰森的冷笑：「嘿，好掌力，看來江湖上的傳言有幾分可信。」

白鐵軍拿定身形，喝道：「什麼人？你究竟是誰？」

黑暗中那人哈哈大笑道：「你還不夠資格問這話。」

白鐵軍沉住氣道：「你沒名沒姓麼？」

那人怪笑道：「白鐵軍，你不要問我是誰，反正你今日不能活著離開此地。」

白鐵軍大大一震，脫口而問道：「你怎知道我的姓名？」

黑暗中一陣沉寂，那人不再回答。

白鐵軍再追問道：「你怎知道我的名字？」

那人仍然沒有回答，白鐵軍手一揚，向著方才那人發話的方向拍出一掌，自己的身形卻是同時移形換位到了另一個方位，只聞空蕩蕩的一震之聲，顯然那人已不在了。

白鐵軍憑著記憶，一個箭步縱到了牆角那盞油燈前，他伸手一摸，正摸到了油燈，他想把那盞油燈取下來點燃，但是他一取之下，竟然沒有拿得著。

白鐵軍不由暗暗咦了一聲，他再用力一提，忽然卡嚓一聲，眼前的一道牆壁突然開了一道通口，白鐵軍只覺自己心中忽地猛然一陣狂跳，彷彿有一種預感，這個秘室之中的東西將給他心中的一切疑惑一個答案，但是那究竟是什麼，白鐵軍也捉摸不定，只是閃身一步跨入——

就在這時，忽然他的背後又是一股無比強大的掌力襲到，白鐵軍憑直覺就知道，這一掌之重真是平生未遇，除了躲避，沒有第二條路走。

只見電光火石之間，白鐵軍施出了渾身絕學，他左右一陣亂扭，整個身軀向後一倒，呼的一聲迎著那強勁無比的來襲掌力倒竄出去，竟是一絲傷害也未受到。

這一式叫做「狂風飄絮」，原來是公孫大娘七十二路越女劍法中的收尾之式，傳說中公孫大娘手揮長劍，款扭纖腰，搖曳生姿之中忽而身劍合一，能取十丈之外敵人首級，這種前古絕學在武林之中早已失傳，白鐵軍年紀雖輕，卻是武學淵博之極，在這緊要關頭猛可施出這一招「狂風飄絮」，委實精彩之極。

白鐵軍雙足方才落地，立刻感到襲擊又至，他雙掌一錯，一口氣拍出十掌，方才把陣腳穩住。

他才吸一口氣，立刻知道對方是要致他於死地了，一種空前未有的畏懼之感襲了上來，有生以來這是第一次使他感到不可力敵，因爲他發現對方的掌力似乎猶在他之上。

白鐵軍在腦海裡飛快地盤算了一圈，他沒有選擇的餘地，除了一拚。於是他把一身功力全聚集雙掌之上，用最穩健的掌法固守了三十招。

白鐵軍到了三十招上，他已經無暇去分心想這個黑暗中不肯露面的人究竟是誰，他知道，只要自己稍一分心，立刻就可能送掉性命。

嗚嗚的怪風在黑暗中呼嘯，不時夾上兩聲平地焦雷般的暴震，白鐵軍已經連續用十成功力發出了五十掌。

那黑暗中隱伏著的怪人仍是一聲不響，只是掌上的招式愈施愈奇，掌力也愈來愈重，白鐵軍暗想：「雖不知道這人是誰，就從掌力上看，當今天下只怕要數他第一了。」

黑暗中掌風依舊，白鐵軍一鼓作氣連發了一百掌，每一掌都足以震動天下武林，然而在黑暗中那人的狂攻之下，卻是有如石沉大海，這種硬以上乘內功拚掌的打法，任你內力再長也難持甚久，白鐵軍天賦異稟，竟然硬生生地碰了一百掌未露疲態。

匆匆之間，又是五十招過去，這其間兩人所出招式美妙無窮，可惜天下武林人沒有眼福，讓這麼一場百年難見的高手拚殺默默地在黑暗中進行。

白鐵軍覺得壓力愈來愈大了，他無法測度出對方究竟還有多少潛力，但是他知道自己已經接近力竭了。

只聽轟然一震，白鐵軍一聲悶哼，踉蹌倒退一步，敵人重手法掌風又至，白鐵軍觸掌再退，他退了三步，雖退未敗，步履之間有若行雲流水，堪堪退到第三步，已在一個絕妙無比的縫隙之間長身而起。

白鐵軍這一招抽身而退雖是敗走，實則已把武學的上乘奧妙發揮到極點，黑暗中那人一聲大喝：「打不過就想走？躺下！」

他雙掌向天，一記百步神拳向白鐵軍擊到，白鐵軍頭上冷汗如雨，他這撤身退走目的就在引對手一絲輕敵之意，這時對方一掌擊出，雖然威力仍是無比強大，但是白鐵軍馬上知道時機到了——

他縱身在空，猛一個扭身，雙拳齊發，大喝道：「未必見得。」

這雙掌之力，乃是白鐵軍畢生功力所聚，轟然一震，黑暗中那人「登登」連退兩步，白鐵軍的身形卻如一顆流星，以無與倫比的速度飛過天空，再一縱身，已出了這所怪廟。

白鐵軍只覺自己全身百穴彷彿都被一股蒸氣熱流所塞滿，軀體彷彿要爆炸一般，他頭腦中也是一片渾沌，只是口中模模糊糊地囈語道：「……即使不及你……也差不了太多……」

他的身體只有機械式地一起一落，然而當他第八次縱起時，忽然全身一軟，整個人跌落下來，不省人事。

不知過了多久，白鐵軍驟然悠悠醒來，四面一看，立刻發覺自己落在一大片叢林中，隱藏得十分穩當，他深深呼吸兩口，立刻發覺自己內腑並未受傷，方才完全是被那一掌硬碰震得昏暈，他再調息了幾口氣，便悄悄躍出叢林。

才出叢林，一抬頭，只見滿天都是煙塵，那一座大廟竟然已被燒得只剩幾根殘梁斷椽，殘焰猶自吞吐跳躍。

白鐵軍暗暗納悶，他躲在一塊大石之後，暗暗忖道：「這究竟是怎麼一回事？這廟怎會被人燒去？」

他想了一想，忽然有一個靈感閃過腦中：「莫非是黑暗中那個高手自己燒的？」

他想到這裡，立刻想起在廟中的情形，他暗自點頭忖道：「也許那人在廟中有什麼絕大秘密？對了，多半就在最後我提取油燈時發現的秘室中，也許那秘室既不能讓人發現，又無法帶走，只好付之一炬了……」

他想到這裡，自覺有幾分道理，他望了望那餘火尚在的殘廟，想道：「難怪他要置我於死地了，方才他多半還在四周尋查一遍，卻沒有發現到我，以爲我已經遠去了……」

他悄悄地站了起來，向四周打量了一番，靜悄悄的沒有一個人影，終於他再次鼓起勇氣，走入那支離破碎的殘廟中。

但是除了碎瓦斷梁，什麼都找不到，白鐵軍默默的走了出來，拍了拍身上的灰塵，沿著林邊的小道向前走去。

走到彎道之處，他回望了望火光漸黯的廟址，方才那一場苦戰的景象忽然浮到他的眼前，他暗自搖了搖頭，默默想道：「白鐵軍，你已經被人打敗了。」

他懷著一種少年人初嘗失敗的奇怪滋味，緩緩地離開了那片叢林，在他心中隱隱有一些悲傷的感覺，雖然他早就明白了這點，不論武功多高的人，總有被打敗的一天，但是當這失敗來臨的時候，他不由自主地變成彷彿從未有過這種心理準備似的。

「他是誰？」「他究竟是誰？」他一面走，一面不斷地自問著。

走過了一片平原，河水聲逐漸響了，他知道已到了河邊。

河邊一個人也沒有，白鐵軍站定了身形，尋到了一排大榕樹，然後向四面數過去，數到第二十一棵榕樹的地方，停了下來。

他望了望樹下，看見一大塊磨光的石桌，他點點頭暗道：「不錯，就是這裡了。」

他等了一會兒，遠處傳來了一陣微弱的馬蹄聲，雖是微弱，但是在這寂靜的空間卻是聽得異常清晰。

過了一陣，遠處出現了一人一騎，白鐵軍站在樹背後窺看，那人奔得近了。白鐵軍低喝道：「湯二哥麼？」

那人一躍下馬，道：「幫主，你先到了。」

白鐵軍道：「湯二哥，情形怎樣？」

湯二俠一把抓住白鐵軍的衣袖，聲音中充滿了喜悅：「幫主，好消息，好消息。」

白鐵軍道：「什麼好消息？」

湯二俠道：「前天夜裡從開封傳來了消息，獨霸梁山泊水蕩二十年的方家兩豪，在張家口讓一個不知名的獨臂胖子用一支大金錘廢了！」

白鐵軍大喜叫道：「你是說蔣霖蔣九哥？」

湯二俠道：「獨臂人，用一支錘，幫主，你說不是老九是誰？」

白鐵軍道：「你這消息可確實？」

湯老二道：「千真萬確。」

白鐵軍道：「這麼說蔣九哥仍在，咱們又多一條膀臂了。」

湯二俠道：「不過問題不在此……」

白鐵軍道：「什麼問題？」

湯二俠道：「幫主你想想看，咱們自從你出來重振雄風後，如果老九仍在人間，沒有不知道的道理，知道的話，斷無相應不理的，但是至今……」

白鐵軍道：「你是說那人不是老九？」

湯二俠道：「不是，一定是他，但是他既然一直不肯出面，只怕他另有隱衷，不肯再出了。」

白鐵軍道：「你說得有理，不過……」

湯二俠道：「憑咱們骨肉之情，老九應該是不會退縮的，但是如果另有隱情，以老九的個性來說，那就難說了。」

白鐵軍道：「不管如何，咱們若要把這事弄個清楚，總要先見九哥一面。」

湯二俠道：「幫主你去如何？」

白鐵軍搖了搖頭道：「我知你的意思，但是你想想看，蔣九哥威震武林之時，我白鐵軍尚是流鼻涕穿開襠褲的年齡，見了面也不認得。」

湯老二道：「那麼我去一趟？」

白鐵軍道：「不錯，還是你去一趟，好歹要找到他，咱們現在正是缺人之際，王三哥……唉，王三哥的武功全廢……說什麼也得找到蔣九哥。」

湯二俠道：「還有一事，據西北線上的兩位好兄弟帶來的消息，聽說十年前華山的第一劍手葉飛雨在西北重出……」

白鐵軍道：「這個我早知道了。」

湯二俠道：「錢百鋒出了落英塔，這消息已經傳開了，只怕武林中的暴風雨將至。」

白鐵軍點點頭道：「這情形我也聽到一些。對了，我問你一事。」
湯二俠道：「什麼事情？」
白鐵軍道：「咱們丐幫在楊幫主時代可曾和漠南屍教結過什麼梁子？」
湯二俠道：「好像沒有。」
白鐵軍道：「漠南屍教也入中原了。」
湯二俠凝然不語，白鐵軍道：「事不宜遲，就麻煩湯二哥跑 趟吧。」
湯二俠道：「只要我找得到老九，說好說歹也要把他邀出來，到時候，武林中又出現無敵金錘了。」
白鐵軍道：「諸事拜託了。」
湯二俠抱拳行了一禮，反身跨上馬背，揚鞭而去。

廿五　鏖戰孤寺

白鐵軍目送湯二俠遠去，略爲思忖了一會，便沿著河水繼續走了下去。

他經過一場大戰，原已疲累得四肢無力，但他功力殊深，只這一片刻，體力就已恢復大半，一夜走到了天明，絲毫不覺勞累。

天明之時，他尋了一處隱蔽之處，歇了幾個時辰，再上路時，已過了午時。

他吃了一些乾糧，一面走，一面沉思著，心中有太多的不解之事，像一堆盤纏交錯的絲網糾纏不清，不知不覺間，他走到了一個市鎭。

白鐵軍心中暗道：「老是空想總不是辦法，我必須見到錢百鋒一次，和他談談。」

他來到了市鎭，他心中有事，忽覺酒癮發了，找了一家酒店，叫了十斤烈酒。店伙驚異地望了望他，卻見他雙眉深鎖，不敢多言，轉身走了。

白鐵軍叫了兩大碟菜，一口一口烈酒灌下腹去，只覺越喝越有精神，思緒卻也越紛亂，這時店門一響，緩緩走入一個老人。

白鐵軍抬起頭來，望了那老人一眼，只見那老者年約六旬，面目清癯，但雙目之中神光閃爍，氣度十分不凡。
白鐵軍看了兩眼，心中不由暗暗喝了一聲采，暗讚好威凜的氣度。
那老者走入店中，似乎他心中也是心事重重，緩緩落座，他也瞥見了白鐵軍，不由多望了幾眼。
白鐵軍爲人最是豪爽，站起身來拱了拱手道：「老丈請移駕與在下同席如何？」
那老者微微笑了笑，雙目卻不住在白鐵軍上下打量，好一會道：「如此甚好。」
說著緩緩站起身來，走到白鐵軍桌邊。白鐵軍恭恭敬敬讓老者坐了才坐下相陪。
老者望了他幾眼道：「敢問老弟，貴姓大名？」
白鐵軍連道不敢道：「在下姓白，名叫白鐵軍。」
那老者面上神色似乎微微變了一下，卻也不再多言。
白鐵軍道：「還未請教老丈尊姓？」
那老者卻是一言不發，伸手端起一杯酒，仰頸便乾了見底，吁了一口氣道：「唉，這個不說也罷。」
白鐵軍怔了一怔，卻不好意思再問下去，那老者似乎在沉思一件什麼事，好一會突然開口道：「這位白老弟，老夫好像在什麼地方瞧見過你？」
白鐵軍啊了一聲道：「恕在下眼拙……」
那老者不待他說完，卻又搖了搖頭道：「不對，不對，這些年來……唉，多半是你的面孔長得像另一個人。」

白鐵軍啊了一聲道：「不知在下面貌像哪一位？」
那老者定定的望了他好久，忽然點了點頭道：「嗯，的確越看越有幾分相似。」
白鐵軍納悶地望著老者。
老者道：「白老弟，你長得有幾分像老夫的一個故人，唉，說起來，老夫與那人只有一面之緣，方才老夫乍見你老弟，心中暗暗吃驚，不料你老弟姓白，那就是純係巧合了。」
白鐵軍呆了一呆，心中突然掠過一個念頭，他一把端起一盞酒，仰頸飲了一大口，沉聲問道：「不知老丈那位故人姓甚名誰？」
那老者卻並沒有注意到他神色的改變，點了點頭道：「姓董，千里草董！」
白鐵軍只覺渾身一震，砰的一聲，手中酒碗跌落地上，打得粉碎。
那老者吃了一驚，抬起頭來道：「你……怎麼了？」
白鐵軍定了定神，勉強微微一笑道：「沒……沒什麼，在下一時失手不留神，倒叫老先生吃了一驚。」
那老者雙目之中陡然神光奕奕閃出，那龍鍾之態剎時一掃而空，代之的是不可一世的神威氣態。
白鐵軍心中不由一震，不知這老者是何來路，他為人一向謹慎，一口真氣登時直衝而上，不知不覺間左手已然拇中二指緊扣如圈。
那老者雙目如電，掠過白鐵軍的面孔，忽然之間，店門之外傳來一聲佛號。只見一個身著黃色僧裝的中年和尚，雙掌合十，正站在店門檻外。

白鐵軍瞧了兩眼，只覺那僧人面生得很，根本不曾見過，斜眼望那老者時，卻見他目不轉睛地正注視著那和尚。

白鐵軍心中暗暗忖道：「這和尚難道是衝著這老者而來？這老者真不知是何來路，分明像是……像是登峰造極的高人。」

正思索之間，那和尚一步跨過門檻，直行入店，這時店中食客並不多，白鐵軍和老者所占的一桌前後都是空著的，那和尚一步一步緩緩直行而來，看來多半是要到這一桌邊來了。

果然那和尚走到桌前大約五尺左右，緩緩停下足來，雙手合十道：「貧僧浮雲。」

白鐵軍呆了一呆，卻見那老者點了點頭道：「原來是浮雲大師，不知有何指教？」

那浮雲和尚側過面來望了望白鐵軍，那老者哼了一聲道：「這位是白老弟，咱們是萍水相逢，不妨事的，大師有何指教但請直言無妨。」

那浮雲和尚想了想，忽然嘴角一陣蠕動，白鐵軍心中暗暗一震，忖道：「這僧人內力已達可傳音入密的地步，的確不易，不知他對老者說些什麼？」

只見浮雲和尚嘴角動了一動，老者哼了一聲道：「知道了！」

浮雲和尚點了點頭，回身又看了白鐵軍一眼，緩緩舉手合十，一步步退了回去。

忽然那老者站起身來，沉聲道：「大師與老夫素未謀面，不知如何能一見便能辨識？」

那浮雲和尚呆了一呆，答道：「這……貧僧聽那位相託的施主描述過。」

老者忽然雙眉一挑，沉聲道：「昨夜老夫以巾覆面，諒來那人也不曾見過老夫真面目，如此，那人倒與老夫早就見過面了？」

浮雲和尚忽然冷笑一聲道：「這個施主到時自然會知道，恕貧僧告辭了。」

他似乎不敢再多停留，足下一用力，身形陡然倒飛而起，那老者冷哼一聲，白鐵軍只見他右手微微一揚，剎時那已在三丈之外的浮雲僧人一聲悶哼，但見身形一搖，仍然疾奔而去。

那老者面上如罩寒霜，對白鐵軍微微頷首道：「白老弟，恕老朽先行一步，咱們後會有期。」

白鐵軍怔了半晌，摸出銀兩付了帳，也跟著出店，但這一瞬間，浮雲僧人和那老者都走得不見蹤影了。

白鐵軍心中暗暗忖道：「看那模樣，大約是浮雲僧人爲一個人前來傳話，又好像雙方並沒有約定，不知究竟如何？」

他想了一會，卻是不得要領，因他天性淡泊，別人的事也就算了，於是他緩步沿著街道走去。

這時他飲的烈酒酒性開始發作，他只覺身上躁熱，足步越放越大，心頭只覺甚是舒服。一路行來，不知不覺已到了山區，抬頭望了望天色，這時天色向晚，官道上的行人只有向城中趕的，卻只有白鐵軍一人往山區行去。

這時晚風微拂，吹在身上甚是舒爽，白鐵軍看看地形，心中暗暗忖道：「今晚就趕夜路也罷。」

心念已定，足步放勻，不一會已進入山區，這時天色已然昏暗，走著走著，天色完全黑暗下來。

不知過了多久，風勢忽然一勁，吹得路旁的樹枝呼呼作響。

白鐵軍抬頭望了望天色，這時天上濃雲密佈，星光全無，黑沉沉的長空壓得心頭有一股氣悶的感覺。

他長長的吸了一口氣，忽然只覺頭上一涼，原來豆大的雨滴已開始落下了。

他搖搖頭，自言自語道：「真倒楣，這一場暴雨不知要下到什麼時候，眼見前不著村後不著店，連個躲雨的地方都沒有。」

他心中思索之間，雨點已逐漸密集。他吸了一口氣，足下用力開始奔跑，這時路上根本一個行人都沒有，白鐵軍施展出輕身功夫，好比一支箭在雨點中疾馳。

他一口氣奔出好幾里路，忽然只覺目光一亮，左前方五十丈左右有昏昏的燈火傳出，在黑夜之中，卻很遠便可望見。

他不再多考慮，身形立刻向那燈火之處疾奔而去，這時傾盆大雨不停地下著，白鐵軍一口氣奔到近處，抬頭一望，只見屋簷斜飛，原來是一座小廟。

白鐵軍一個箭步竄上台階之前，那小廟廟門緊緊地閉著，黑烏烏的木門，白鐵軍忽然感到心中一震，似乎那黑色有一股令人心寒的氣氛。

這寺廟顯然是年代久遠失修多時，雖是站在石階之上，但屋簷之間倒有雨水漏下，白鐵軍沉吟了一會，舉起右手輕輕在木門上敲了敲。

廟門卻是了無聲息，這時外面天空密雨傾盆，白鐵軍無端之間覺得有股寒意自背心之間升起，迅速襲擊全身。

他自己也不明白這是爲什麼，也許是想起昨夜的那所怪廟，使他隱隱感到有一種莫名的氣氛，正自沉吟間，忽然天空霹靂一聲巨響，一道電光在長空一劃，白鐵軍只覺心神一震，忽地一股冷風，門縫裡透露出的微弱燈火也熄滅了。

白鐵軍呆了一呆，他暗忖道：「奇怪我心頭始終是忐忑不安，難道這廟宇之中有什麼警兆發生麼？」

他的江湖經驗可說豐富到極點，思索了一會，暗暗下了決定：「不管如何，好歹也得入內一看。」

他緩緩吸了一口氣，沉聲道：「廟內有什麼人？」

他真氣十分深厚，那話聲傳出好遠，廟內卻是一陣寂靜，分明是毫無人跡。

白鐵軍伸手推門，但木門緊閉，他微一思索，暗暗凝勁掌力，卡的一聲，木門一陣晃動，呀然開啓。

白鐵軍只見一根相當大的木栓斷在地上，心中不由暗暗震驚，忖道：「看來這木門分明是自內拴上的，但方才兩度拍門，廟內卻是全無回音？」

他心中驚疑不定，這時廟中燈火已滅，黑得伸手不見五指，饒的是白鐵軍內力過人，目光銳利，但也不能看出三丈以外之物。

他長吸一口氣，足下一用力，身形斜斜飛進廟中，他經驗十足，身形不待落地，左右雙掌一分，身子登時輕妙地向左方橫移半丈，這才緩緩落在地上。

只覺足下一絆，白鐵軍嚇了一大跳，感到自己分明是落在一件什麼東西上，並非落在平地上。他足下微一用力，足下之物硬硬的，卻不知是什麼物品，大約是桌椅之物。

正思索之間，突然長空又是一陣強烈電擊，慘白的電光一掠，白鐵軍向下一望，登時嚇得驚呼了一聲，自己足下之處竟是一口紅木棺材！

白鐵軍只覺得心中一寒，其實他闖蕩江湖，殺人的手段是司空見慣，今日卻不知爲什麼，內心之中始終有一種恐怖的感覺，神經似乎張滿了似的，陡然之間不由得心神狂跳不已。

他伸手入懷，摸出火摺，迎風一晃，火光應手而起，他雙目如電，四下一掠，已看清左方有一張紫木圓桌，上面放有一盞油燈。

他伸過火去，點燃了油燈，廟廳之間登時一片昏黃。

白鐵軍轉過身來，只見中間立著三尊高大的佛像，尊尊高聳至屋頂，俯著頭向下望著。

那大佛像卻是灰塵密佈，本來慈祥的面孔，這時堆滿了灰塵，加上雨水漏流，臉上東一塊西一塊髒污，倒顯得有幾分可怖。

白鐵軍看了看，低下頭來打量這一口紅木棺材，只見側面處清清楚楚寫著幾行字，仔細看時，原來寫的是：

「心寂心愁，青燈伴雄心，

佛殘寺孤，荒山埋俠骨。」

那字跡分明是有人以金剛指等神功所書，入木三分，龍飛鳳舞，白鐵軍看了好一會不得要領。

他抬起頭來，忽然感到那當面的一尊佛像似乎要對準自己倒坍下來，他喘了一口氣，緩緩退開兩步，驀然之間一股血腥之氣衝入他的鼻中。

白鐵軍只覺這孤寺中的氣氛大不對勁，但心中好奇之心甚重，忍不住尋味追去。

他移步向左右行走，一片布幔隔著視線，那血腥味分明便是從布幔之後發出。

白鐵軍暗暗凝勁右掌，斜斜一掌推出，那布幔登時倒捲起來，白鐵軍閃目一望，忍不住大吼一聲：「浮雲和尚！」

那布幔之後躺著一個人，竟是那浮雲和尚，只見他雙目之間鮮血汩汩流出，眼眶中黑黑的，眼珠竟讓人給挖了出來。

他滿面都是鮮血，心口衣衫分明是被大力金剛掌力之類的神功所擊，衣衫粉碎，眼看倒在地上已死去多時了。

白鐵軍的身形好比旋風轉了過來，大廳中一燈如豆，愈發顯得神秘。白鐵軍不住思索，不知這是怎麼一回事，忽然之間，一股勁風自身後掠過。

白鐵軍身形陡然一掠，左右雙掌一齊遞出，心想變招迅速如此，就是神仙也不能順利通過，但掌力一發，雙掌卻同時一輕，分明都走了空。

他幾乎不敢相信，轉過身來一看，空空洞洞人跡全無，他心中人是駭然。

那掌風的餘力激盪三丈之外的燈火搖曳不定，那高大的佛像在不穩定的燈光之下好像也是搖搖欲滅，氣氛駭人已極。

白鐵軍覺得冷汗從手心之中緩緩流出，他一生之中險惡的場合經歷了不知多少，卻從沒有一次像現在這樣震駭惶然！

他只是隱隱預感到這一切似乎是有連續的陰謀，只是自己猜之不透。

忽然他覺得自己一個人站在大廳之中似乎有一種隨時都會遭人襲擊的可能，他猛吸一口真氣，身形陡然疾若出弦之箭，掠廳而行，耳眼並用，全身真力都集在雙掌之中，隨時可以運勁抵抗，他飛快繞了三匝，卻並沒有發現什麼不對，身形一輕，停下足來。

這時廟外傾盆大雨未停，忽然之間，一陣足步之聲自廟外傳來。

白鐵軍呆了一呆，他身形一掠，卻見四下空空蕩蕩，毫無可以藏身之處，急切之間，不再多想，一掠便隱在布幔之後，卻再也來不及發掌熄掉那桌上燈火。

白鐵軍落下足來，忽然想到一件事，暗暗呼道：「不好！方才急切之間不暇細想，躲到這布幔之後，如果來人果進這廟，一定也會聞出這股血腥之味，遁味而尋，則我再也無所遁形了。」

這時也無暇再改變隱藏之地，只聽外面足步之聲果然越來越近，木門呀地一聲，閃進一個人影。

白鐵軍從布幔空隙之處望出，只見來的人身材異常高大，全身上下披著一件血色大袍，在黃昏的燈光下，那血紅的顏色令人有一種不寒而慄的感覺。

白鐵軍只覺得心中緊張，那血袍高大的人走近燈火，白鐵軍可以清清楚楚瞧見那人的面孔，只見那人面上神色木然，雙目直射冷電。

白鐵軍暗暗心驚，不知這人是何來路，那人似乎很驚詫的模樣，四下不住打量，似乎在找什麼人。

過了一會，那人忽然深深吸了一口氣，面上神色一變，立刻轉向布幔望來，雙目之中寒光閃閃。

白鐵軍一口真氣直吸而上，暗暗忖道：「糟了，果然給他發覺了，說不得只好戒備……」

那人移動足步直向布幔而行，大約走了六七步，忽然一停足步，回過首來！

白鐵軍呆了一呆，但見他身後什麼也沒有，不知他爲何要回首。

那人回過頭來，忽然不再走向布幔，慢慢自懷中取出一柄利刃，插在地上。

那人插好了利刃，緩緩向左邊神像走去。好像在注意什麼一般，轉過身來又向右邊神像走去。

白鐵軍看得心中連震，就在這時，大廳中寂然一片。

白鐵軍回過頭來，看看倒在地上的浮雲和尙，心中暗暗忖道：「這浮雲和尙內力不弱，已可達傳音入密之境地……」

他想到傳音入密，剎時腦中靈光一閃，恍然自忖道：「是了，是了，那紅袍怪人本想到布幔之後查看，但中途突然停下行動，必然是有人暗中以傳音入密之術告訴他，那麼這人是早就隱藏在暗中了，我入廟後的一切行動他一定全看在目內，不知他打的是什麼主意，不讓這紅袍怪人發現我的行跡。總之，可見這兩人是有約會的，怪不得紅袍客進入廟中便四下尋找，分明是早就約定的……」

他一口氣想到這裡，心中不由暗暗震驚忖道：「我始終覺得這其中包藏了一個巨大的陰謀，卻不知到底是何？他爲何不願逼我現身，那紅袍客將利刃插在地上是何用意？難道他們還在等什麼人？」
正想到這裡，突然疾風響處，傳來一陣足步之聲。
白鐵軍心中一震，木門呀的一聲，忽然又走進一個人。
白鐵軍從空隙之處望出去，心中不由大震，原來走進的人正是那日同席的老者。
白鐵軍迅速地想道：「原來果然是約好這老者到此約會，只是那負責傳言的浮雲僧人不知被何人殺死了，唉，這其中必有巨大陰謀，不知這老者是何來路，與那紅袍客等人不知是否一路的……不好，倘若他們是一路的，到時候人都到齊了，我一現身可就危險了！」
他親見老者的劈空神力，心知這老者來路必然不簡單，而且那紅袍客看來更像是絕世高人，是以心中暗暗擔心。
那老者進入大廳，四下一望，沉聲道：「不知名的朋友，你還未到麼？」
那聲音低低傳出，在廳中迴繞良久，卻寂然無回語。
老者皺了皺眉，忽然瞥見了地上插著的利刃，面上神色一怔，彎下身去想伸手拔起。
他身子一彎，正好看見那口紅木棺材。
老者呆了一呆，驀然之間，只聽「喀嚓」一聲巨響，那口紅木棺材陡然揭開，一個人自棺中疾挺而起，對準老者胸前便是一掌。
這下禍起蕭牆，白鐵軍早料到一定有巨大陰謀，但聞這一聲巨響，便叫不好。
那一掌內力簡直驚人欲絕，嘶嘶尖聲疾起，白鐵軍簡直不敢相信世間有這等強大內力。
但他更料不到那個彎下身的老者身形簡直是一片模糊，猛然向後倒掠，應變之快，白鐵軍看得目瞪目呆。

但那棺中之人內力太過強大，老者雖倒掠了半丈左右，但那內力仍然有若千軍萬馬，但見老者陡然大吼一聲，右掌一震，猛然一翻，平空打出，「轟」地一聲，半空好像打了一個焦雷，那口紅木棺材登時被壓得四分五裂。

這一下一個是乘其不備，一個是倉促出掌，白鐵軍萬萬不敢相信，在這等內力奇襲之下，老者身形一震，僅僅被推退三步到左方佛像身下！

說時遲，那時快，那一尊佛像陡然平空倒了下來，一團血影一掠而出，對準老者背上一拂而下。

這一切變化之快，簡直分不出先後，霎時之間，白鐵軍只覺那陰謀原來便是如此，一股天生的正義感立刻直衝而生，他想都不多想，大吼一聲，布幔倒飛而起，他已一步跨了出來！

那老者被震退三步，正覺心神震盪，背上又是一股蓋世大力壓下，他萬萬料不到這廟中竟躲了這麼多世上一等一的高手，而且是偷襲出手，他實在心有餘而力不足，只好提了一口真氣運在背上，準備硬挺一掌。

紅袍怪客身形一掠，雙掌齊發，這時白鐵軍已掠到三丈之外，他大吼一聲，右手拇中雙指一扣再彈，「嘶」的一聲，急切間他已發出了十二成內力，那股掌風疾奔而過，那紅袍客只覺左方一麻，陡然收掌一閃，一連退了四五步才停下足來！

白鐵軍陡然出手的確大出在場全部人的意料之外，那老者回過頭來，大吼道：「你……你，你會那修羅掌？」

這「修羅掌」四字一出，剎時右方的佛像陡然一倒而下，一個全身黑衣、臉上覆以黑巾的人一步一步的走了出來，沉聲向白鐵軍一字一字道：「魏若歸是你何人？」

那「魏若歸」三字一出，剎時大廳中八道目光一齊盯住了白鐵軍，白鐵軍只覺那一股豪氣直衝上來，先前的一切恐懼緊張早就一掃而空，他目光一掠，掃在那自棺中躍出之人，只見那人以白巾覆面，奇怪也不以真面示人！

他的目光掃過紅袍怪客，最後落在那黑衣人的黑巾上，驀然之間，不知如何他心中又是一寒，他深深吸了一口氣道：「你問這個作什麼？」

那黑衣人陡然仰天大笑起來，那笑聲中卻似乎隱隱夾有一絲顫抖的聲調，他卻回頭對那老者道：「錢百鋒，你是死定了！」

白鐵軍心中大震，他想不到這老者竟是十多年前名震天下的錢百鋒，怪不得有這等功力！

錢百鋒仰天大笑道：「朋友，你真面孔不敢示於人麼？」

那黑衣人冷笑道：「你能與咱們三人相抗麼？」

錢百鋒默然忖道：「單是那白巾人，內力只在我之上，不在我之下，加上這黑衣人……這黑衣人倘若就是那個人，今日我是萬無倖理！」

白鐵軍冷笑一聲道：「錢……前輩，您把白某也算上吧！」

那黑衣人冷冷一笑道：「姓白的，不論你是那姓魏的什麼人，你別想倚仗……」

白鐵軍仰天大笑道：「白某頂天立地，誰要倚仗什麼人了？」

那黑衣人冷笑道：「好得很，好得很！」

那錢百鋒忽然插口說道：「不知名的朋友，你三番四次跟隨老夫，示人傳信約我到此地一會，卻不料原來是這麼一回事，嘿嘿，錢某人十多年不出江湖，武林中是越來越下流了！」

那黑衣人一言不發，紅袍怪客與那白衣人更是一言不發，錢百鋒心中越來越寒，他又冷笑道：「朋友，把你那張黑巾扯下來吧！」

那黑衣人忽然仰天大笑道：「昔年武林中一正一邪，楊陸是先去了，今年，你錢百鋒只怕也留不住了。」

錢百鋒冷哼道：「能對錢某人說這幾句話的，普天之下寥寥無幾，讓錢某人猜一猜，老兄，咱們十餘年前便見過面了！」

那黑衣人默然不語，錢百鋒暗暗吸一口氣，用傳音之術對白鐵軍道：「對手太強，咱們走爲上策！」

他面色陡然一震，指著廟門道：「好啊，左白秋老弟，你也來了。」

乍聞「左白秋」，霎時那黑、紅、白三人都下意識地一個反身，但見廟門空空，哪有人影，這一霎時，錢百鋒身形陡然騰空，大聲道：「快衝！」

他身形才起，哪知黑衣人早料有此一著，左手一橫，遞出妙絕人寰的一式，錢百鋒才見他一翻手，便自暗嘆了一口氣，已知衝出無望，只得雙掌一合，猛向下一沉，生生將對方攻勢封閉，但身形經此一阻，已落在當地。

白鐵軍呆了一呆，猛可上踏一步，右手一揮，才待發力，猛然只聽身後嗚嗚之聲大作，他原式不變，右掌猛拍而出，他已知在場眾人個個都是蓋世高人，是以　動手便是十成內力。

兩股力道一觸，白鐵軍只覺全身一震，慌忙錯步反身一看，只見那白衣人雙掌併立，正站在兩丈之外。

白鐵軍呆了一呆，一股寒意自心中升起，這時黑衣人陡然跨前兩步，沉聲一字一字地道：「姓白的，你別多管閒事，快快滾得遠遠的，回去告訴魏若歸那老兒，就說是……」

他的話尚未說完，忽然木門一搖，一個人好比鬼魅般一閃而入，冰冷的聲音說道：「是誰在呼喚老夫的姓名……」

白鐵軍只覺心中一陣狂跳。登時激動得說不出話來！

那黑巾黑袍的人在霎時之間倒退了三步，說不出一個字。

過了半晌，他才一字一字地道：「魏若歸，你還沒有死？」

這句話一說出來，全場高手無一不是心中狂跳，南魏之名在數十年來，武林中傳說得有如神仙人物，如錢百鋒這種風雲人物也不曾見過他的廬山真面，這時他忽然現身於這荒野古刹之中，沒有一個人不是既驚且震，有些不知所措起來。

魏若歸淡淡說道：「老夫雖無出岫之心，奈何武林魍魎氣焰囂張，活著一天，總要管它一管。」

那黑巾蒙面人道：「獨木難支大廈，魏若歸，你若想保持令名落個壽終正寢，還是不管的好。」

魏如歸仰天大笑道：「管是要管的，至於生與死，哈哈，那是老天爺的事。」

那黑衣人冷哼一聲道：「遍觀今日武林，九大宗派凋零，只要老夫出來，要怎樣便是怎樣，魏若歸，你也是聰明之人，試想老夫的爲人，若是沒有絕對之把握，老夫會輕易重出麼？既是決心重出，又有誰能管得了？」

魏若歸冷笑道：「你說得不錯，九大宗派凋零，武林正道無人敢與你相抗，但是你可忘了一點。」

那黑衣人道：「忘了什麼？」

魏若歸道：「你忘了還有老夫在。」

那黑衣人道：「就憑你一個人麼？」

魏若歸道：「不錯，就憑魏某說一聲不，你便不得妄動。」

那黑衣人語勢爲之一滯，他哼了一聲道：「魏若歸，你是活得不耐煩了！」

他話未說完，卻突然一揮掌，向著白鐵軍發出陰險無比的一記偷襲，魏若歸大吼一聲道：「留神！」

白鐵軍年紀雖輕，卻是身經百戰，他無時不在極端戒備之中，黑衣人手掌才揮，他已是大喝一聲，雙掌十成功力擊出，同時身形更如行雲流水一般換了位置。

只聽得轟然一震，兩股上乘內家掌力一撞之下，發出一股強勁的旋風，嗚嗚響聲，久久不絕。

魏若歸冷冷地道：「看來這許多年不見，你老兄玩的還是那幾套老把戲。」

黑衣人道：「看來魏若歸這許多年不見，調教出一個徒弟來。」

白鐵軍自出道起，憑著一身不可思議的奇功，如一顆彗星沖天而起，短短的時日之內，成了武林中最了不起的青年高手，沒有人知道他的來歷，直到現在，這個秘密公之於世了，原來他是南魏的傳人。

魏若歸環目望了望，淡然對黑衣人道：「你說，今天你打算怎麼樣？」

黑衣人道：「看在咱們老交情上，你帶著你的徒兒去罷，但這個人……」

他指著錢百鋒冷冷地道：「這個人老夫可要留下。」

錢百鋒哈哈笑道：「這不算什麼，就算這兩位今天不是湊巧碰上，老夫原是要以一敵三的。」

魏若歸望了錢百鋒一眼，錢百鋒以爲他是想問自己「尊姓大名」，他拱了拱手道：「老夫……」

他話尚未完，魏若歸已抱拳道：「若是老夫料想不差，閣下必是咱們武林中幾十年來的風雲人物錢百鋒了，魏某久仰。」

錢百鋒心中一陣從未有過的激動，他壓低了聲音道：「魏兄拔刀相助之情，錢某終生不忘，今日之事……」

魏若歸不等他說完，便轉向黑衣人道：「據老夫所知，你要想以天下第一人自居，還稍嫌早了一點，錢百鋒一生揮金如沙，殺人如麻，他的功過毀譽自有定論，魏某可謂漠然不關於心，只是聽說姓錢的和昔年那件大案子有分不開的關係，只要錢百鋒一死，我看那個秘密怕是永無揭曉之日了，是以……」

那黑衣人故意裝傻地打斷他的話道：「你說的什麼案子？」

魏若歸忽然激動得仰天長笑起來：「什麼案子？你裝什麼傻？土木堡的變故雖然過了這許多年，武林中人難道真就淡忘不顧了麼？」

那黑衣人道：「是以你便怎麼樣？」

魏若歸道：「是以魏某今日要走便和錢百鋒一道走。」

錢百鋒知道魏若歸如此說實是使自己心安覺得好過，在他心目中，大名鼎鼎的南魏乃是陸地神仙之流，然而目下立在五步之外的魏若歸，竟使他的心中隱隱生出一種相惜的親切之感。

那黑衣人道：「魏若歸，你的主意拿定了？」

魏若歸傲然點了點頭道：「你們三個人，咱們也是三個，你瞧著辦吧。」

黑衣人正要說話，那白衣人卻喝道：「有什麼好多說的？動手便是了。」

白衣人一伸手抓向白鐵軍，只聽得嗚嗚怪響，白鐵軍但覺手臂上突然受了五股寒風，強勁如矢，他單臂一沉，反手迎了上去。

黑暗中錢百鋒猛然暴吼一聲：「快收招！這是少林冰禪指！」

白鐵軍一身武功精純靈巧兼而有之，他這閉目一抓，五指所向，全是對方手背上重要穴道，當真是分毫不差。

這時驟然聽到錢百鋒這一喝，他本能地再一翻手，向上劃了一個圈子。

錢百鋒見其功夫已經知道這個白衣人是誰了，昔年的往事一下子湧上了他的心頭，那濟南城外他為救老友左白秋身負重傷，黑夜小屋中的不速之客，那一身少林絕頂功夫的怪和尚，一定就是這個白衣人了。

他想到這裡，他知道白鐵軍是難以躲過那白衣人冰禪指下面隱藏的殺著了，他無暇再出聲示警，只是如閃電般欺到了白衣人身側，大喝一聲，舉掌就打。

他雖是疾如閃電，但是他心中仍是知道遲了一步，只希望在千鈞一髮之際有所作用，那白衣人一聲冷喝，也不見他作勢施展，身體驟然向前移了三尺，一記殺著猛向白鐵軍當胸拍到。

然而就在這一剎那之間，白鐵軍忽然一連變換飛舞了五個姿勢，那白衣人連續如閃電般地五下全抓了空。

霎時之間，那黑衣人忽然顫抖地大喝道：「迴風舞柳！你……你……」

白鐵軍閃身一落，落到錢百鋒的身邊。

黑衣人喝道：「我問你一句話！」

白鐵軍冷冷地道：「什麼？」

那黑衣人的聲音中透出壓抑不住的緊張：「楊陸仍在人間？」

白鐵軍一怔，正要回答，錢百鋒在他身旁一字一字地道：「楊陸當然沒有死，老夫關在落英塔底十多年，楊陸朝夕相陪。」

那黑衣人驟然一怔，忽地大喝一聲：「咱們走！」

他聲出身起，那白衣人也相續而起，最後那紅袍的怪人也跟著躍起。

錢百鋒雙目如鷹，緊緊一瞥之下，大叫道：「漠南屍教的朋友，慢走一步！」

那黑衣人身形已在空中，忽然一扭腰，一言不發對著錢百鋒劈出一掌，他一掌拍出，頭頂上忽然突冒蒸氣，那掌力無聲無息，直襲錢百鋒左脅！

站在錢百鋒左邊的魏若歸大喝一聲：「又是偷襲！」

他雙拳一擊，只聽得無聲無息之中，忽然暴出一聲霹靂般的巨震，震得在場的每一個人全都一陣驚駭，只見魏若歸忽然倒退兩步，那空中的黑衣人卻是一聲悶哼，如飛而去。

這雖是匆匆一招，但是已足以令錢百鋒這等蓋世高手驚駭不已了，只從那霹靂一震的聲息中，就能聽出這兩人的掌力已到了不可思議的地步，白鐵軍一把拉住魏若歸的衣袖道：「師父，怎麼樣？」

魏若歸道：「沒有事。」

白鐵軍道：「師父，那黑衣人究竟是誰？」

魏若歸望了他一眼，緩緩地道：「武林中與我同名的還有一個人是誰？」

白鐵軍與錢百鋒同時驚呼：「北魏？」

魏若歸道：「不是他是誰。」

白鐵軍搖了搖頭道：「這人好強的掌力。」

南魏道：「只是他一人也就罷了，看來他這番連絡了幾個高手出來興風作浪，事情就麻煩了。」

錢百鋒道：「錢某一生雖則作惡多端，自問倒也沒有與北魏過不去的事。看他今日的來勢是必置錢某於死地，這其中必有什麼隱情。」

魏若歸忽然道：「錢兄，魏某向你打聽一個人。」

錢百鋒道：「不敢，請說。」

魏若歸道：「有一人數十年前神出鬼沒於武林，老夫雖未和他見過面，但耳聞他的絕世功力，不知此人與錢兄是什麼關係？」

錢百鋒已知他要問的是誰了，他口頭上仍道：「不知魏兄指的是誰？」

魏若歸道：「左白秋！」

錢百鋒道：「他與錢某是平生至交。」

魏若歸道：「久聞武林中有『鬼影子』其人，一身輕功前無古人後無來者，說來慚愧，魏某的名頭雖然與他並列，卻是從未見過其人，在老夫想來，那左白秋……」

白鐵軍打斷道：「師父，你是說左白秋就是鬼影子？」

魏若歸道：「老夫不敢斷言，但是那左白秋的輕功是老夫平生所見第一人。」

他說完就用詢探的眼光望著錢百鋒，錢百鋒道：「左白秋與錢某雖是莫逆，但是他從未對錢某提過此事，武林中傳說的鬼影子，當是有這麼一個人，究竟是不是左白秋，恐怕只有他自己知道了。」

魏若歸皺著眉想了一想道：「左白秋現在何處？」

錢百鋒臉上神情微微一變。

魏若歸是何等人物，瞥了他一眼，便道：「錢兄如有不便之處，只算老夫沒有問這句話。」

錢百鋒道：「並非錢某不願言，實是左兄此刻身受重傷，有如廢人。」

魏若歸大大驚駭，他明知不便再問，但仍忍不住脫口呼道：「有這等事？是誰能打傷他？

莫非……」
錢百鋒苦笑一聲不答。
魏若歸道：「恕老夫多嘴，錢兄此行可是爲了左兄的傷？」
錢百鋒不得不點了點頭，魏若歸道：「不知魏某可有效勞之處？」
錢百鋒道：「多承魏兄拔刀相助，不敢再勞尊駕，錢某就此別過，異日有緣再見。」
他抱拳爲禮，再向白鐵軍打個招呼，便匆匆走了。
白鐵軍望著他身形如箭，忽焉而沒，搖了搖頭道：「這人疑心太重。」
魏若歸凝目思忖了一會，嘆了口氣道：「做人做到像錢百鋒這樣四面楚歌的地步，怎能怪他疑心太重？」
白鐵軍道：「這人只怕就是當年土木之變武林公案的關鍵，師父怎麼讓他一走了之？」
魏若歸道：「還不到時候，沒有人能使他說出他心中的話，急也無用。」
白鐵軍心中忽然想起一個人來，霎時之間，彷彿一道靈光閃過他的腦海，他一把抓住魏若歸的衣袖，叫道：「師父，我想起一個人來……他叫……他叫左冰……」

廿六　再闖飛帆

且說錢百鋒匆匆離開了魏若歸與白鐵軍，他心中喃喃地忖道：「傳聞中南魏魏若歸是個獨善其身不管天下事的隱者，今日看來，似乎是一個熱血好漢，只是左老哥的事豈比等閒，防人之心不可無，我怎能再和他多談。」

他身形如箭，霎時之間已走了數十丈，這時旭日方升，錢百鋒辨了辨方向，一直向東而行。

天亮之時，錢百鋒已走到官道之上，這時路旁村舍炊煙方起，路上沒有其他行人，錢百鋒疾行如風，忽然之間，他看到路前出現兩個人影。

錢百鋒自然把腳步放慢下來，前面那兩人正是緩緩而行，錢百鋒仔細望去，只見一個身穿破袍的老和尚與一個身材臃腫的大胖子，錢百鋒瞥目一望，只覺兩人背影都極是眼生，便不多注意，只是低著頭繼續走路。

當雙方擦肩而過時，錢百鋒忽然發現那個大胖子左邊的衣袖空蕩蕩地飄起，竟是一個獨臂人，這一來不免多打量了一眼，只見那胖子的肩上扛著一個奇形的大包袱，不知裡面裝著什麼東西。

錢百鋒已經走了十幾步，正要繼續加速趕路之時，忽然聽到背後傳來那兩人的說話聲，一個沙啞的聲音道：「老哥，你聽我的話保管不錯，是福不是禍，是禍躲不過，你這樣一走了之，算得是那一門子？」

另一個粗豪的聲音道：「唉，和尚你是有所不知……」

錢百鋒心中微微怔了一怔，故意放緩足步，那身後兩人不一會又趕上來，只差了數步，交談的聲音更加清楚。

只聽那和尚沙啞的聲音道：「老哥，這幾年來，沒想你是真變了一個人。」

那獨臂大胖子粗壯的聲音答道：「這十多年都過去了，什麼事都看穿了，和尚，你別再相勸，我的心意已決了。」

這時兩人已趕上錢百鋒故意減慢的身形，那和尚忽然回過頭來，瞥了錢百鋒一眼。

錢百鋒心中微微動疑，正在思索之際，那和尚竟然停下足來。

錢百鋒一怔，那和尚雙目一瞬不瞬地注視著錢百鋒，好一會說道：「這位施主請了。」

錢百鋒緩緩收下足步，抱拳道：「敢問大師有何見教？」

那和尚微微笑了一笑道：「貧僧自幼習練相人之術，施主氣度不凡，想來必是……」

錢百鋒心中暗暗猜疑，不知道這個和尚和獨臂胖子到底是何門路，口中緩然答道：「大師過獎了，只是……」

他故意停了一停，卻見那和尚神色凝然注視著自己，心中一震，但聽那和尚道：「施主眉心集結，心事重重，而且晦氣直上天靈，恕貧僧多言，施主近日行動可要留神一二。」

錢百鋒心中大大一震，面上神色卻是依然如常，沉吟了一刻，故意問道：「如此看來，大師是在爲老朽相面麼？」

那和尙卻並不答話，微微一頓道：「只是施主氣度過於出眾，貧僧行遍中州南北，相人何止千萬，但卻絕無這般氣魄，晦氣雖升，卻是驚而無險。」

那站在他身旁的獨臂胖子一直悶聲不語，這時忍不住插口道：「和尙，你又在恫嚇人家了。」

錢百鋒微微一笑道：「不妨，有勞大師了，老朽自當留神。」

他的目光自和尙而移到那獨臂胖子的面容上，卻見那胖子滿面英雄之氣，心中不由暗暗喝了一聲采。

那和尙緩緩伸手合十爲禮道：「咱們先行一步。」

錢百鋒心中思慮紛紛，卻也想不出一個完整的頭緒來，於是回了一禮，向左方轉向小道。

三人分離之後，錢百鋒不住暗暗忖度，但這兩人的身分始終想之不透，不過這兩人都是身懷奇技的異人是不言可喻的。

這時天色已經大亮，錢百鋒健步如飛地行了一段路，四周益發荒涼，放眼望去，看不到一棟村莊鄉舍，錢百鋒停下腳步來、就在路邊一棵樹下憩了一憩。

錢百鋒正在默默胡思亂想之際，一個陰森的聲音震盪他的耳膜：「姓錢的，瞧瞧是誰來了？」

錢百鋒一聽那聲音，忽然彷彿被重重擊了一下，他一躍而起，只見數丈之外站著兩個人，左邊一個手持竹杖，面帶病容，正是點蒼神劍何子方，右邊的一個身軀微胖，氣度非凡，正是天下第一劍卓大江。

錢百鋒霎時之間，在心中打了好幾個圈兒，他向前走了兩步，凝目注視著點蒼雙劍，在對方看來，這個無人敢惹的大魔頭，雙目中依然閃耀著不可一世的光芒，然而在錢百鋒的內心中，已經是全然不同了，他不再是昔年的錢百鋒，那種直欲振翅而衝雲霄的氣概已經收斂得幾乎完全沒有了。

他默默注視著對方，良久才開口道：「卓大江、何子方，你們找我麼？」

在他的心裡，當目光一觸及這兩個窄路冤家，立刻就使他憶起昔年一場大戰的情景，無敵的錢百鋒被硬生生地逼得認輸伏降。每當他一憶起那個情景，他心中立刻就沉入無比的深淵。

卓大江吸了一口氣，大聲地說道：「錢百鋒，你準備動手吧。」

錢百鋒聽了這句話，在心中又轉了數轉，若是當年的錢百鋒，他會立刻火爆地怒道：「你們不來找我，我還要去找你們呢！」但是此刻他只想道：「我不找你們，你們還要來找我麼？」

卓大江道：「那年不錯是咱們以多凌寡打敗了你，你要報復儘管來找咱們幾個人便了，何必濫殺無辜？」

錢百鋒不由狐疑起來，他從落英塔出來後還沒有開過殺戒，現在卓大江如此一說，立刻令他懷疑起來，他心中暗暗忖道：「莫非是這幾個老奸巨滑的怕我一個個找他們算帳，又藉故聚合一起來圍攻我，嘿嘿，我錢百鋒可不怕你們……」
他想到這裡，不禁又有幾分原形復露了。他嘿嘿一聲冷笑，指著身側叢林大喝道：「天玄道長，神拳簡青，請一併出來算了吧。」
哪知他喊過之後，四周一片寂靜，半個人影也沒有。
那何子方冷笑道：「錢百鋒，上一次咱們是爲了武林公義，所以群攻於你，這一次，咱們私事私了。」
錢百鋒知道自己料錯了，他冷冷地道：「你先說說看，什麼私仇？」
何子方勃然大怒道：「錢百鋒，你沒出息要裝傻麼？」
錢百鋒沉著地道：「我裝什麼傻？天下人殺了人，罪都算我老錢的，放了火，也是我老錢幹的，我幹麼要裝傻？」
何子方一怔。
卓大江道：「錢百鋒，今天就是你不敢承認，咱們也是打定了。」
錢百鋒從他的話中隱隱聽出不屑之意，他心中一股怒火冒了上來，但是更有一股淒涼的感觸充滿胸中，他覺得自己的沉著和自抑漸漸要失效了，他口中重重地嘿了一聲道：「你們不必害羞，錢百鋒從認識你們起，就沒有哪一次看你們不是群毆圍打的，來來來，要來就一齊上。」
卓大江在武林中是號稱天下第一劍的絕頂高手，他何曾被人如此這般藐視過，他氣極之下，一抖手之間，銀光如虹而生，長劍已到了手中，一字一字地道：「姓錢的，你試試卓某劍法吧……你還我家人莊族的命來！」

錢百鋒本來已是吸滿真氣，準備一戰的了，這時忽然聽到卓大江所說的最後一句，他忽然一陣清醒……

這時卓大江的劍勢堪堪待發，錢百鋒猛一張口，大喝道：「住手！」

這一聲喝出，真如晴天霹靂，較之佛門獅子吼猶有過之。卓大江劍勢一頓。

錢百鋒道：「你是說，你的家莊被人毀了？」

卓大江冷冷地道：「我知道你是想說不是你幹的，是麼？」

錢百鋒只覺一股熱血直湧上來，他彷彿又看到了落英塔前擲劍認輸的一幕，他強忍一口氣，心中不斷地忖道：「今日我是絕不動手的了，此時若是我動了手，那和十多年前的我又有什麼分別？我今日是怎麼也絕不動手的了……」

他想到這裡，立刻就想到上次碰到左冰時所說的話，這幾個武林高手和自己之間什麼怨仇都沒有，所不同的是一方自以爲是正義，他方是邪惡，而雙方同時都被另一個第三者在暗中耍了。

他再想到這裡，心中的火氣就平了下去，他誠懇地道：「不錯，我是要告訴你們，不是我幹的。」

這一句話說出，卓大江和何子方竟然全都怔住了，他們抱著理直氣壯的報仇之心而來的，在他們心中，還有許多武林高手的心中，從來沒有料到有什麼事錢百鋒會不承認的，是以他們根本沒有考慮到這一點，似乎只要想到或懷疑到是錢百鋒，便認定是他了。

錢百鋒不知自己怎能說得出這一句話，而這句話既已說出，卓大江和何子方反而有一種感覺似乎是無法不信了。

錢百鋒道：「老實說，錢某初出落英塔之際，確是有意一個個找你們算帳的，可是……」

錢百鋒頓了一頓，覺得無話可說，只是道：「可是我錢百鋒確是沒有幹這一事。」

世上的事往往微妙無比，若是換了一個人，費盡唇舌也未必能令點蒼雙劍相信，錢百鋒這樣一個老魔頭，他一點也不曾解釋，只是「不是我幹的」這麼一句話，便令點蒼雙劍無法不信，霎時之間，卓大江和何子方的心中竟然生出一種「欺人太甚」的內疚之感，久久說不出一句話來。

過了許久，卓大江的目光終於和錢百鋒的目光碰在一起，卓大江的目光中露出由衷的歉意，他沒有說一句話，只是那樣深深地看了錢百鋒一眼，便帶著何子方轉身匆匆而去了。

在錢百鋒那兀鷹般的眼眶中，卻閃爍著一層淡淡的淚光，不知道應該算是戰勝自我的驕傲，還是英雄末路的自憐？

過了許久，錢百鋒長長吁了一口氣，他望著兩人的背影去遠了，輕輕地搖了搖頭，也開始行走。

這時他心中感慨紛紛，如果自己的設想是對的，那麼同樣的一個人在十年前害了自己一次，將自己困入落英塔內，十年後，當自己一出塔便立刻又找上了身，這個人非得去好好問問他，到底是和自己有什麼大怨大仇。不過他心中卻隱隱感到，這其間未必是如此單純，想來還有別的因素。

他想著想著，忽然那血紅色的城關和夢中老人又浮上心頭，無緣無故之間，他不由得打了一個寒噤。

他心中思想紛雜，走著走著，這時日已升高，照在地面一片炎熱，錢百鋒只覺心頭繁亂，混身發熱，暗暗吸了一口真氣，他功力極爲深厚，才一運轉，立刻雜亂清除，通身清涼。

他仰頭望了望天，時刻已不早了，心想不如找一處小店歇歇。

沿著官道望去，果然不遠之處有一個鎮集，錢百鋒加快足步，不一會來到鎮前。

這個鎮集並不十分熱鬧，他找了一家小酒店，走入店中，這時店中座位大約有一半人坐了，他找了一個較靠邊的坐位坐了下去。

他叫了點酒肉，等待時雙目四下打量了一陣，忽然店門一響，一連走入兩人。

錢百鋒望去，心中一震，只見那兩人一僧一俗，一瘦一胖，正是早上在路上碰到的那和尚與獨臂胖子。

那和尚先進店內，雙目一掠，也看見錢百鋒了，不由一怔，立刻合十道：「這位施主，咱們又逢上了。」

錢百鋒心中暗暗生疑，忖道：「這兩人分明是先走了一段路，卻又折回，否則我方才耽擱這一段時間，怎比他們兩人先到，但看來卻又不似跟蹤的模樣。」

心中思索之間，口中卻道：「大師如不嫌棄，請過來同席如何？」

那和尚正待答話，身後獨臂胖子立刻接口道：「敢不從命！」

說著自左邊一席上多移了一個座位過來，他將身後背負的大包袱放下來，放在那張厚木椅子上，只聽吱的一聲，那木椅竟然被壓得發聲。
錢百鋒心中忖道：「瞧這兩人氣度都非一般武林人物，分明都是一方奇人異士，尤其是這個獨臂人，雄偉氣概直衝眉月，這和尚雙目中精芒內斂，不知底細如何，我且試他一二。」
他心念一轉，開口道：「敢問大師，此行何去？」
那和尚道：「貧僧腳行四方，四海爲家。」
錢百鋒故意啊了一聲道：「那麼，這位壯士？」
那獨臂人微微一笑道：「在下在江湖中四下闖蕩，打聽找尋一人。」
錢百鋒點了點頭，不再多言。
和尚道：「尙未請教施主尊姓大名。」
錢百鋒不言，卻舉杯一仰而盡，半晌才道：「老朽姓錢。」
那兩人面上神色如常毫無變化，錢百鋒又飲了一口酒，說道：「恕老朽多言，這位壯士面上憂色重重……」
那和尚哈哈一笑道：「原來錢老施主也會相人之術。」
錢百鋒微微一笑，卻見那獨臂胖子仰頸吞了一杯，緩緩說道：「老丈說得不錯。」
錢百鋒不料他說話如此誠懇，先前的猜疑之心登時減退了三分，說道：「瞧壯士英氣勃然，卻是言語之中意氣消沉……」
他話尙未說完，那獨臂壯漢又嘆了一口氣。
這時那和尙卻道：「貧僧卻以爲行腳四海總是收斂一些較好。」

錢百鋒微微一笑道：「的確，的確。」

他望了望兩人，心中正待再出言相試，心念一轉，暗暗忖道：「我現在身有要事待辦，這等武林中事何必斤斤計較，一再相問。」

心念一轉，也不再開口，三人登時沉默下來。

那和尚宣了一聲佛號，正待開口之際，忽然店門呼地被人推開，一連走入三個人來。

錢百鋒等三人一齊望去，只見那三人身材甚爲高大，帽子低低壓著，看不清眉目。

那三個人經過三人的席位時，雙目毫無忌憚地注視著三人，錢百鋒忽然瞥見那和尚雙目之中神光一閃而滅，心中不由暗暗生疑。

這時那三人走過去了，店中的夥計跟了上去，問道：「三位大爺，要點什麼吃喝的。」

只聽三人之中一個粗暴的聲音道：「牛肉，好酒，快去快去！」說著一掌拍在木桌上，震得杯碗一陣激響！

那獨臂胖子雙眉一皺，卻伸手端了一杯酒飲了下去。

忽然店門之外一聲鑼響，人聲嘈雜，一個人當門而立，對著店門一揖道：「各位大爺請了。」

店內眾人一齊轉目望去，只見一個年約六旬的老人在門口，身後圍著好大一群人，倒像是一個江湖賣藝之人。

果然那老人嘆了一口氣道：「俗語說得好，出門靠朋友，老朽有一椿小把戲自信尚能入目，表演給眾大爺瞧瞧，但望諸位有錢的賞賜一二，無錢的也湊個熱鬧，幫個人場……」

他話未說完，那三個高大的漢子似乎感到不耐其煩，左面的一個一掌打在桌上，大吼道：「廢話少說兩句，有什麼把戲快耍出來就是了！」

那老者望了三人一眼，不再多言，揭起手中銅鑼打了一下，「噹」的一聲，口中道：「各位請讓路。」

說著身後群眾讓出一條通道，一個年輕的小夥子雙手推著一輛鐵籠車來到跟前。

眾人一齊望那鐵籠，只見那鐵籠之中有一個東西，活生生的還在蠕動，眾人仔細一瞧，不約而同一齊驚呼出聲。

原來那鐵籠中關的竟是一個「人」，這個人雙手都是空空的，左眼只剩黑黑一個空洞，僅那一隻右眼不住的閃動，神態可怕之極！

倒有一半膽小的觀眾都嚇得轉過身子不敢再看。

那老者嘆了一口氣道：「十年前老朽無意中收養此子，卻發現他雖滿體傷痕，目殘口啞，但卻是一身神功……」

那三個高大的壯漢啊了一聲道：「什麼神功？」

老者道：「這漢子頭頂上功夫簡直驚人，能夠以頭頂放巨石……」

他話聲未落，忽然錢百鋒發現那獨臂胖子面上神色一陣疾變，雙目不瞬地注視著那在籠中的人，好一會才茫然收回目光。

錢百鋒心中暗暗稱奇，卻見那人單單右目之中似乎光芒四射，不住向自己和那胖子的身子掃來掃去，他心中一動，正在這時，那老者道：「各位，表演就開始了。」

他緩緩自鐵籠上抽開一個箱子，和那青年小夥子從箱中抬出一塊鐵磚來。那一塊鐵磚起碼也有幾百斤重，兩人一抬，將籠柵打開，把那四肢殘缺的人放了出來，將那鐵磚放在那「人」頭頂之上。

那「人」頭頂忽然一搖，那麼重一塊鐵磚直飛而上，竟有幾尺高，然後落下來又端端頂在頭上，發出「噹」的一聲，竟好像是鐵器對撞的聲音。

眾人都怔了一怔，然後爆出轟然喝采聲，那老者四方一揖，親自將銅鑼反過面來，口中道：「各位請賞賜一二。」立刻有人紛紛擲出碎銀。

老者來到錢百鋒身前，錢百鋒心中也不由暗驚這似人非人的頭上硬功委實高明，微微一笑也投了一點碎銀。

這時那獨臂胖子面上神色大大變動，呆呆地望著那四肢殘缺不全的「人」，雙目中一片茫然又淒涼的神色，錢百鋒心中暗驚，只見那「人」的獨目也不住在打量著自己及那胖子。

這時那老者走到三個高大漢子的面前，正待開口，那中間一人伸手入懷，摸著一錠銀子，約有五兩左右，老者雙目一亮，忙道：「多謝大爺……」

哪知那漢子冷笑一聲對左右兩個同伴道：「兄弟，我瞧這其中有詐！」

那老者一怔，高大漢子大吼道：「老頭，待大爺去瞧瞧那鐵磚，倘若是真，這五兩銀子立刻賞你，如若是假，嘿嘿，非得要你後悔不及！」

他聲調粗暴之極，登時眾人都靜了下來。

他大步走了過去，忽然之間，他反手一閃，一根鋼鞭「呼」地自腰間彈起，對準備那

「人」頭頂上的鐵磚一擊而下。

只聽啪的一聲，他滿心以爲這樣一鞭下去，立刻將老者的騙局拆穿，哪知那鋼鞭一擊，登時倒跳而上，分明是貨真價實的鐵磚。

他怔了一怔，全場人都默不作聲，靜靜望著他，他只覺一陣惱羞成怒，冷笑一聲道：「好，再試一試！」

說著右手一掄，正待一擊而下，忽然那獨臂胖子一掌打在桌上，登時將硬木桌子打得塌了下來，杯碗震得粉碎，一聲好比轟雷般大吼道：「你停下手來！」

那大漢呆了一呆，這胖子一步跨了上去，一言不發，獨臂一閃，只聽「喀」的一聲，那根鋼鞭已抓在手中，大漢一驚，正待發力相奪，那獨臂胖子大吼一聲，登時那根鋼鞭竟然齊腰斷爲兩截！

這一下事出突然，但對方反應也極爲迅速，那兩個高大漢子同伴一見有人出手，立刻雙雙一揮手，一人一條鋼鞭對準胖子背心擊下。

嗚嗚怪嘯之聲大作，那胖子瞧也不瞧，大吼一聲，獨臂陡然反手一抓，一張椅子抓在手上，反手一推而出。

只聽「喀」的一聲，兩條鞭身一齊打在硬木椅上，那木椅登時被打得四分五裂，放在木椅上的那個奇重的包袱也被打落地上，只見那白色包布散開，赫然露出一個巨大的奇形銅鎚。

那四肢殘缺之「人」陡然瞥見銅鎚，面上肌肉一陣抽搐，口中不住啊啊作音，卻是發不出聲音來！

錢百鋒瞧得心中一動，這時那胖子反過身來，一把抓起那支巨鎚大吼道：「關外三鞭，你們是欺人太甚了。」

那三個漢子面色大變，顫聲道：「你……你是丐幫蔣九俠？」

那胖子冷笑一聲，巨鎚一揚，三人一言不發，匆匆奪門而去。

胖子回過頭來，滿面淒愴，顫聲對那四肢殘缺、目殘口啞的人道：「六……六哥，是你麼？」

左冰懷著悲傷的心，一個人孤單的走著，夕陽無力的灑著原野，左冰心中不停的直問自己：「巧妹爲什麼要自殺？我們不是逃出敵人的掌握了麼？爲什麼？」

他徘徊沉吟，可是這問題卻沒有一點線索，天愈來愈黑了，夜風漸漸凜然，左冰只覺得心胸發痛，一陣比一陣冰涼。

他不能定心琢磨這事的原委，茫茫然似乎沒有一個盡頭，但道路可走到一個盡頭了，前面是一片棗林，林後是一片山岡，黑壓壓地，他緩緩走進林子，又穿過林子，翻過山風，又來到另一處林子，那天上的月兒從東邊升起，來到當頭，又漸漸西墜，晨曦微露，殘星如錦，左冰心中什麼都不能想，便像行屍走肉一般。

也不知到底走了多遠，那鬱結在胸中的問題仍是一個死結：「爲什麼巧妹要死，死又能解決什麼事？」

他漫無目的的行走，一夜之間彷彿老了十年，他原本是善良灑脫的少年，天性快樂，不拘細節，每能自得其趣，從來不知愁是何物，這時心中凝著一個死結，滯而不解，那情感的激盪比起常人反倒強烈多了。

天慢慢亮了，左冰走到一處小鎮，江南多水，每個鎮旁都是一彎流水，清媚可愛，左冰走進一家酒肆，這時天色尚早，那店家正在起火煮粥。

左冰默然坐下，忽然一個強烈的念頭在他心中不斷的道：「我該回去了，江南風光我已看得夠了，回到漠北去吧，瞧瞧年老的爹爹去。」

當下胡亂地點了些早點，吃著吃著，吃完了卻連酸鹹苦辣都沒有嘗到，正要會帳離開，忽然門簾一掀，走進兩個壯漢高聲喝道：「店家，店家，快快弄二十個肉餅、兩碗雞絲麵來，爺們吃過了還要趕路。」

左冰不由打量兩人一眼，只見其中一個面容甚熟，他坐在暗角，那兩個並未注意，但他心灰意懶，也懶得多管閒事，擦了擦嘴正待站起，只聽見其中一個漢子道：「幫主要咱們把那小雛兒捉來，卻又像鳳凰似的供奉，真不知是何道理？」

另一個漢子道：「三哥，你別小看了那雛兒，聽說她來頭之大，只怕普天之下也絕無僅有。」

那被稱為「三哥」的漢子道：「哼，難不成是公主娘娘，你不瞧幫主對她那份擔心的勁兒，真好像一碰就破的瓷花瓶似的。」

另一個漢子道：「三哥，小弟聽幫主身邊的人說，這小雛兒不但家世顯赫，她祖父是昔年武林中神仙一般的人物。」

這時肉餅已送上來，兩人狼吞虎嚥，吃得唏哩呼嚕，左冰靈光一閃，忽然想到那被稱爲「三哥」的漢子，正是飛帆幫的人，自己上次在林中見過的，便坐在一邊聆聽他兩人談話。

兩人吃了一陣，那雞絲麵還未上來，其中一個漢子又道：「三哥，你道這小姑娘的家長是誰，便是昔年武林第一奇人董其心董大俠。」

那「三哥」吃驚的哦了一聲道：「董其心？可是被武林中人奉爲絕代奇才，雄霸甘蘭道上的董大俠麼？」

另一個漢子眉飛色舞的道：「正是如此，看來咱們飛帆幫就要揚名了。」

那「三哥」面有憂愁，不再言語，左冰心中卻暗自狂跳忖道：「前夜原來便是這兩個人把銀髮婆婆孫女擄去，我……我左右無事，好歹也要打聽一下線索。」

另一個漢子又道：「三哥，你好像有心事的。」

三哥道：「不瞞五弟說，作哥哥的懷疑幫主……唉，一時之間也說不上爲什麼，但……但總覺得大禍臨頭，這次迎立雙龍頭非本幫之福。」

另一個漢子道：「三哥最愛多疑，來來來，咱們趕快吃完麵，這便好上路啦！」

左冰心中想起一事，不由一凜忖道：「那……那董其心……董大俠，不是上次錢伯伯說的人麼，那麼那小姑娘應該姓董了，瞧錢伯伯那種神仙一般人物，說到這董大俠都是恭敬崇愛，這人實在不凡了。」

那兩個漢子吃完麵揚長而去，左冰也會了帳，遠遠跟在後面，跟了一段路，又覺心灰意懶，自己何必再多管閒事？那小姑娘安危又干自己什麼？正要止步，忽又想到銀髮婆婆親切的面容，心中實在矛盾得緊。
那兩個漢子往郊外走去，左冰腳步跟著他二人走，心中卻不知想到哪裡去了，忽然身旁灰影一閃，一個灰衫老者並肩走上，左冰不由回頭一瞧，正是那日他從野葬場下山時所遇到之老者。
那老者打量了左冰一下，足下如行雲流水，也不見他踏步作勢，身形卻如飛起一般，步子大得出奇，轉眼之間，已越過前面兩個大漢。
忽然一個親切的聲音叫道：「孩子，你出了什麼事？」
左冰一聽到那聲音，再也忍耐不住，失聲叫道：「銀髮婆婆！婆婆！妳在哪裡？」
後面銀髮婆婆的聲音道：「我躲著一個人，等下再來見你。」
左冰聽那聲音發自身後一棵古槐之後，心知銀髮婆婆藏身樹後，過了一會，銀髮婆婆道：「孩子，你過來吧！」
左冰轉身走到大槐樹後，只見銀髮婆婆滿臉神秘之色，咋舌道：「好險……好險！」
左冰問道：「怎麼？」
銀髮婆婆道：「你剛剛看到那灰衣老者是不是？」
左冰點點頭。
銀髮婆婆又道：「我便不是願跟他見面，否則大家面上尷尬。」
左冰不解。
銀髮婆婆道：「這人是天下第一個自負之人，就是因爲他那脾氣，結果弄得妻離子散，孩子，咱們不談他，我問你，你最近是怎麼混的？看你雙目失神，好像靈魂失竅似的，你到溪邊去瞧瞧，你臉上髒成什麼樣子？」

左冰心中滿腹辛酸，再聽到婆婆這麼親切的話語，真恨不得抱著銀髮婆婆放聲大哭一場，但他畢竟是少年男子，怎能隨便哭泣？雖是眼淚已到眼眶，心中連忙去想些歡喜之事，想去沖淡悲戚之情。

銀髮婆婆柔聲道：「你心裡有什麼事，儘管跟婆婆說，婆婆替你設法！」

左冰正要將心事說出，忽然一個念頭升起：「我自己悲戚之事何必說給別人聽，惹得婆婆也不歡喜，這是何苦？」當下道：「婆婆，您老人家的孫女兒被人擄去了。」

銀髮婆婆大驚，也顧不得追問左冰心事，急道：「什麼？敏兒被誰擄去了？那姓陸的孩子呢？」

左冰便將此事前後經過都說明了，銀髮婆婆急道：「孩子你帶路，咱們這便去找什麼飛帆幫去。」

左冰道：「依晚輩看來，還是請董其心董大俠前來比較穩當。」

銀髮婆婆吃了一驚道：「你怎麼知道董大俠？」歇了口氣怒道：「婆婆可不信料理不了那幾個壞蛋，快帶路。」

左冰無奈，只得引著銀髮婆婆往飛帆幫大舵而去。

走了幾個時辰，又回到飛帆總舵，左冰低聲道：「這裡面戒備森嚴，咱們等天黑了再來吧！」

銀髮婆婆怒道：「管他這麼多，婆婆來了他們敢不迎接？」

當下大搖大擺走進總舵，兩人才行了幾步，忽地閃出五、六個短衣漢子。

銀髮婆婆眼睛瞧也不瞧，仍是邁步前走，那五個漢子一列攔在前面，銀髮婆婆一揮手道：「叫你們總舵主來。」

她指使之間大有氣度，隱約間有一股雍容之色，那幾個漢子倒是不敢怠慢，為首的道：「請問閣下萬兒？」

銀髮婆婆怒道：「誰和你們這般匪類通姓報名，快叫出你們頭兒來，不然便給我閃開。」

她心中氣憤孫女兒被執，語氣極是嚴厲，絲毫不留餘地，那為首的漢子忍氣又道：「請教閣下萬兒，在下才好通報。」

銀髮婆婆怒道：「你閃不閃開？」

那為首漢子道：「敝當家吩咐……」

他話尚未說完，銀髮婆婆雙手一錯，眾人也沒瞧清，銀髮婆婆已牽著左冰突過眾人面前，那五人一陣心驚，紛紛上前。

銀髮婆婆哼了一聲，手起足抬，左冰只見她銀髮飄飄，身子卻是矯捷無比，東攻一招西攻一招，過了一會，只見陽光下盡是她的身形，左冰瞧著心中又是興奮，又是難堪，低頭忖道：「婆婆這麼大年齡，還要和人家搏鬥，我卻無能為力，實在慚愧。」

銀髮婆婆身形愈轉愈快，忽然喝聲忽止，左冰再抬頭，已見銀髮婆婆垂手而立，那五個人已倒在地上，被點中了穴道。

忽然人影一閃，一個矮胖身形的人閃了出來，銀髮婆婆冷冷地道：「打了小的，還怕老的不出來？」

她語氣極端氣憤，但相貌實在生得可親，便是說一句刺人之話，也像是裝作一般，那矮胖漢子瞄了兩人一眼，對左冰冷然道：「你又來送死了？」

銀髮婆婆道：「快將我孫女兒放出來！」

那矮胖漢子正是僞裝的「飛帆幫主」，聞言大大吃了一驚，懷疑地道：「什麼？妳的孫女兒？」

銀髮婆婆怒道：「你們把我敏兒捉來，乖乖替我放出，如果少了一根汗毛，哼！哼！」

矮胖漢子道：「前輩便是董夫人？」

銀髮婆婆冷然道：「我是誰，你還不夠資格問，看來你便是這兒的幫主了，如果我敏兒好好的，我老人家也不和你們這般下流人計較，如果……」

她話尚未說完，左冰忍不住耀武揚威地道：「如果有半點傷害，你們……你們……可完了。」

他到底在江湖行走不久，一般場面話說得還不流利，那矮胖漢子不理他，對銀髮婆婆道：「董夫人稍安勿躁，令孫女確在敝舵，咱們雙龍頭大哥久仰董大俠之名，想要藉此親近親近。」

銀髮婆婆怒道：「憑你們也配。」

那矮胖幫主又道：「只要董夫人一句話，晚輩便立刻送出令孫女。」

銀髮婆婆是何等人物，她如何能受威脅？當下正要發作，忽然想起投鼠忌器，忍下一口氣道：「小輩你有什麼話快講。」

「飛帆幫主」緩緩道：「久聞董大俠伉儷雙劍，是天下武林頂尖人物，董大俠武學通神，成就前無古人，後無來者……」

他歇了歇，觀看銀髮婆婆臉色，見她臉色大變，便又道：「董大俠仁心俠行，別說天下武林有口皆碑，便是中原百姓，亦同聲稱讚『萬家生佛』。」

銀髮婆婆聽他滿口稱讚自己夫婿，她雖已是垂老之年，但生性受捧吃激，她一向別說與江湖人少相來往，就是和外人也是少與接觸，仍是和少女一般天真，當下愈聽愈是心喜道：「喂，依你說怎樣？」

左冰卻想到自己剛才無端仗勢得意，實在無聊無趣，那矮胖漢子的一句話也沒聽進去。

那「飛帆幫主」繼續道：「咱們雙龍頭大哥對於董大俠也是佩服得不得了，只是無緣拜識，所以晚輩請來令孫女後，咱們龍頭大哥真是優遇有加。」

銀髮婆婆聽他滿口好言好語，又聽到敏兒無恙，心中那一口氣已消了七八分，她說道：「董大俠退隱已久，你快把我孫女兒放出來，咱們一筆勾銷，請你告訴你們龍……龍頭大哥，便說姓董的拜領他的好心盛意。」

「飛帆幫主」笑哈哈地道：「好說，好說，咱們大哥聽說董大俠身負武林絕傳百餘年之奇門絕功『震天三式』，心中傾慕得很，時時想找機會切磋，如今董夫人翩然駕臨，想來董大俠不久也會前來，敝幫真是榮幸之極，真是蓬蓽生輝，臉上有光。」

銀髮婆婆不知他到底心意如何，但別人一番狂捧，一時之時也不好再撕破臉。

「飛帆幫主」又道：「夫人便在敝舵休息休息如何？」

銀髮婆婆道：「我還有要事，這便去瞧我敏兒去！」

「飛帆幫主」道：「且慢！」

銀髮婆婆道：「怎麼？」

「飛帆幫主」道：「咱們等董大俠前來再說吧！」

銀髮婆婆搖頭道：「他十多年未踏入中原半步，怎會來此？」

「飛帆幫主」笑道：「那……那便請夫人在敝舵委屈幾天。」

銀髮婆婆大怒，這時她才明白這矮胖子一番花言巧語，全是在愚弄她！她生平最恨受別人愚弄，昔年與董其心行走江湖，往往因她天真好心，誤中別人奸計，每次那多情夫婿趕來營救出險，她都會滿臉慚愧地道：「吃一次虧學一次乖，下次再也不會上當。」可是下次卻同樣中計，董其心知道她性子，對她照顧得無微不至。但人總是最忌諱揭露自己短處，是以銀髮婆婆最恨別人騙她。

銀髮婆婆臉氣得發白，怒叫道：「原來你想把我老人家也留下？」

「飛帆幫主」道：「晚輩不敢！」

但他臉上全無誠意，銀髮婆婆怒極，但她出身名門，雖是狂怒之下，仍是自顧身分，緩緩地道：「你要逼我老人家動手，那也怨不得我手狠心毒，你去打聽一下我老人家昔年狠辣手段。」

那「飛帆幫主」見銀髮婆婆氣極，知道今日不動手是不可能的了，他面對昔年號稱武林中最強的女子，心中不敢絲毫怠慢。

銀髮婆婆道：「接招！」雙掌一錯，一掌忽地擊去。

「飛帆幫主」只覺眼前掌影如山，連忙倒退半步，凝神接掌。

那「飛帆幫主」是楊群同門師兄弟，武功非同小可，銀髮婆婆受武學大師的丈夫薰陶，對於天下武術都瞭若指掌，但鬥了幾招，只覺對方發掌怪異，大別中原武林。

銀髮婆婆連換數種武功，並未搶得攻勢，她武功極廣，但也因如此，每樣功夫都不能練到巔峰，但就這樣在武林也算是高手之流了。

「飛帆幫主」見她一刻之間連換七種奇門功夫，心中也自發寒，要知他師兄弟三人在漠北是數得出的高手，這時面對一個年老女子，卻是漫無把握。

他出招愈來愈緩，封架極緊，不敢搶功，銀髮婆婆愈打愈怒，招式卻是愈來愈快。

左冰見那飛帆幫主掌風呼呼，凌厲無比，只吹得銀髮婆婆銀絲飄飄，左冰心中一陣慘然。

正在此時，忽然飛帆幫總舵內一陣混亂，數十名幫眾高聲叫道：「救火！救火！」

那「飛帆幫主」略一疏神，銀髮婆婆又搶得攻勢，忽聞耳畔一個清脆的聲音叫道：「看姑娘一把火把你們大舵燒得一乾二淨！」

銀髮婆婆一聽那聲音，真是心中一塊石頭落了地，「飛帆幫主」猛攻三招，又扳回平手。

兩人愈打愈是激烈，左冰忽然高聲道：「喂，董姑娘，妳沒有受傷吧！」

銀髮婆婆瞟眼望去，只見愛孫女臉上似嗔似怒，嬌美若昔，她心中一軟，本待施展董家絕藝殺手，也沒有施出來了。

左冰見董敏雙手被牛筋捆住，便上前要替她解開，忽然眼前一閃，兩支長劍堪堪從眉前刺來，連忙一錯身閃過。

董敏高聲叫道：「喂，左大哥，你的劍呢？」

左冰一怔，從懷中取出短匕一揚，董敏驀然前衝，往短匕迎來，她身旁幾人大吃一驚，也來不及拉她，只聽見董敏尖叫一聲，銀髮婆婆一震，手中一緩，「飛帆幫主」見機不可失，近逼欺身，正要向銀髮婆婆右臂擊去，忽然背後風聲一疾，那小姑娘已俏生生站在跟前，手中執著一支長劍，發出泓泓寒光。

銀髮婆婆也不理會對手，擔心問道：「敏兒，妳受了委屈麼？」

董敏雙眉一揚道：「憑他們也敢爲難姑娘？」

原來她適才衝向左冰，早已度好形勢，在空中轉了個身，極其準確的將腕間牛筋迎著左冰短匕一割，雙手一獲自由，順手抽出左冰背上「魚腸寶劍」，救了婆婆之危，這躍身、割繩、出劍原在一刹那之間，真是一氣呵成，美妙已極，可惜無人瞧見，她心中自是大大不樂。

「飛帆幫主」看情勢突變，心中不知這少女用什麼手段出困，目今之計，只有先扣住這些人爲上策，當下一施眼色，幫眾紛紛圍了上來。

董敏依在婆婆懷中怒叫道：「不要臉，想靠人多取勝麼？」

「飛帆幫主」臉上不動聲色，心中卻暗怪師弟楊群不在，不然定可留下這三人。

正沉吟間，只聽見那少女董敏歡聲叫道：「大爺爺！大爺爺！您老人家來了。」

左冰抬頭一看，正是那灰衣老者。

他沉聲對董敏道：「敏兒，陪妳婆婆走吧！」

「飛帆幫主」哼了一聲，他明知來人來頭太大，但此刻可萬萬不能在幫眾面前示弱，當下硬起頭皮來上前道：「這三位是咱們龍頭大哥的貴客，大哥要在下好好款待，諸位這樣一走，在下擔當不起！」

那灰衣老者沉聲道：「是麼？」右掌當胸一圈，剎時間臉色火紅，閃閃發光。

「飛帆幫主」臉色灰敗而退，口中失聲道：「太陽神功！太陽神功！」

那灰衣老者道：「米粒之珠，也放光華。」引先前去，銀髮婆婆三人跟在後面。

「飛帆幫主」嘴皮微動，用密室傳音對那灰衣老者道：「魏定國魏大先生要晚輩拜上董大先生。」

那灰衣老者洒然冷笑不語，大步前去。

四人走出大舵，走到前面林子，那灰衣老者忽然深深向銀髮婆婆作了一揖道：「弟妹，當年之事是作兄長的錯了！」

銀髮婆婆頭一偏不受他揖，口中卻道：「現在懊悔也遲了！」

那灰衣老者道：「我此刻也是懊悔不及，聽說一明有子，算算時間，也該廿多歲了，我此番便是跑遍天涯也要找回，唉！」

銀髮婆婆仍是賭氣不理，那灰衣老者又道：「其心怎樣了？敏兒愈長愈是標緻，真是天姿國色，弟妹，妳還是有福之人。」

他說到後來，聲音中大是寂落。

董敏道：「大爺爺！我爺爺天天想你，你怎麼這麼久不去瞧他？」

那灰衣老者道：「乖敏兒，大爺爺事情辦好，這便去看你們。」說罷苦笑一下，邁步走了。

銀髮婆婆心中有一千一萬個想問問他別後情形，可是卻賭氣不開口。

等那灰衣老者一走，董敏衝著左冰便問道：「他……他呢？」

銀髮婆婆聽得一怔，隨即恍然，笑哈哈地問道：「他是誰呀！敏兒！」

董敏又羞又急，銀髮婆婆笑道：「女心向外，這是顛撲不破的道理，唉！敏兒妳自己才剛從死門關逃出，便有心思去管別人，婆婆真是白疼妳了。」

左冰見董敏羞煞，便替她解圍道：「陸公子用計逃脫總舵，此刻想是正在到處找尋姑娘，他人極機智，別人很難算計於他。」

董敏也知心上人謹慎，但畢竟關心，也不顧銀髮婆婆在旁大笑，仔細向左冰打聽。

過了好一會，銀髮婆婆向董敏道：「敏兒，妳用什麼方法逃出囚禁之處？」

董敏得意道：「我尋了個火種點著了囚房！哈哈！那批人見火勢愈來愈大，便七手八腳將我給請出來了呀！」

銀髮婆婆道：「妳膽子真不小，如果別人不理會妳，豈不是放火自焚，燒死妳這淘氣鬼。」

董敏哼了聲道：「他們怎敢如此？婆婆，說實話，那飛帆幫眾雖將我擄來，但可優待得很，每天山珍海味的，我心想左右無法，便放懷大吃，婆婆，妳看我這幾天是不是長胖了些？」

銀髮婆婆啞然失笑。

左冰見自己站在一旁無聊，看到董敏和銀髮婆婆親熱談笑高興，心中更覺寂落，他原來常常隨著別人歡喜而莫名高興，此時心中卻沉重得緊。

左冰向兩人告辭。他每次和銀髮婆婆告別都是匆匆忙忙，是以銀髮婆婆也不爲意，對左冰道：「孩子，真虧你兩次報信，不但免得婆婆少跑冤枉路，這小淘氣也因此脫險，婆婆目下沒有什麼東西送你，瞧你也像練過武似的，他日有暇，叫敏兒的爺爺傳你兩手吧！」

左冰連聲道謝，轉身而走，他心中根本沒有聽清婆婆最後兩句話，然而這兩句諾言卻改變了他的一生。

廿七　竹陣阻敵

左冰急於北歸去看父親，他上次受銀髮婆婆之資助，是以囊中仍豐，爲了趕路方便，便到鎮中去買了一匹駿馬，一路上馬背起伏，左冰的心情也起起伏伏，不能平靜。

他想到初入江湖，結識白大哥，又想到阮囊羞澀，在巨木莊伐木的日子，還有與巧妹並轡江南的風光，於是一個個人影清晰的閃了上來，或而白大哥豪放如雷的笑聲，或而卓小梅怯生生的低語，最後是巧妹溫情無限的叮嚀，這一幕一幕，像是很遠很久以前發生的，又像是剛剛才在眼前，左冰自己也分不清楚了。

他只覺頭中千頭萬緒，又密又煩壓得人幾乎透不過氣來，一個踉蹌，幾乎跌下馬來，連忙定一定神，馬行迅速，也走出了廿多里。

他一路上不事逗留，兼程西行北行，行了五六日，這天午後走到一處荒野之地。

忽然天色大變，驟然間下起暴雨來。

左冰見前不著村後不著店，這落湯雞是做定了，索性放慢坐騎，任其在雨中緩緩行走。

冰涼的雨直灌下來，不一會忽見前面路邊有一座小小五里亭，左冰雖是全身濕透，但仍下意識的牽馬入亭。

這場雨下得好猛，從午時到傍晚，仍是毫無止意，左冰心中暗暗叫苦。

又過了一會兒，天色漸漸暗了，忽然腳步之聲疾起，左冰心想：「不知誰也趕來避雨？」正沉吟間，眼前人影一閃，走進一個白髮老者，他一進亭子，盯著左冰看了幾眼，目光愈來愈是淩厲，左冰不由心中發毛，忽然靈光一閃想起：「這不是在巨瀑邊哭泣巧妹之死的老人麼？看來他便是崆峒一派掌門了。他一定以爲我是武當叛徒……」

但見那老者目露殺機，一步一步向左冰進逼前來，左冰不住後退，眼看便是靠著亭柱無路可遁，那老者舉起右掌，正要擊下，突然天色大亮，平空打下一個焦雷，左冰那愁苦的俊臉清楚地現在他面前，那老者舉起的手再也打不下去，嘆了口氣，轉身雙手背垂，一言不語。

這時雨愈下愈大，那老者口中輕輕唱道：「伊上帝之降命合，何修短之難裁，或華髮以終年，或懷妊而逢災！」

唱著唱著不由悲從中來，放聲大哭起來，哭了一會，忽然轉過身來厲聲對左冰喝道：「我女兒死了，你沒當一回事，是不是？」

左冰戚然道：「晚輩欲哭無淚。」

他語才一出口，心裡忽然想到自己的身分，應該自稱「小婿」，但卻出不了口，那老者似乎悲傷過度，並未留心這點。

老者哼了聲道：「你假裝悲戚，其實心裡根本不在乎，你當我看不出麼？你騙我女兒跟了你，你又怪她害你被逐出武當門牆，早就不把她當人看待了，你當我不知麼？我女兒天仙一般人物，下配你這小子，你還到處風流留情，小子，你……自作了斷吧！」

左冰黯然道：「巧妹爲何尋死，晚輩實在不解。」

老者怒道：「是你逼死了她，是你逼死的，你還裝傻？」

左冰悲傷地道：「晚輩只要曉得巧妹爲何尋死，您要怎樣處置，晚輩絕不逃避。」

那老者凝視左冰，看不出半點作僞之感，也無一絲心虛情狀，那適才升起的怒意立即斂滅，悲悽之情陡長，口中喃喃地道：「你真的不知道？巧兒，妳死得太不值得了！」

左冰道：「巧妹與晚輩一同逃離『飛帆總舵』，她本來還是很快樂的，後來咱們又在瀑布邊談了很久，誰知晚輩一離身，巧妹卻……」

他追述那夜情景，歷歷猶在目前，想到巧妹那縱身一躍，再也說不下去了。

那老者深深地嘆口氣道：「你知道不知道，本門有一套獨步天下的工夫，喚做『迷魂移魄大法』？」

左冰搖搖頭。

老者道：「這功夫本門歷代都是單傳，如果妄傳別人，那傳授的人只有自作了斷，不然依家法處置，受千萬條劇毒小蛇咬噬，那可就慘不忍睹了。」

左冰凝神聽著，那老者顫聲又道：「巧兒未得我答允，私將此功傳授別人……」

他才說到此，左冰驀然想起和巧妹被執關在相鄰房間中的種種情況，他心中不住狂呼：「原來那飛帆幫人利用我的生命去脅迫巧妹，要她傳授『迷魂大法』，巧妹爲了救我，便只有接受了，天啊！難怪巧妹那一整天都要我陪她，她心中早有訣別之意，我……我真笨，爲什麼一點沒想到？」

一時之間，左冰只覺熱血沸騰，心中一滴滴在流血，他是一個灑脫的青年，但極深的情感被激動了，再也不能自己。

他不明白巧妹爲何尋死倒也罷了，只是頹喪灰心，但此刻知道了原因，那感激、哀憐，傷心種種情緒，一波一波向他壓迫，那道他自幼便建立的堤防，不爲外界情緒影響的堤防，已漸漸近於崩潰了。

那老者默然站在亭邊，而漸漸地下得小了，那老者忽然從懷中取出一本小冊，鄭重地交給左冰道：「你如有決心替巧兒報仇，照這冊中所載苦練十年，必有成就。」

他說完了不再理會左冰，出亭而去，不一會消失在黑暗之中。

左冰茫然的接過小冊子，只見上面龍飛鳳舞寫著幾個大字：「崆峒心法，盡在此篇。」當下放在懷中，仍是呆呆靠在亭邊，他心中想：「爲什麼巧妹爲救我而捨棄自己的生命？難道世上有比自己生命更寶貴的東西？那是什麼？如果要我犧牲性命去救巧妹，我會肯麼？」

他想著想著不覺又糊塗了，心中真是慚愧得無地自容，他原是一個什麼也不在乎的少年，但此時連受打擊，思想反而陷入絕境。

雨勢漸漸地停了，風卻呼呼吹起，黎明又將來臨，風聲中，偶有馬匹不安的嘯聲，左冰騎著馬又淒然的走了。

走了兩個時辰，進入山區，他抬起頭來，只見山峰高高聳立在雲端之上，心想千萬年後這山峰仍是一般樣，但人卻化爲腐朽了，心中更增悽然。

他騎在馬上順著山路走，只覺頭昏欲睡，沉重得抬不起頭來，走了好幾個時辰才走出大山，只見前面一片密茂林子，清風吹來，香氣郁郁入鼻。

左冰深深吸了兩口氣，胸中一陣舒暢，他落馬休息，一坐倒地上，更覺全身睏倦欲倒，靠在樹上昏昏睡去。

這一睡足足睡了幾個時辰，醒來時已是繁星點點，他站起身來，只覺頭痛欲裂，立身不住，又倒了下來。

左冰強自支持，吸了一口真氣，但他連日無日無夜趕路，飽受風寒，心中又積鬱不展，這時寒熱發作，真是厲害已極。

他昏昏沉沉又倒地睡去，也不知道多久，緩緩醒過來，一個極溫柔的少女聲音道：「呀，卓姊姊！他醒來了呀！」

左冰雖是極想睜開眼睛，但眼皮重若千斤，任怎樣也睜不開，耳畔那少女的聲音又道：「你好好休息，卓姊姊便替你採草藥去！」

左冰奇道：「卓姊姊？我可不認識！」

那少女嗤的一笑，轉身走了，過了片刻，左冰鼻間一股濃濃藥草氣息，那少女柔聲道：「喂，你又該吃藥了啦！」

左冰茫然接過藥碗，一口飲盡，那少女柔聲道：「苦得緊麼？」

左冰搖搖頭又躺下，倦得連眼睛都沒睜開，不一會又沉沉睡去，忽然腳步聲起，另一個少女的聲音道：「小梅，那段甘草根呢？」

小梅道：「喲，剛才不是放在那裡麼？」

另一個少女拿起空碗聞了一聞，笑罵道：「小梅，妳人贓俱獲，還要抵賴，妳把甘草與藥一塊煮了。」

小梅怯生生地道：「我……我……見那藥苦得很，又聽姊姊說甘草性溫，多服無害，這便……」

另一個少女低聲笑罵道：「偏妳關心，真是不害臊，這味藥是取其辛辣，以逼體內寒氣，妳這自作聰明的一打攪，真是前功盡棄了。」

小梅急道：「姊姊，我……壞了事麼？」

另一個少女重重的點點頭，但她見小梅花容失色的可憐相，忍不住先自笑了起來。

小梅恨恨地道：「卓姊姊，妳別嚇人，妳看他還要幾天才會好？」

卓姊姊想了想道：「小梅，妳如要他趕快好，那我下幾味猛一點之藥，發大汗以逼寒陰，明日便可起身，但身子可要受損虧虛。」

小梅又怯生生地道：「那麼，那麼……咱們慢慢地醫他吧，啊，卓姊姊，妳笑什麼？真……真像一個傻子一樣。」

卓姊姊不理會她，兩人默然。

過了一會小梅又道：「卓姊姊，妳心裡頂關心他，當我看不出麼，妳……妳用金針施灸之時爲什麼……爲什麼雙手發抖？」

卓姊姊忽然怒聲道：「小梅，妳再胡說八道，小心我不理妳了。」

小梅吐吐舌頭，但見卓姊姊臉上現過一絲淒涼神色，便不敢再開玩笑了。

卓姊姊忽道：「爹爹他們不知到了哪裡，這場怪火來得真奇怪，爹爹多年心血被燒得精光，唉！還有那碧綠兒，只怕也葬身大火之中了。」

小梅安慰她道：「卓伯伯及何伯伯武功何等了得，他們去找尋敵人，還有咱們擔心的份麼，姊姊不安心，等他病好了，咱們一塊去尋去。」

兩人談談說說，已到晚膳時分，小梅操作家事已慣，自是由她動手作飯，卓姊姊在一邊，雖然心中過意不去，但實在幫不上忙，連一個火也引不上。

她胸中所學包羅萬象，是世間罕見之才女，棋、琴、書、畫、擊劍、醫藥，都是般般皆精，可是對於女子份內之事如烹飪、刺繡，卻是一竅不通了。

小梅做好菜飯，兩人匆匆用了，卓姊姊爭著要去洗碗，但她才捧碗碟，手一滑，便嘩啦打破數個，小梅抱怨不已，那卓姊姊滿面羞慚，只有眼睜睜看著小梅熟練的手法將碗碟洗得乾乾淨淨，嘴中還哼著輕鬆的小調子。

小梅收拾好碗盤，拉著卓姊姊手走到林邊大樹之下，這時四周一片寂靜，只有風動蟲鳴，兩人陶醉在這寧靜的環境中，好半天沒有說半句話。

驀然一陣簫聲嫋嫋飄來，兩人側耳一聽，那聲音高昂，直拔天際，洞簫每以柔媚婉轉取勝，但這吹簫之人，卻像是全身盔甲騰騰的勇士，赴敵前悲壯心情一般，調子如流星沖天，翻過一層，又是一層，小梅聽著聽著，心中也隨著調子怦怦激跳起來。

那簫聲奏了一陣，忽地一停，卓姐姐臉色一變，默然不語。

小梅心中大爲激動，簫聲雖止，半晌才道：「卓姊姊，這是什麼樂音，令人激動如此之深？」

卓姊姊搖頭道：「這個我也聽不出。」但無端端臉色一紅。

正在這時，那吹簫的人又吹了起來，又疾又短，真若支支短箭漫天而來，小梅臉紅心跳，卓姊姊聽了一回，也是支撐不住，連忙撕碎衣袖，示意小梅掩耳。

小梅急忙如法炮製，將雙耳用布紮得緊緊，過了良久，才恢復定神，忽然想起左冰，連忙跑去探看，只見他雙目湛然，正在出神聆聽。

小梅急道：「快把耳朵掩起，這聲音聽得好難過。」

左冰怔然不語，小梅以爲他已被簫聲所制，顧不得避嫌，用力搖撼左冰。

左冰張口道：「有人在林子裡爭鬥！」

但小梅雙耳掩得緊緊的，哪裡聽到一字半語？

這時卓姊姊也走了過來，小梅是孩子心性，心中一急，不自禁將布除去，卻聞四周一片寂靜，那簫音也自止了。

左冰道：「吹簫的人敗了！」

小梅道：「什麼？」

左冰要再說，忽然林中一個沉著熟悉的聲音道：「在下輸了，閣下要怎樣處置，只管劃下道來。」

另一個蒼老的聲音道：「樂音蝕人，能達這個地步已是很不錯了，咱們便依約來辦吧！」

那沉著的聲音道：「閣下內功驚人，小可不是對手，要殺要剮，任聽君便。」

那蒼老的聲音道：「老夫要你性命作甚？老夫只問你一事，玉簫劍客是江湖上有頭有臉的好漢子，丐幫的當家舵主，一言九鼎，老夫信得過了。」

此言一出，左冰心中一凜，忖道：「玉簫劍客，不是上次解我圍的少年麼？他本事那麼高，怎會束手認敗？」

卓姊姊見左冰神色湛然，再無半點病容，心中對自己醫術不禁暗暗得意。

小梅道：「什麼人在林中比試，咱們瞧瞧去！」

卓姊姊沉吟道：「這兩人本事非同小可，咱們還是不要管閒事為妙。」

玉簫劍客氣息急喘地道：「閣下……閣下一再設計相激，定是……定是要小可承擔一件極重之事，在下言約在先，命都交給閣下，何必吞吞吐吐？」

他聲音雖然甚是微弱，但仍是清晰沉著無比，左冰心想：「玉簫劍客是受了內傷，我小時聽錢伯伯講過樂音蝕骨的功夫，一直當做荒誕不經之說，想不到世間真有如此功夫。」

那蒼老的聲音緩緩道：「老夫此約輕易無比，只是問你玉簫劍客一句話，丐幫楊老幫主葬身何地？」

玉簫劍客道：「這是敝幫幫內之事，在下不敢奉告。」

那老者冷冷地道：「那麼利劍在此，你便自斷四肢，老夫有上好治傷靈藥，包管你保得性命！」

玉簫劍客哈哈狂笑道：「男子漢大丈夫死都不懼，還有什麼不能的？」

笑聲到了後來，已成急切喘息。

左冰此刻心中轉了千百個念頭，那消沉的意念突然間都像輕煙一般消失了，代替的是「感恩圖報」的情懷，他耳畔一次次的響著錢伯伯的話，那是孤燈下，夜風淒慘，在凋零破舊的落英塔裡：「男子漢大丈夫，生平最樂的是報恩雪恨。」

驀然他站起身來，飛快地一閃身，小梅和卓姊姊只見人影一閃，已在十丈之外，兩人不約而同也緊跟在後。

穿過幾棵密枝合圍大樹，來到林中，地勢豁然平坦，只見空地上站著一老一少，那少年正是左冰在卓大江莊中所見玉簫劍客，這時胸前血跡斑斑，手執長劍，臉色慘白，再無往昔的瀟灑。

那老者生得高大，相貌堂堂出眾，冷冷打量左冰道：「丐幫人多勢眾，難怪能在江湖上稱雄稱霸，嘿嘿！」

他話中之意譏諷丐幫慣以多勝少，那玉簫劍客生性激烈，嘶聲叫道：「這位朋友不會武功，我敬你一身武功，如果再口出不遜，可怪不得在下相辱了。」

玉簫劍客說完，提起長劍便往左臂砍去，左冰大聲叫道：「兄台且慢！」

但那劍勢如電，左冰只覺眼前一黑，鮮血如泉，玉簫劍客左腕齊肘而斷，那老者嘴角掛著一絲陰森森的笑意，玉簫劍客舉劍又往左脛砍去，左冰只覺髮皆皆張，衝上前去，拖著玉簫劍客便跑。

那老者只見人影一閃，左冰身形有若鬼魅一般，已和玉簫劍客跑得老遠，他飛起一掌，呼呼掌勁盡吐，左冰身形一滯，胸口被一沉重力道撞擊，他知此時若一吐氣，再也躍不起身，耳畔忽聞卓姊姊叫道：「快往小茅屋去！」

他情急之下也不暇多想，拖著玉簫劍客往養病的小茅屋跑去。

那老者冷冷地道：「看你能跑到何處？」望著兩個少女，忽而目放奇光，怔然半晌，小梅已和卓姊姊快步往回逃去。

那老者並不著急，跨開步子跟在後面，不一會兩人跑回茅屋，只見那老者緩步而來，長袍飄曳，好不從容，卓姊姊匆忙將茅屋前一大捆枯枝插在地上。

小梅急道：「姊姊，敵人就要到啦！咱們要設法抵擋，妳插竹子幹麼？」

卓姊姊仍是埋首插竹子，又在泥土上劃上無數線條，那線條交結之處都插上竹竿，她手不停止，半盞茶時光已插了數十枝，小梅只見她額角汗跡微沁，臉容慘白，頭髮被風吹得散亂，一時之間又急又忙，不由呆了，那老者已自走近。

卓姊姊輕理一下亂髮，長長的吁了一口氣，自言自語地道：「我匆忙佈置，不知能不能阻敵。」

小梅急道：「姊姊，妳中邪了麼？這幾枝竹子如何能阻擋敵人？」

卓姊姊微微一笑道：「妳莫小看這竹枝，小梅，那玉簫劍客斷臂失血過多，咱們去瞧瞧，看還有沒有救。」

那老者見聞頗廣，立在竹陣之外，並不衝進陣內，打量片刻，這才邁步，但才一入陣，只覺景象一變，四周一片青森，左右都是巨竹，他一驚之下，再不深入，回顧來路，卻也是一般景象，根本分不出東南西北。

那老者一凜，盤坐地上，閉目運氣周天，再開眼時，雙掌呼呼拍出，卡嚓數聲，推斷數枝巨竹，身形不敢怠慢，乘勢疾射，忽然天色一暗，已自出了竹陣，他定睛一瞧，那小茅屋前仍是亂插著數根枯竹。

小茅屋便在目前，最靠近立身之處，有幾枝手指粗細的枯竹已被折斷，心中更是吃驚，不敢妄動，暗自忖道：「這少女年齡不過廿歲上下，怎會有這通天徹地之能？看來中原實在是臥虎藏龍之地。」

這時小茅屋內，卓姊姊正在運用金針渡穴，左冰只見她素手纖纖，火焰下將金針燒得通紅，極快的刺入玉簫劍客臂間大穴，才刺了兩針，那源源外冒的鮮血便流得緩了，再過一會，登時止了流血。

左冰瞧著卓姊姊滿臉智慧的模樣，心中真是佩服得五體投地，忖道：「卓大江有女如此，真是有幸！」

那玉簫劍客流血過多，又經過一段疾行，已自昏迷不醒，卓姊姊道：「此人流血過多，要復原至少須一個月，如果敵人不退，無處採藥補氣，一身功夫再難如舊了。」

左冰道：「依姑娘看來，他性命是不會有問題的了？」

卓姊姊瞟了他一眼，見他滿臉關切之情，無端端心中一酸，不理會他，只輕輕自言自語道：「可惜那老賊見機得早，不然這區區竹陣，便是他葬身之地！」

左冰、小梅聽她一說，這才想起敵人爲何沒有動靜？

小梅忍不住好奇心起，從窗口外望，只見月光下，那老者立在竹陣之外，一臉憤怒之色，卻是不敢越雷池半步。

卓姊姊輕輕地道：「便是數十萬人馬也會被幾堆石子困住，何況是老賊區區一人！哼！」她見老者心狠，對他大是厭惡。

左冰忍不住道：「請問……請問姑娘佈的是武侯舊遺八陣圖麼？相傳此陣失傳千年，姑娘真是學究天人！」

卓姊姊白了他一眼，冷冷地道：「你懂得什麼？胡言亂語，不要笑掉別人大牙！」

左冰滿臉羞慚，訕訕站在一旁。

小梅好生不忍，正要說幾句話來沖淡尷尬境況，卓姊姊忽然嘆了一口氣道：「我心裡煩得很！」

左冰心道：「定是因我長得太像那點蒼叛徒了，這姑娘看到我便是惹厭。」

小梅道：「如果那老賊和我們耗上了，咱們又不能出外，那豈不是活活被困住，姊姊，再過一天連米都沒有了。」

卓姊姊沉吟一刻道：「目前之計，只有走一步算一步了。」

左冰忽然想到一事，暗叫不好，他不願再碰卓姊姊釘子，對小梅道：「如果老賊用火攻，這竹陣能抵擋得住麼？」

小梅也覺這招無法解救，不知如何是好，卓姊姊冷冷地道：「便是火神下凡親臨，也燒不了我這竹陣，你怕死便跑吧！沒有人要你到這裡來呀！」

她言語大是尖刻，小梅心中不滿，但卓姊姊從來少與人抬槓，因爲她自覺不屑，今番不知怎的動輒發怒。

左冰討了個沒趣，但他天性隨和，此時對這姑娘欽佩，些許羞辱，哪裡還放在心上？

小梅道：「這老賊不知和玉簫劍客有何怨仇，看他相貌不凡，怎的這等殘忍？」

卓姊姊道：「人豈可以貌度之，看這老者眉梢帶煞，雙眼閃爍，定是個淫惡不赦的大壞蛋。」

正談話間，玉簫劍客悠然醒轉，他一睜眼只見身旁站著的竟是日夕凝思、中夜夢迴的卓小姐，他天性好強，此時狼狽到這等地步，真恨不得就此死去，一急之下，又幾乎昏了過去。

卓姊姊柔聲道：「你好好養歇，那臂上之傷也算不得什麼。」

那聲音聽到玉簫劍客耳中，真是百感交集，他自幼父母雙亡，憑著堅毅不拔決心，終於學成絕藝，一生但知爲義直道而行。他年紀雖輕，可是經歷卻極爲豐富，那世態炎涼，人情冷暖，也不知嘗了幾許，終磨練成一個頂天立地的好漢，感情之堅強，那是不用說的了，可是這時竟是鼻子發酸，掉轉頭再也不敢多看卓姐姐一眼。

他昔日無意之間發現卓大江隱身莊園，這便僞裝成伐木工人探聽，但卻見到卓蓉瑛，只覺一顆心在飄蕩間忽然得到安寧，多年來心中的寂落消失了。

他茫然中發覺了自己原來多麼需要情愛，卓蓉瑛一言一笑都縈迴在腦中，他每日吹簫，終於引得卓蓉瑛注意，他不久又知道卓蓉瑛傷心人別有懷抱，真是萬念俱灰，連爲什麼來到卓大江莊中的目的也都茫然了，但他仍是硬不下心離去，流連莊中，直到白鐵軍等人來到，這才隨幫主離開。

玉簫劍客低聲道：「小姐，小人又回到巨木山莊了麼？」

卓蓉瑛輕皺眉梢道：「莊子給人燒了，你別用心神，好好休息吧！」

玉簫劍客吃了一驚，脫口道：「令尊何等功夫，豈有人能燒他莊子？」

卓蓉瑛搖頭不語，玉簫劍客適才流了大量鮮血，此時口渴得緊，卓蓉瑛是行家，便走去倒水，玉簫劍客掙扎著坐起來道：「卓小姐，小人自己來。」

忽見一道輕責的目光射來，他怔怔望著那目光，一時之間呆住了。

卓蓉瑛倒了一大碗清水，玉簫劍客伸手來接，卓蓉瑛微微一笑道：「你躺下張開口別費勁，我來餵你。」

玉簫劍客只覺一股甜意湧上心頭，倒在榻上，口間一陣清涼，連忙的開口，將一大碗水喝乾了，只覺心中大爲舒泰，那斷臂之傷也不覺怎樣了。

小梅見卓姊姊細心照料玉簫劍客，她和左冰搭訕道：「喂！你好得真快，前天病重得真嚇人，叫你你也不知道，唉！卓姊姊真好本事。」

左冰道：「我真不敢相信世上有像卓姑娘如此聰明的人！」

小梅道：「卓姊姊懂得可多哩！喂！我問你，你上次離開巨木山莊，這些日子到底在那兒混？」

左冰道：「小可在江南混了半年，想是急於趕路，心神俱疲，又著了風寒，不是見到兩位姑娘好心，此刻恐怕已成路旁屍殍了。」

小梅搖搖頭道：「你難道真的沒有什麼事好做，整天窮混個什麼勁兒？你年紀這麼輕，前途……」

她說著說著，忽然發覺自己交淺言深，便住口不說了，但見左冰並無不悅之色，更感不好意思。

左冰道：「姑娘說得也是！」

小梅道：「我們這裡雖有四人，但都是病弱和女子，這一困不知要到何時，說不定會困死這兒，喂，你說冤枉不冤枉？」

左冰道：「卓姑娘定有高見，咱們也不用擔心。」

卓蓉瑛冷冷地道：「那就看各人的造化吧！哼，男子漢……」

她原本想說「男子漢大丈夫怎麼只依賴女子？」但見左冰臉色誠懇，似乎全心全意信託於她，那句話再也說不出口了。

她替左冰治病時，心中只是想著昔日刻骨銘心的愛侶種種好處，真是小心翼翼，但此時左冰已然大好，又覺不該替他治病，心中愛恨交集，煩惱已極，真把左冰當做出氣筒，但平心一想，對左冰胡亂使氣，實在大大不該，不禁又略感內疚。

左冰道：「夜已深沉，兩位姑娘但請安歇，在下這便守夜，諒那老賊也破不了竹陣。」

小梅看看卓蓉瑛並無睡意，便道：「咱們都不睡！」

玉簫劍客忽道：「這老賊功力怪異，絕非中土人士，他千方百計引在下上當，顯然是爲著敝幫而來，等在下明日親自來和他了斷便罷！不敢連累各位。」

卓蓉瑛輕輕地道：「充英雄好漢也不必這麼急，你一個人死了不說，丐幫驟遇強敵，也應先有個準備。」

玉簫劍客一凜，滿臉感激地道：「多謝小姐教誨，這老賊雖強，也強不過敝幫幫主白鐵軍。」

卓蓉瑛道：「想不到你整日間吹簫弄音，音調一改，竟是傷人利箭。」

玉簫劍客道：「那老賊當小人面辱罵敝幫楊幫主，楊幫主是敝幫自藍文侯幫主後光大門戶的蓋世英雄，小可怎能任他狂言，和他打鬥數次，此人功夫深不可測，最後逼不得已，小人只有施展最後之技，請他品評小弟的『樂音蝕骨』。」

卓蓉瑛道：「老賊功力深厚，你簫聲擊不倒他，反而被擊受傷是麼？」

玉簫劍客道：「小姐料事如神，錯就錯在小人自恃『九天玄響』十二闋少人能禦，和他訂了誓約，敗的人要聽令勝的人去做一件極其艱難之事。」

卓蓉瑛接口道：「如果不能辦到，那便自斷四肢是不是？」

玉簫劍客點點頭。

小梅氣道：「這老賊太過殘忍，斷了四肢，便是不死，成個肉球一般，那活著還有什麼意思？」

他話才說完，見左冰神色怪異的瞧著她，忽然想起自己失言，心中大爲不安，忖道：「他們英雄好漢講究什麼一諾千金，這玉簫劍客如果不能完成約言，是不是還要自斷四肢？」

卓蓉瑛默然，玉簫劍客新傷之後，說了這許多話，人又略感不支，卓蓉瑛不再引他多言，小茅屋中一片寂靜，那孤燈燈油將盡，拍拍地爆著火花，小梅又添了半壺油。

月光從前窗射進，灑在左冰身上，左冰對著兩個少年女子，不由又想起巧妹來，只覺歸心似箭，明日一早，便是老賊不走，自己也要走了。

卓蓉瑛看看左冰，又看看小梅，只見小梅眼中隱隱發光，雖在困圍之中，但掩不住心中喜悅，不時偷看左冰兩眼，又像逃避似的不敢和左冰目光正面相接！她心中不禁憮然忖道：

「小梅對這個人情根已種，但這人莫測高深，比那負心的人兒更是令人生寒，唉，小梅天真可愛，這……這還不知是禍是福！」

她原對左冰還有一種特別的情感，非愛非恨，卻是一種無可奈何的情懷。自己也說不出一點道理來，但忽然之間這種情懷一掃而空，心中大覺清朗，暗自忖道：「我一定要幫助這惹人愛憐的小姑娘，讓她得到幸福，讓她快快活活過一輩子。」

廿八　廣陵迷絃

月影漸移漸西，從左冰身上移到中間卓蓉瑛，又慢慢照在小梅身上，小梅輕閉秀目，已自沉沉入睡了，嘴角掛著輕快的微笑，這區區斗室，在她看來真比輝煌巨廈還要溫暖得多。

也不知經過多久，玉簫劍客忽然高聲叫道：「大丈夫死則死耳，何懼之有？我姓梁的一生之中在生死邊緣走過幾十遭，難道還怕了？」

左冰一驚。

玉簫劍客又道：「大男兒生而何歡，死而何憾，要區區頭顱易，要出賣別人，那是萬萬不成！」

他清晰的言語，似乎面對著無法抵抗的敵人正侃侃悲壯的說著。

小梅也驚醒了，只見玉簫劍客雙眼發直，心中大感恐懼。

卓蓉瑛輕輕地道：「他是在發燒囈語，不要緊的。」

左冰見她神色鎮定，不再驚慌。

那玉簫劍客口中喃喃自語，忽而高聲慷慨陳辭，忽而低聲哭泣，越說越是迷糊。

忽然卓蓉瑛湊近他道：「玉簫劍客！你清醒清醒！」

玉簫劍客一驚，只見一雙大眼睛離自己不過尺餘，陡然之間，便像服了一帖清涼劑，神智大清，對卓蓉瑛道：「小姐，小人只怕不會活了，小姐說得對，與其自毀四肢，倒不如死的好！」

卓蓉瑛柔聲道：「不會死的！我保證你不會死，你相信麼？」

玉簫劍客雙眼凝視著卓蓉瑛，又漸漸迷惘起來，但在他潛意識中，這天仙般的小姐一言一語都如聖旨一般，當下茫然應道：「相信，在下相信。」

卓蓉瑛又道：「你要有信心，只管心中想：『有卓姑娘在旁，天下沒有治不好的病！』你說一遍！」

玉簫劍客茫然道：「有卓姑娘在旁，沒有治不好的病！」

卓蓉瑛溫和地一笑道：「這才是聽話的好孩子！」

但玉簫劍客受傷極重，腦中一片昏亂，過了一會已漸漸燒亂起來，卓蓉瑛嘆了口氣道：「傷口再不上藥，只怕要糟了！」

玉簫劍客忽叫道：「小姐，卓小姐！」

卓蓉瑛輕聲答應，又走近了些。

那玉簫劍客忽笑道：「我心裡苦得緊！我……我講……我講給妳聽！」

卓蓉瑛柔聲安慰，玉簫劍客長吁一口氣，他見卓蓉瑛站在旁邊，心中大感放心，整理了半天頭腦中昏亂的千頭萬緒，半晌道：

「我小時候無爹無娘，我七歲便開始替人做苦工度日，可是我從來沒有感到害怕過，可是，可是現下我……我……自己心裡明白，我口中雖說的硬，心中卻害怕得緊！」

他歇了口氣又道：「卓小姐，妳……喜歡聽我那簫聲麼？真的……真的喜歡麼？」

卓蓉瑛點頭，玉簫劍客又長吁了一口氣道：「那麼，那麼這玉簫便送給妳吧！」

卓蓉瑛見他神智又清，心知他已到了最後地步，自己雖是醫術高明，但目下無藥可用，不能對症下藥，卻也徒呼奈何。心道：「這可能是他最後心願，我便答應他吧！」當下微笑道：「我說你不要緊便不要緊，這簫我倒頂愛的，你送給我，我便不客氣收下了。」

玉簫劍客大喜，他忘形之下，伸手握住卓蓉瑛，激動地道：「在下此生無法報答小姐，來生也不敢忘！」

他乃是英雄豪傑，但知出手殲敵，伸張正義，何曾想到過又何曾信過這幽冥之說？此番竟說出這等話來，實是感激良深，深刻動人。

卓蓉瑛聽著聽著，眼圈都紅了，她輕輕掙脫玉簫劍客的手。

忽然又聽見腳步聲起，一個清朗聲音在茅屋前叫道：「茅屋中主人可是李大哥麼？」

卓蓉瑛大吃一驚，只見天色已亮，茅屋門口站著兩個老者，後面一人是那與玉簫劍客打鬥的人。

左冰、小梅都在注意玉簫劍客傷勢突變，沒有想到來人已走過竹陣，當下措手不及，不知如何是好。

卓蓉瑛打量前面那老者道：「小女子姓卓，老伯貴姓大名？小女子行家面前賣弄，真是貽笑大方。」

那老者微微一笑道：「姑娘年輕若斯，竟能佈下這千年絕儔古陣，老夫敢問，姑娘師承可是姓李？台甫伯超？」

卓蓉瑛心中一喜，忖道：「這人原來是李公公的朋友，一定不是壞人，倒是一個好幫手。」當下恭然忙道：「小女子陣法正是李公公所授，老伯與公公是朋友麼？」

老者面有喜色道：「果然是故人弟子，李伯超大哥行蹤何在？」

卓蓉瑛道：「李公公傳了小女子一個月陣法，飄然而去，小女子也是懷念他老人家得緊。」

那老者含笑不語，忽然一轉身對身後老者道：「閣下跟蹤老夫爲何？」

卓蓉瑛高叫道：「老伯伯，這人是大壞蛋，他要欺負晚輩幾人，晚輩靠這竹陣支撐，這才未遭毒手！」

那老者面孔一沉，對身後老者道：「有這等事，這幾位都是故人之後，在下斗膽，請閣下高抬貴手！」

他身後老者道：「老夫只問玉簫劍客一句話，別人老夫不管！」

卓蓉瑛很快的將前事述了一遍，那老者聽在耳中，神色更是不悅，對身後老者道：「你要問楊陸楊幫主埋骨何處？老夫倒可以解答，楊幫主葬身東海仙霞島，你有本事儘管前去探訪！」

他身後老者喃喃道：「那麼北燕然山下果然是假塚了！閣下是誰？怎會知道此事！」

屋。

那老者哈哈一笑道：「老夫世外人也，那姓名連自己也自忘了，閣下請便！」

他說完看都不看身後老者一眼，逕自走到玉簫劍客身畔，從懷中取出一丸，登時香溢茅屋。

卓蓉瑛吃了一驚，道：「烏風草丸！老伯，這是藥王烏風草丸麼？」

那老者和悅笑道：「妳這個小姑娘當真了不起，百超得傳人如此，真是無憾！」

他將烏風草丸交給玉簫劍客服了，他身後老者一時之間神色連轉數次，驀然一掌擊來，老者一回身硬接一掌，剎時之間，四周掌風激旋，眾人只覺得眼前一亮，那小茅屋屋頂被兩人掌風吹激，凌空而去。

左冰等三人咋舌不已，那偷襲的身後老者身子連轉三轉，還是倒退三步，他臉色慘變，叫道：「震天三式，閣下是東海二仙董其心？」

那老者微微冷笑道：「閣下是姓伍的！」

身後老者一言不發道：「父仇不共戴天！姓董的，他日老夫自會到東海來找你算清舊債！」

那被喚姓董的老者道：「正該如此！凌月國王有子如此，也該死而無憾矣！」

那姓伍的老者一言不發，轉身離去，左冰耳中只是響著伍姓老者的話：「董其心，那不是錢伯伯上次提到的奇人麼，以錢伯伯的身分，對他猶自崇敬無比，原來便是此人！」

姓董的老者朝眾人瞧了一眼，目光卻停留在左冰臉上，忽然一出掌，拍向左冰肩頭，左冰只覺一股潛力直入體內，再也支持不住，倒退不止。

姓董的老者嘆口氣道：「美玉未鑿！可惜可惜！」

又對卓蓉瑛道：「姑娘異日如遇伯超大哥，代我董其心問候，便道故人無恙，日夕掃榻以待光臨！」

他說完大步而去，遠遠傳來一陣清朗吟聲道：「大江東去，浪淘盡，千古風流人物，故壘西邊，人道是三國周郎赤壁……」那聲音愈來愈遠，終於消失在天際之中。

卓蓉瑛半晌道：「有烏風草丸，便是氣息斷絕。也可搶救回生！董老伯一語便替王簫劍客解了誓約，真是老薑彌辣，玉簫劍客無妨了！」

左冰再無掛牽，向眾人告別。

胡小梅殷殷地道：「姓錢……姓錢的大哥哥，你到何處去，能讓我……我們知道麼？」

左冰啞然，沉吟半晌道：「連我自己也不知道！」

只見小梅臉上一陣失望之色。他為人最不願傷人之心，便漫聲應道：「我回來時一定來找你們，卓老莊主英名四揚，找起來不會費事吧！」

小梅道：「這一別不知多久，你……你……希望你……聽我一句……一句話，好好找個事做，不要再到處流浪可不可以？」

她說到後來，聲音已自哽咽，左冰滿口答應，但卓蓉瑛卻發現他漫然不知自己到底在說什麼。

小梅癡癡望著左冰背影消失了，仍是不肯回頭。

卓蓉瑛心中嘆道：「這世上真是苦的比甜的多得多，愛人又不被愛，愛妳的卻又不被妳愛！難道這便是上天安排的人生麼？」

想到老天，她不自由主的望向天際，只見黎明已過，紅日初升，天穹霞光萬道，好一幅壯麗景色，默然多時，她彷彿領悟了一些，但那一些是什麼卻說不出來，左冰卻已走遠了。

夜色昏茫。

白鐵軍飛快地藉著叢林弓身前行，晚飯的時候他喝了十斤老酒，現在酒性發作起來，全身躁熱不堪，他敞開前襟，加緊狂奔，愈跑愈覺起勁，這時他的速度已接近武學的極致了。

驀然之間，白鐵軍一個猛停，身軀斜斜一倒，半點聲息不發地倒身在一棵大槐樹下，從這麼驚人的速度陡然停止臥倒，就如行雲流水一般絲毫不見倉促，那瀟灑之態無以復加。

他倒身樹下，立刻側耳傾聽，只聽得草聲微響，接著便傳來了人語之聲。

只聽得一個大舌頭的人含含糊糊地道：「大先生這一趟出來，我瞧咱們的實力必已能穩操勝算了……」

另一個尖聲尖氣的聲音道：「依我看來，中原武林根本就沒有多少高手，即使大先生不出馬，咱們仍是無敵的。」

那大舌頭的道：「大先生的功力實是高不可測，依我看來，中原能敵得住他三掌的不會有幾個人……」

那尖聲尖氣的道：「那還用說，試想小楊在同儕中何等驕狂，除了他師父以外，我只看過他對大先生恭恭敬敬的。」

那兩人一身黑衣，面上都是虬髯叢生，白鐵軍覺得面生得緊，那兩人一路走一路談，絲毫沒有發覺白鐵軍藏身左側。

那尖聲尖氣的道：「咱們不要走錯了路。」

那大舌頭的壯漢道：「不可能的，就只有這麼一條路，怎麼會走錯？」

那尖聲尖氣的道：「不知那天玄道長敢不敢來？」

那大舌頭的道：「堂堂武當之尊，不致沒種到這個程度吧。」

這時兩人已漸行漸遠，白鐵軍悄悄站了起來，忖思道：「天玄道長？他們尋天玄道長幹什麼？這兩人是什麼來歷？」

他原以爲這只是兩個過路的人，這麼一聽來，顯然是大有來頭，他略一考慮，便打算尾隨下去。

正在這時，忽然那大舌頭的壯漢遠遠叫道：「你瞧天空……」

那尖聲尖氣的叫道：「什麼？」

白鐵軍抬起頭來向天空看去，只見漆黑的天空不知何時升出三朵色彩鮮艷奪目的煙火，三朵梅花形的火焰呈一個品字排在空中，上方的是一個大紅色，左面的一朵是黃色，右面的一朵是白色，這三朵梅花在空中足足停了一呼一吸的時間方始熄滅。

那大舌頭的壯漢叫道：「武當三子到了。」

那尖聲尖氣的道：「不對！」

那大舌頭的道：「怎麼不對？」

那尖聲尖氣的道：「你想想看，武當三子自從在嘉峪關一戰大敗後，功力最強的白花劍天尊道長和崆峒叛徒黃琳一掌換一掌同歸於盡後，什麼時候再聽過武當三子的名字？就算現在重出武林，也只有武當二子呀，怎會仍是武當三子？」

那大舌頭的道：「他們放出三朵煙花來，也未必一定要是三個人吧？」

那尖聲尖氣的道：「這個你就不懂了，紅黃白三花一出，必是三子齊到，莫非武當近年又培養出一個新手來了……」

那大舌頭的道：「你是說有了新人補上白花劍的空缺？」

那尖聲尖氣的道：「不錯，多半是如此了，武當三子既到，天玄道長必在附近，咱們通知他們吧！」

那大舌頭的壯漢猛一提氣叫道：「恭迎武當三子駕到，咱們梁大先生在正東方十里之處的廣場上敬候。」

那大舌頭的壯漢顯然內力極佳，這一叫，每一個字就如有形之物，傳送老遠而其勢不衰，四周林木爲之颯然而動。

白鐵軍暗暗吃驚，那兩人反過身來由原路疾行而去，白鐵軍略一思索，便悄悄跟著前行，他見那大舌頭的壯漢露了一手上乘內功，不敢跟得過分靠近，只是不徐不疾地隱著身形跟蹤而行。

那兩人走了一程，速度逐漸增加，白鐵軍也跟著快了一些，過了一會，前面出現一片廣場，白鐵軍連忙隱身一株大樹之後，只見廣場正中立著一個人。

那大舌頭的和尖聲尖氣的兩個人快步走上前去，向那立在場中的人行了一禮，低聲報告了一陣，白鐵軍極盡目力遠遠望去，只依稀辨得出那人是中等身材，年約四旬，面色顯得十分白皙，但有一點他可以斷定，便是這人面目完全陌生。

過了一會兒，白鐵軍聽到一陣疾風拂過的聲響，那場中的白皙中年人揮袖笑道：「失迎，失迎！」

只見三條人影如飛雁一般驟降而至，一下就落到廣場中央。

白鐵軍從側後望去，只見兩個頭髮灰白的老道身旁站著一個年方弱冠的青年道士，中間的老道身著紅袍，右邊的一個老道身著黃袍，那青年道士卻穿著一襲白色道袍。

那站在廣場中央的白皙中年人抱拳道：「恭喜恭喜，武當三子重整陣容出現武林，真乃可喜可賀之事。」

那紅袍老道開口道：「閣下敢情便是水靈居士了。」

那白皙中年人拱手道：「不敢，不敢，在下便是梁墨首。」

白鐵軍聽到「梁墨首」三字，只覺陌生得緊，卻聽到那紅袍道長道：「貧道天嵐……」

那梁墨首哈哈笑道：「紅花劍天嵐道長、黃花劍天濤道長名震天下，在下神往久矣，只求道長給在下引見引見這位取白花劍天尊道長之位而代之的少年道長……」

天嵐道長伸手一指身邊的白衣青年道人，淡淡一笑道：「此是貧道的師侄，無字輩中排行最末的一位，道名無極。」

梁墨首道：「好個少年英傑，不過梁某對於這位少年英雄竟能取代天尊道長之位，仍難相信……」

他話未說完，忽然猛一伸手，一指點出，一道勁風如閃電般直向無極道人襲到，雖是隔空一指，取穴之準，分毫不差。

那少年道士立在天嵐道長之旁，只是略一側身，右臂如弓，取的時間位置恰到好處，正是武當長拳的起手之式，梁墨首的指力飛到之時，他略一晃臂，已將勁道化去。

白鐵軍躲在樹後，見那無極道人雖是簡單之極的一招，但是顯然看出這少年已得到武當武學的精髓。

梁墨首微微一笑道：「好，好，是梁某看走眼了。」

他說到這裡，忽然臉色一沉，冷冷地道：「現在咱們來談談正事。」

他一說一停，舉目盯視天嵐道長，天嵐道長也冷笑一聲道：「咱們來此也並非是爲了說笑玩耍來的。」

梁墨首道：「當然不會讓你們只是『說笑玩耍』，嘿嘿……」

天嵐道長道：「梁施主要說什麼便直說了吧。」

梁墨首道：「天玄道長何以不見現身？」

白鐵軍躲在大樹後，只聽見梁墨首冷冷地笑了一聲，繼續道：「憑梁某人的面子不夠請天玄道長來此談談麼？」

那紅袍的天嵐道長道：「掌門師弟正值坐關苦修之中，七七四十九天不能離山半步，梁施主豈能怪罪於他？」

那梁墨首冷冷地哼了一聲道：「老實說，天玄道長雖然尊為武當掌門，若以梁某塞外野人的眼光看來，嘿嘿，卻也還算不得中原什麼一等高人……」

那黃袍的天濤道長乾咳一聲打斷道：「梁施主這話說得一點也不錯，在咱們兄弟想來，梁施主也算不得什麼天字第一號的人物，是以咱們幾個人就厚著臉皮代咱們掌門人來啦。」

那梁墨首揮揮衣袖道：「就憑道長這一句話，梁某今日必取閣下首級！」

他一直是嘻嘻哈哈的說話，但說到這一句話時，聲音忽然變得陰森無比，就像陣陣冰雪從其中飛出來一般，令人聞之不寒而慄。

那黃衣道長怔了怔，正要開口，那白衫的青年道士上前一步，指著那梁墨首喝道：「姓梁的，武林三子威震天下之時，你還不知蹲在哪個黃土泥洞喝稀飯，武當三子雖然隱退十年，你們這些小丑人物要想逞強耍威風怕還差一截呢……」

他還待罵下去，那紅袍老道揮手道：「無極，不得出言無狀。」

白鐵軍躲在樹後聽這年輕道士罵人好生厲害，完全沒有一絲一毫出家人的味道，不禁暗暗好笑。

那梁墨首似乎也沒有料到這個毛頭小牛鼻子罵起人來那麼缺德，也是呆了一呆，說不出話來。

過了一會兒，梁墨首才緩過一口氣來，冷冷道：「你這娃兒乳臭未乾，咱們談話的時候最好還是聽著的好。」

那青年道士又忍不住指著梁墨首罵道：「姓梁的，老實說咱們根本就沒有把你放在眼內，你要動粗，只管放手幹，要吵架，咱們可懶得奉陪，他媽的……」

那紅袍老道大喝道：「無極，住口！」

敢情他聽那青年道人連粗話也罵出口，實在太損武當尊嚴，連忙出口制止。

白鐵軍聽得幾乎笑出聲來，看不出這麼一個個道貌岸然的武當道士竟調教出這麼一個徒弟來，真是奇事。

那梁墨首被他罵了一口粗話，怒極反笑，哈哈一聲，指著無極道人道：「好個武當高徒，敝人服了。」

黃袍道長天濤稽首道：「無極出言無狀，梁施主勿怪。」

梁墨首拱拱手道：「好說好說，反正三位既是來了，梁某總得招待三位心滿意足，來來來，先請坐下聽梁某獻醜，拙奏一曲迎嘉賓……」

他大袖一揮，先前那大舌頭的壯漢雙手捧著一具烏黑色的鐵琴遞了上來。

那黃袍老道雙目凝視那大舌頭的壯漢，忽然叫道：「且慢，老道有話問你。」

那大舌頭的轉過身來，道：「道長是對我說話麼？」

那黃袍老道天濤道：「敢問閣下可是昔年長白山上的摩天熊呂斌？」

那大舌頭的壯漢臉上忽然現出一種難以形容的神情，彷彿是在思索一件極其久遠的往事而掉入回憶之中，也不回答，更不作聲，只是呆呆地望著天濤道長。

天濤道長仔細凝視了一會，大聲道：「不錯，的確是你，不會錯的，呂大俠，你怎麼變成了這個模樣？」

那大舌頭的壯漢臉上更流露出一種極其迷惘的感覺，他斜著眼角望了那梁墨首一眼，梁墨首面色鐵青，雙目射出寒光，大舌頭的壯漢機伶伶地打了一個寒噤，大聲叫道：「什麼呂斌，什麼呂斌，我不曉得……」

天濤道長還想說什麼，那梁墨首忽地一揮手臂，隨著他的五指一彈，鐵琴叮叮咚咚地發出幾聲音律。

那鐵琴遍體烏黑無光，不知是何物所製，發出的聲音卻如玉碎帛裂，聲聲振動心弦，尤其奇怪的是，那琴聲之中自然而然發出一種無以解釋的力量，使得聽者不得不以全心全意去聆聽，沉醉於琴音之中。

武當三子中天嵐、天濤兩位道長精通音律，知道這一小段起音一過，立刻就要引宮按商，進入迎嘉賓的主調，那白袍青年無極道士卻是糊裡糊塗的東張西望，似乎絲毫不感興趣。

躲在樹後的白鐵軍一聽到開始幾個音律，立刻感到不對勁，那琴聲所發出的古怪威力直透而入。暗道：「這姓梁的多半是以類似迷魂大法的邪術滲在音樂之中，在這許多武林高手之前要弄這一套，也未免太幼稚了……」

他暗暗凝神提氣，運起內功來，隨時準備與魔音相抗。

那琴聲咚咚咚重響三聲，接著便如行雲流水一般奏了下去，那梁墨首的琴技顯然頗有根底，他信手而揮，音韻彷彿是由他的衣袖之間飛舞而出，精彩之極。

漸漸那琴聲中的威力愈來愈大，白鐵軍猛可發現一樁怪事，那琴聲中透出的怪異力量，每當愈是運功相抗時，那奇異的力量便更增加了幾分，若是抗拒的內力用得愈大，似乎那怪異力量也變得愈大。
白鐵軍正在驚異之間，那天嵐道長忽然立起身來，大喝一聲：「這是廣陵迷弦，快施鎮天雷！」霎時之間，黃袍天濤道長與白袍無極道人一齊立起身來。
白鐵軍武功既高，見聞亦廣，一聽到「廣陵迷弦」四個字，立刻猛然大吃一驚，暗暗忖道：「傳聞中廣陵迷弦乃是上古奇寶，怎會落到這梁墨首手中？」
只見那紅黃白武當三子起立以後，立刻成了一個品字形立定，三人同時猛吸一口真氣，齊聲大喝一聲：「邪魔妖道，休要逞強！」
三人的聲音合中有異、異中有同，卻如平地驟響焦雷，直有風雲變色的味道，武當道家的「鎮天雷」，在道理上與少林佛門獅子吼雖是相去千里，但是威力卻有異曲同功之妙，這一聲暴喝，風雷之聲中挾著一種大無畏的凜然之氣，令人心弦大震！
那梁墨首忽地倒退三步，雙目圓睜，猛一揮指，叮叮叮一連數聲，琴聲猛然變得威猛無比，倒像是千面巨鑼齊鳴，聲勢極為駭人。
武當三子又是一聲大吼：「外道旁門，淫音焉能勝正！」
梁墨首咚然三聲，又向後退了三步。
白鐵軍目睹這一場別開生面的拚鬥，不禁忘了隱藏身形，站起身來，向前走了一步。
梁墨首指彈如飛，琴聲從武當「鎮天雷」的威勢之中又透了出來，還是那一曲迎嘉賓，但是再無絲毫和諧之音，柔軟的弦律之中卻透出無窮殺伐之意，武當三子心中暗驚，正待再發鎮天雷……

說時遲，那時快，梁墨首一手執琴，另一手忽然猛一前推，對著左邊的白袍青年道士發出一掌。

白鐵軍在暗處卻是瞧得清楚，他只覺梁墨首這一掌拍出，瀟灑之中大見功力，運勁神奇無比，竟是罕見之極的一記奇招。

那青年道士無極雙掌一錯，左掌帶圈，右掌駢指如戟，閃電一般直拿梁墨首腕上要穴，指尖所趨，分毫不差……

連白鐵軍亦差一點忍不住要叫出好來，這無極道士年紀輕輕，略一出招已有名家之風，難怪武當派隱退了十年的武當三子第一次重現武林，竟讓這麼一個少年子弟取代了昔年最強的白花劍的位置。

梁墨首冷哼一聲，單掌一收而退，叮然數聲，琴中曲調大變，猛然之間迎賓曲變成了十面埋伏，霎時之間，奇聲頓起，曲調中那種奇異的力量陡然增加了一倍有餘。

白鐵軍立刻察覺出這琴聲威力深不可測，顯然並非完全由於奏琴者的功力超絕，實是那奇琴本身有不可抗拒的威力，他猛吸一口真氣，再以上乘內功相抗。

那武當三子似乎已感覺到這一點，他們一齊飛快地出掌，齊向梁墨首攻去。

梁墨首雙足一錯，如行雲流水般退了半丈，手上琴彈依舊，殺伐之意更濃。

武當三子逼進出招，只見他們掌出如風，力道有如巨斧開山，的確不愧威震武林的三子之名，白鐵軍看得讚賞不已。

但是梁墨首卻是極其瀟灑地在無比厲害的殺著之中閃躲自如，連白鐵軍也看不出這人究竟有多深的功力。

這時，那梁墨首的琴聲奏到疾處，有如萬弩齊發，矢簇飛滿天空，白鐵軍聽得不由自主地入了神，猛覺心頭一痛，大駭之下連忙提氣相抗。

只見那邊武當三子同時一聲長嘆，忽然停止進攻，一起盤膝坐了下來，運功抵抗。

梁墨首面上露出一絲詭秘的笑容，他立定半丈之外，彈指如飛，琴聲大作。

白鐵軍暗以最上乘的內功相護，以他的功力之深，內力之純，應該已達百邪不侵之境，然而忽然之間，白鐵軍又覺心頭一痛，接著一陣迷糊，彷彿突然之間自己已經死了，進入了另外一個世界之中……

霎時之間，白鐵軍好像又回到了秦淮河上，悲慘的身世像一條毒蛇般噬著他的心房，各種苦痛一下子全湧到白鐵軍的腦中，悲從中來，直欲放聲一哭。

白鐵軍迷迷糊糊之中已被琴聲所傷，他到底不愧為功力深厚，就在這種傷痛欲絕中，猶然把持住一絲靈性，此時他知道事態危急，飛快地在一剎那之間考慮了一遍，於是他猛地鬆一口氣，把全身功力全部散去。

這乃是極其冒險的一著，若是一個散功不妥，立刻就會被那古怪的琴音重創，白鐵軍就在散功的那一剎那間，猛地又一提氣，把全身功力遍佈百骸，果然立時之間，靈台一片清明。

他大步走將出來，只見武當三子坐在地上運功相抗，面上皆有痛苦之色，他猛可大喝一聲道：「姓梁的，住手！」

梁墨首抬頭望見白鐵軍歪歪斜斜地走了出來，理也不理，繼續彈琴，白鐵軍怒叱一聲，飛身上去，一拳對準梁墨首擊去。

白鐵軍拳風雖重，拳勢卻是飄若無物，只是橫肘一移，拳風已經改向。

梁墨首面露驚駭之色，抱著琴倒踩怪步，退了半丈。

白鐵軍揮拳再起，這一拳怒發如雷，已是十成功力所聚，便是南北雙魏之流，只怕也無法抱琴再避。

那梁墨首雙目圓睜，猛可把手中鐵琴一丟，那大舌頭的壯漢一把接住，梁墨首身形微蹲，雙掌平推……

轟然一聲，白鐵軍只覺胸中一窒，掌上所受之力其強無比，他不禁驚駭萬分地忖道：「這姓梁的是什麼人，掌上功夫似乎猶在那楊群之上！」

梁墨首臉上更是驚得無以復加，他身形一挫，雙掌才收，白鐵軍又是一掌當胸打來。

坐在地上的武當三子，當琴聲一停之際，全都躍起身來，直至看到白鐵軍與梁墨首碰了這一掌，三人不禁面面相覷地呆住了。

武當三子全是一流高手，但也不曾見過這等威勢的掌上功夫，白鐵軍一口氣和梁墨首拚了三掌，勝負未分，他豪性大發，直把十成功力聚於掌上，招招有如開山巨斧，掌式之靈活卻如完全是虛招一般，武當三子全是掌上高手，看到這裡也全都暗暗心服了。

梁墨首在白鐵軍瘋狂攻勢之下，連換三種掌法，招招以硬接硬，依然勝負不分，白鐵軍猛然一聲長嘯，躍起身來，雙拳如錘，直貫而下，口中大叫道：「姓梁的，你敢接這一招麼？」

梁墨首仰首望處，只見白鐵軍身如鐵塔，鬚髮俱張，有如天神下降，他心神一凜，驟聚全身功力，雙掌向上擊去。霹靂一聲暴震，白鐵軍整個身軀飄起三丈餘高，梁墨首卻是身軀陡然短了一截，雙腳已經陷入地中，兩人都是神色大變。

白鐵軍輕飄飄地落了下來，這一輪猛打，他胸中怒火也出了幾分，只是冷冷地瞪著梁墨首，從方才最後一掌之中，他忽然認出這梁墨首的來歷，他冷冷地道：「梁墨首，北魏魏定國是你什麼人？」

梁墨首哼了一聲道：「我也知道你是誰了。白鐵軍可就是你？」

白鐵軍哈哈大笑，過了一會兒道：「你那彈琴傷人之技，若非借重於那廣陵古琴，也算不得什麼。」

梁墨首一言不發，不知他心中在盤算什麼，白鐵軍也不打話，只是冷冷看著。過了一會兒，梁墨首忽道：「白鐵軍，你的掌力名不虛傳。」

白鐵軍道：「沒有和你分過勝負，實是遺憾。」

梁墨首道：「難得碰上你這麼一位英雄人物，梁某說不得還要彈奏一曲與諸君共賞。」

白鐵軍冷笑道：「你若再施什麼琴道傷人，白某管叫這具上古奇琴支離破碎於白某掌下。」

那梁墨首沒有答話，只是陰森森地注視著白鐵軍，過了好半天，方始淡然一笑道：「梁某初入中原，今日原本是想取武當掌教頂上首級的，對你們武當三子可沒有什麼多大胃口，倒沒想到碰上丐幫的老大了，罷了罷了，梁某就此告辭了。」

他這一大篇場面話交代出來，面不紅氣不喘，但是也沒有一個人嘲笑於他，實則因爲他的功力深不可測，便是白鐵軍也全心全意希望他快快離開。

梁墨首伸手一招，那大舌頭的壯漢和那尖聲尖氣的漢子便跟到他背後，梁墨首回頭望了白鐵軍一眼，忽然道：「白鐵軍，你名不虛傳。」

白鐵軍洒然一笑，拱拱手道：「過獎過獎。」

那梁墨首掉頭便走了。

白鐵軍暗暗忖道：「這人功力深不可測，掌上神功猶在楊群之上，看來中原又多一個大敵了。」

他轉過身來，向武當三子拱了拱手。

天嵐道長道：「貧道雖則多年不出武當，但在深山之中也聞得白幫主之名，卻料不到白幫主年輕若斯。」

白鐵軍最怕別人恭維稱讚於他，連忙抱拳道：「武當三子名動天下，道長隱修十年，依然健朗如昔，真乃武林大幸。」

天濤道長道：「這才見白施主掌上神威，宛若楊老幫主復生，佩服不已。」

白鐵軍道：「白某不才，豈敢妄比楊故幫主天縱神威，道長過獎了。」

他與武當三子交談數語，大家全是老江湖了，也不追問對方何以與梁墨首碰上，只是繞著圈子說了一會，白鐵軍心中有事，便匆匆告別了。

武當三子望著白鐵軍那鐵塔般的身軀忽焉消逝，互相對望了一眼，天嵐道長喃喃嘆道：「邪道猖獗之際，必有中流砥柱降焉……」

廿九 玉蟬神丹

錢百鋒在那酒肆之中，見那關外五鞭奪門而出，那丐幫蔣九俠回過頭來，滿面淒愴，顫聲對那四肢殘缺、目殘口啞的人道：「六……六哥，是你麼？」

他身邊的那中年和尚登時驚呼出聲道：「什……什麼？……他……他是雷六俠？」

錢百鋒心中大震，那年他和丐幫幫主楊陸一齊回到山東大舵時，變故已生，王三俠王竹公曾說那雷六俠拚命追趕那僞冒自己姓名下毒手的黑巾怪人而去，卻不料在十多年後，重又得到了那人信息，這真是天網恢恢了。

霎時錢百鋒只覺往事如煙，心中思潮泉湧，那蔣九俠望著那「殘」人口中呀呀作聲，卻是始終說不出話來，心中不由一酸，兩行淚水奪眶而出。

這時四周圍著的人群早被方才蔣九俠怒擊「關外三鞭」的凶勢嚇得走得一空，只剩下那主持這賣藝的六旬老頭呆呆站在那鐵籠之邊，不知所措。

蔣九俠緩緩轉過身來，雙目之中寒光四射，對那老者道：「你爲什麼會收養這人？」

那者呆了一呆才道：「十多年前……」

他話聲未完，那錢百鋒仰天吐了一口氣，低沉無比地道：「不錯，那是十餘年以前的事了。」

蔣九俠身形好比一陣清風轉了過來，對錢百鋒吼道：「你……你也知道？你是什麼人？」

錢百鋒皺了皺眉，卻是不語。

蔣九俠忽然之間哼了一聲，單臂如電，猛然一探而出，端端抓向錢百鋒右手脈門穴道。

「呼」的一聲疾響，這一招出手好生迅速，那錢百鋒陡然之間身形向後一仰，左手一翻，斜封而出，

蔣九俠只覺手上一重，內力竟然發不出去！他面上神色疾變，一連向後倒退五步。

那站在一旁的中年和尚一步跨上前來，面如冰雪，冷聲道：「好功夫，施主，貧僧猜你便是那天下聞名的錢百鋒了！」

錢百鋒吸了一口氣道：「大師好說了。」

蔣九俠面上神色驚疑萬分，他作夢也沒有想到，這個老者竟然是天下名聲最盛的錢百鋒，卻不料他已蒼老成這個樣子。

錢百鋒嘆了一口氣道：「天網恢恢，疏而不漏，老朽還能再見故人，這真是作夢也想不到的！」

蔣九俠和那中年和尚對看一眼，他們不懂錢百鋒這句話是什麼意思！

只見錢百鋒又是一聲長嘆道：「如果這人果是雷六俠的話，錢某倒要感謝蒼天……」

蔣九俠忍不住插口道：「請問錢……錢老先生，此話如何講起？」

錢百鋒啊了一聲，回過頭來望了望那籠邊的殘人，只見那殘人僅有的一隻獨目之中，這時竟然充滿淚水，錢百鋒忽然覺得那目光之中有一種親切的感覺，他心中猛可一跳，忍不住顫聲道：「你……你知道那人不是老夫？」

那人點了點頭，錢百鋒緊張地望著他，一字一字地道：「你知道他是誰麼？」

那人目光之中卻是一片茫然，看那樣子他也不知。

蔣九俠大聲道：「錢老先生，是怎麼一回事？」

錢百鋒定了定神，回過頭來道：「那一年……咦，那一年你好像不在山東，老夫始終未曾和你見過面。」

蔣九俠呆了一呆問道：「哪一年？錢老先生？」

錢百鋒道：「十餘年前，土木之變的那一年。」

蔣九俠啊了一聲道：「在下在那年之前二年便未在江湖上走動了！」

錢百鋒恍然道：「原來如此。」

蔣九俠道：「但下在卻曾聽過，那一年咱們丐幫中發生了大事，自此一蹶不振。」

錢百鋒點了點頭道：「老夫與楊老幫主交遊之事，想來蔣九俠也未必知道了？」

蔣九俠點了點頭道：「原來錢老先生與楊幫主是舊識。」

錢百鋒嘆了一口氣，那站在一邊的中年和尚卻插口說道：「恕貧僧直言，十餘年來，武林中卻盛傳錢老施主害死楊老幫主。」

錢百鋒仰天一陣大笑道：「大師之意如何？」

那和尚合十宣了一聲佛號，卻是不答。

錢百鋒道：「就是那一年，老夫與楊幫主返回丐幫大舵時，卻見丐幫眾俠死傷累累，簡直令人難以置信，最令人震驚的是那下手之人以黑巾覆面，自稱老夫姓名！」

蔣九俠啊了一聲，錢百鋒便將當年的經過情形都說了出來，一直說到那雷六俠拚出性命，疾追那黑巾人而去。

蔣九俠聽得雙目之中淚光瑩然。

錢百鋒仰天嘆了一口氣道：「也就是如此，老夫一生的命運以及武林之間的情勢都全盤改變！」

蔣九俠忽然回過身來，問那中年僧人說道：「那一年你出外打聽消息回來告知小弟，我卻是不敢相信，想不到這一切都是血淋淋的事實！」

那僧人低宣了一聲佛號，錢百峰道：「天可憐見這位雷六俠，今日竟然能令昔年故人相對一室，至少……至少老夫心中一直擔負著的疑團能夠一掃而空了。」

蔣九俠道：「六哥生就一付銅筋鐵骨，那『錘頂』的外家功力更有超人造詣，方才在下一見他那異於常人的骨架，心中便生了三分疑慮，直至那鐵磚擊在頂門之上鏗然作聲，哪還有半點懷疑！」

錢百鋒長嘆一聲道：「雷六俠落得如此，黑巾人未免下手太過毒辣。」

蔣九俠雙目之中好像要冒出火來，他咬牙切齒地問道：「那黑巾人到底是誰？」

錢百鋒面上陡然一寒，他微微搖頭道：「十多年來，老夫夢寐難忘，總算認出那人來了！」

蔣九俠大吃一驚，道：「他是誰？」

錢百鋒搖了搖頭，沉聲道：「魏定國，他便是傳說中的北魏！」

蔣九俠和那中年僧人一齊倒退二步，南北雙魏之名在江湖之中歷久不衰，委實駭人之極，霎時蔣九俠驚得呆住了，一切疑問都似乎迎刃而解，但是這份深仇有希望能報得了麼？

大夥的注意力都集中在談話之上時，錢百鋒目光一閃，忽然發現那江湖藝人不見了，他大步走將過去，只見那老兒躲得遠遠地，目光閃爍地望著這邊。

錢百鋒心中忽然有些犯疑，他走上前去，一把抓住那老兒的手腕，那老頭囁嚅地道：「老爺……你……你要……做什麼……」

錢百鋒冷笑一聲道：「老夫問你，你這柵中關的殘體怪人從什麼地方得來的？」

那老頭道：「我……我也不知道……是一個同道的朋友賣給我的……」

錢百鋒見那老頭一臉狡猾之相，手上略一加勁，冷冷地道：「我看不是吧！」

那老頭痛得頭上冒汗，大叫道：「老爺鬆手，我說我說……」

錢百鋒放開手來，那老頭道：「不瞞老爺說，小人原是賣馬的販子，那一年……那一年，小人追一匹走失的好馬，追得失了方向，當時天已黑夜已深，只好在山中過夜……」

錢百鋒哼了一聲，一雙鷹目注視著那老頭，那老頭道：「……夜裡，小人忽被驚醒，只見一個人正沒命地逃，後面一人像流星一樣追來，前面那人跑了一段路便倒在地上，後面那人追上來，手中拿著一柄長劍……」

老頭說到這裡，臉上忽然露出恐怖之色，繼續道：

「小人當時嚇得動也不敢，那提劍之人似是黑布蒙面，他用劍在地上之人的身上一陣亂砍，地上那人慘叫亂滾，但是似乎還沒有死去，那人砍完之後又蹲下去把地上之人的舌頭割了……小人……小人……」

這時大夥都圍到這邊來，錢百鋒面色木然，冷冷地道：「說下去！」

那老頭喘了一口氣道：「那提劍的蒙面人道：『你們都以爲老夫是姓錢的吧，嘿嘿，就算告訴你老夫是冒充的，你又能怎麼？你既不能說，又不能寫，老夫就不殺死你，讓你慢慢流血死去，嘿嘿……』」

老頭說到「嘿嘿」之時，牙齒都在打抖了。

錢百鋒面色鐵青，喝道：「說下去！」

那老頭打了一個寒噤，繼續道：

「小人見那蒙面人如飛而去了，偷偷爬出來，只見地上之人眼睛瞎了一隻，舌頭被割，四肢全斷，但是居然還在血泊之中蠕動……小人……小人行走江湖也帶有一些刀創良藥，便替那人敷裹了，那人體質真是奇佳，居然……活了下去……」

錢百鋒冷笑一聲道：「於是你就帶他回家療傷，後來發現他頭堅如鐵，你惡心一起，便改了行業，利用他到江湖上來賣藝賺錢，是也不是？」

那老頭點首：「是……是……小人……」

他話尚未完，那獨臂胖子蔣老九已跳上來一個耳光，竟把那老兒打得昏了過去。

蔣霖上前去打破牢籠，一把將那殘體怪人抱住，哭道：「六哥……六哥……你被折磨得好苦……」

這蔣霖是個至性之人，昏天黑地的大哭一場，揮袖擦乾了眼淚，望著那殘肢怪人，那殘肢怪人瞪著一雙茫然的眼睛，似是想哭，卻是哭不出一滴眼來。

蔣老九道：「六哥，咱們回家去吧，咱們找湯二哥。」

那殘肢怪人轉了轉眼珠，點了點頭，忽然掉下兩顆淚珠來，蔣霖緊緊抱住了他，再也說不出一個字來。

等到他從激動之中平靜下來時，忽然發現錢百鋒不知什麼時候已走得無影無蹤了。

「和尚，錢百鋒呢？」

「我也沒看見，怕是早走了……」

「那咱們也該走了吧……」

「到那裡去？」

「當然是回去尋湯二哥啊。」

且說錢百鋒先一步悄悄地走了，他行在路上，計算距離嵩山只有半日路程，愈走近嵩山，心中倒不自在起來，暗自忖道：

「憑我老錢的名聲，要想向少林方丈去討大檀丸，那是大大不可能，但左老弟養傷這許久，仍是真氣渙散無法提集，是以功力盡喪，看來又非借助靈藥不可，說不得只有低聲下氣向老方丈求情了。」

如依他十年前的脾氣，那是毫無顧忌，要不到便動手去搶，但近數日他連解幾重深重誤會，別人都是聽他一言而深信不疑，自念在江湖上已極有分量，倒是自惜羽毛起來，他盤算好久終於決定，心中忖道：

「我就爲左老弟忍口氣吧！唉！左老弟爲了探看我，身受五大門派掌門人攻擊，傷勢真是沉重之極，天保佑少林大檀丸能醫好左老弟之傷！」

轉念忽想道：「如果大檀丸不能奏功，那……那只有像我十餘年前受傷一樣，由一個內力高過左老弟的人替他打通脈道，但環顧宇內高手，南北雙魏又真能高過左老弟麼？除了那陸地神仙董氏昆仲還在人間，才有一絲希望。」

他想著想著，看看天色近晚，前面不遠便是一處小鎮，心想明天趕個早，午間便可到達少林山區，但進了小鎮，找到一處酒店，飽餐一頓再說。

他一走入店中，只見高朋滿座，高高矮矮，竟坐了不少江湖漢子，他微一皺眉，挑了一處靠窗坐位，要了酒菜，一個人獨自飲酒。

那鄰座幾個漢子酒醉飯飽，喝著茶正在高談闊論，錢百鋒聽了一兩句，都是言不及義，心想這幾人不是鏢師，便是大莊護院，但聽眾人都是一口江南口音，不覺暗自稱奇。

忽然一個黑粗漢子道：「張大哥，儂知弗知伊格孫五弟得了單大爺賞識，平步青雲，升了鏢頭！」

另一個被喚張大哥的漢子道：「人家出生入死跟單大爺十多年，阿拉說老弟，儂莫要羨慕，伊個鏢頭可並弗好幹。」

黑粗漢子又道：「這倒不算什麼，聽說單大爺還賞了一枚『玉蟬丹』，老孫可是多了一條命啦！」

「張大哥」哦了一聲道：「此話真格？」

黑粗漢子道：「阿拉親眼相看到格，怎會有錯？」

張大哥讚嘆道：「異數！異數！」眾人也是讚嘆不已。

那黑粗漢子低聲附耳又道：「單大爺便下榻『東來居』客棧，他老人家怕驚動中原武林朋友，是以行蹤極秘，單大爺前來替咱們總鏢頭助陣，真是天大的面子。」

錢百鋒心念一動，忖道：「久聞雁蕩無名老人練成『玉蟬丹』是天下一絕，我去打聽一下，如果能得到『玉蟬丹』，豈不大大少了一番手腳。」

他性子急躁，老來並未減卻，想到便做，飯也無心再吃，匆匆會了帳走出店來，向路人打聽「東來居」，快步走去。

走到客舍門前，正要向帳房打聽，忽然心念一動忖道：「這人既怕行跡被人知道，豈肯露出真姓？」

正沉吟間，忽見一個走入客舍，錢百鋒是何等人物？他一眼立刻瞧出此人目中神光四射，分明是個內家高手，當下跟在他身後。

轉了兩轉，來到一個獨院，這鎮不大，但這客舍獨院倒是亭台樓榭，大是氣派，錢百鋒忖道：「這客舍多半是江湖上哪一派開的，用以聯絡各地英雄。」

那中年漢子走到花廳門前，低聲叫道：「單大哥在麼？」

裡面一個聲音道：「是李兄麼？快請進，請進！」

那中年漢子一進花廳，口中連道：「左二哥、劍三哥都來了，單大哥也是太不夠朋友了，連作兄弟的也不通知，難道怕小弟幾杯薄酒都請不起了麼？」

那屋內的人連聲解釋告歉，錢百鋒心道：「我乘這機會去內室搜個天翻地覆，好歹搜他幾丸來，一走了之，也免得和雁蕩派生無聊口舌，說不定糊裡糊塗還打一架！」

他昔年頗擅「空空」之技，這時想起重施故技，不禁躍躍欲試，看好方向，正要長身進內，驀然背後風聲一起，一股強勁力道如排山倒海般襲來，錢百鋒一生之中不知會過多少大敵，但只覺背後來勢之猛實是生平僅見。

錢百鋒只覺背脊之上好像壓了一塊千斤巨石，這一霎時之間，他腦海之中一連閃過好幾個人的面孔，卻是始終思之不透。

那掌風來得近了，錢百鋒身形猛然向前一伏，整個身形緊緊貼著地面疾滾而開。

只覺耳邊疾風如刀，轟地一聲，那一掌走了空，擊在土牆之上，登時打缺一大塊來。

登時室中驚呼之聲大作，燈火立熄，兵刃出鞘之聲連連響起，錢百鋒百忙之中回首瞥了一眼，只見三丈之外端端站著一個人，月光下一襲黑衫，頭上低低壓著一頂帽子，但錢百鋒已可斷定這人是自己從未見過面的。

錢百鋒直立起身來，只見自己身後都是屋舍，唯一的出路便是前面，但那人端然而立，急切之間不再多想，身形陡然一拔，突地向屋上一竄！

果然不出所料，那人低哼一聲，雙手一揚，就待向錢百鋒凌空的身形發掌，這時錢百鋒身形陡然一落，勢如奔雷，一掠而過。

那人一掌未發，錢百鋒已身形陡變，不由吃了一驚，說時遲，那時快，錢百鋒身形已和他交錯而過，兩相距離不過半隻手臂之長。

錢百鋒左手一揮，右掌猛然向下一沉再翻，生生扣向那人左肩。

這一式內蘊重重險著，那人低哼一聲，身形紋風不動，左掌一張，竟是不閃不避倒迎而至！

錢百鋒只覺對方手心一拂之處，竟有一股出奇的寒冷之風直逼而上，心中不由大大一震，情急之下，忍不住震天大吼一聲，出氣開聲之際，掌心已然用了十二成功力！

「啪」地一聲，兩掌凌空相交，錢百鋒只覺手臂一寒，整個身形向左平平推開半丈有餘，身形一落地，只覺全身一軟，竟然發不出力道！

霎時他只覺冷汗涔涔佈上額頭，但他內力精純已臻化境，猛吸一口真氣，登時恢復過來，急忙看那黑衫人時，那人似乎站在當地呆住了！

錢百鋒只覺一股豪氣直衝而上，這剎那間，他完全忘記了存身所在，甚至室中的雁蕩門人，及自己想得手的「玉蟬丸」也暫時不能分神去想，腦筋之中盡是如何對付這個生平大敵。

他上踏一步，右掌猛然平伸，劇烈一震，疾劈而出，同時間左手向後急收，這一劈一收之間，一股古怪的上旋之勁應手而生，對方就是大羅神仙，也只剩出掌硬拚一途可循！

那黑衫人右掌一抬，斜斜推出，兩股力道平空一觸，錢百鋒大吼一聲，剎時鬚髮俱張，彷佛在平空打了一個霹靂，那黑衣人身形一陣搖晃，左足向後踏了半步。

霎時之間，那黑衣人雙掌齊胸，錢百鋒只覺一股寒風又襲體而生，他吸了一口氣，月光之下，只見他雙頰間一片青氣透體欲飛，左手反拍在自己背心之上，右掌半曲當胸。

剎時那黑衣人連退三步，忍不住大吼道：「玉玄歸真！」

錢百鋒只覺體前寒氣一減，他長長吁了一口氣，一字一字說道：「老夫知道你是誰了！」

那黑衣人仰天一聲長笑，身形陡然一翻，好比一陣清風，在月色之下一閃而滅！

錢百鋒目不轉睛地望著那人遠颺的身形，這時那屋內的雁蕩門人卻似乎被室外一幕看得呆住了，半晌才有人發話問道：「閣下是何方高人……」

錢百鋒心下飛快忖道：「看來那玉蟬丸今夜是不易得手了。唉，這人也重出江湖，武林之中又是多事之秋矣！」

他猛可吸了一口氣，冷然哼了一聲，卻是一言不發！

那室中雁蕩門人目睹他的奇功神威，一時猜不透他的來歷，但心中卻大大明白這是武林中少數的幾個人物之一，哪裡還敢再相問下去。

錢百鋒心中默默忖道：「沒有那玉蟬丸，左老弟的內傷正重，那少林大檀丸更是不易取得，但這玉蟬丸明的向他們相討，必然遭到拒絕，暗中下手卻又糊糊塗塗被搗亂……」

一時心中考慮不下，這時那雁蕩門人又有一個聲音說道：「在下等人雁蕩門下，老前輩有何見教？但請示下，並請入室一談。」

錢百鋒心中一動道：「如此甚好。」

他緩緩走入室內，這時室內已經點燃了燈火，燈火之下對方看見他年逾六旬，氣度卻是驚人已極，心中都不由暗暗震動。

錢百鋒四下打量了一番，只見對方帶頭的是一個年約四旬的漢子，想來便是「單大哥」了。

錢百鋒向兩人拱了拱手道：「打擾各位清興，實是過意不去。」

那中年漢子道：「敢問老前輩怎麼稱呼？」

錢百鋒道：「不敢，老夫姓錢。」

那中年漢子道：「在下雁蕩單天祥，敢問錢老前輩來此有何貴幹？」

錢百鋒道：「老夫聽說貴派玉蟬丸……」

他話尚未說完，單天祥臉上神色微變，他拱了拱手道：「原來老先生來此爲的是玉蟬丸，在下身邊所存不多，而且都有要用，老先生請便罷。」

錢百鋒在盛年遭遇變故，在塔中度過了十餘年光陰，整個人的個性大有所變。若是依他當年的脾氣，這句話如何聽得進去，但是此刻他只是笑了一笑，心中暗忖道：「東西是別人的，不肯給又有什麼辦法？罷了罷了，還是趕上少林寺去一趟吧。」

他正待打個招呼便要離開，忽然一個震人心弦的聲音響道：「錢先生，慢行一步！」

錢百鋒仰首一看，只見一個面色枯槁的瘦長漢子從內室走出，對著他說話。

那瘦長的漢子道：「敢問錢先生要索玉蟬丸可是有什麼親朋之類身負重傷麼？」

錢百鋒暗忖道：「你這不是在說廢話麼？」但他仍然微笑答道：「不錯，這位兄台有何見教？」

那瘦長漢子道：「不敢不敢，在下浪跡江湖，文才武功無一堪稱，只是對於醫藥一道略有所長，錢先生貴友有疾，不知在下可能略盡綿力？」

錢百鋒不料他說出這麼一番話來，他冷冷望了那人一眼，心中盤算這人究竟打的是何主意，過了一會兒，錢百鋒道：「敝友身罹怪病，群醫束手無策，是以老朽才來冒昧一求玉蟬丸。」

他說這話，就是隱隱拒絕了的意思，哪知那瘦長漢子一拍手道：「什麼怪病？在下醫術雖是不精，卻是有個怪癖，病非怪不醫，快帶在下去，快帶在下去。」

錢百鋒暗一皺眉，淡然道：「不敢有勞……」

他話尚未說完，那漢子已打斷道：「一點也不礙事，咱們就動身。」

錢百鋒心中犯了疑，他雙目一瞪，冷冷地道：「閣下真要隨老朽去麼？」

那瘦長漢子道：「當然是真，咱們快動身吧。」

錢百鋒道：「如此甚好，閣下先請……」

那瘦長漢子大步走出來，向其他人拱拱手道：「各位再談談，小弟去去就回。」

錢百鋒冷笑道：「去去就回？至少得兩個月。」

那瘦長漢子滿面驚色地叫道：「什麼？兩個月？那麼遠？」

錢百鋒道：「閣下不願去了麼？」

那瘦長漢子雙手本來一直攏在衣袖之中，這時他雙手一擺，道：「去便去，反正……」

他話尚未說完，錢百鋒鷹目一閃，目光若電，只見那瘦長漢子左手腕上套著一副寸寬的金鐲，錢百鋒心中如閃電一般一震，忽然猛一伸掌，直抓向那枯瘦漢子的手腕。

錢百鋒這一抓端的是勢若雷電，而且又是突然而發，怎曉得那枯瘦漢子竟然輕而易舉地一化而過。

錢百鋒心中一凜，那姓單的漢子大叫道：「幹什麼？你們幹什麼？」

錢百鋒猛一伸手，那單天祥和那姓李的忽然對著錢百鋒背上發出一掌，掌力又快又重，發出砰的一聲。

這是聲東擊西的妙著，錢百鋒只要一自救，便無法攻擊那枯瘦漢子，但是錢百鋒是何等人物，他伸出之掌如水如雲，那枯瘦漢子一面暴身而退，一面換了三招相對，但是只覺腕上一熱，那隻寸寬的金鐲已被錢百鋒巧妙無比的地扯了下來。

這不過是電光火石之間，單天祥和那姓李的掌發雖快，但是如何快得過錢百鋒，錢百鋒一抓奪下金鐲，兩人掌力堪堪襲到，錢百鋒一個旋身，雙指一彈，單李兩人只覺一股無堅不摧的勁道直襲掌心要穴，兩人大驚失色之下閃身而退。

霎時之間，室內又衝出數人來，把錢百鋒牢牢圍住，錢百鋒只若未見，雙目盯著那枯瘦之人，只見他手腕上原來戴著金鐲的皮膚上有一圈鮮紅如血的細線，彷彿是用硃砂畫上去的一般。

錢百鋒冷冷地道：「金貫可就是你？」

那枯瘦漢子面上神色陰晴不定，過了一會道：「是又怎樣？」

錢百鋒道：「你瘟神使者以毒稱霸天下，老朽與你卻也河井之水不相犯，是什麼人收買了你，用這等低劣伎倆謀害老朽？」

那枯瘦漢子道：「我金貫是何等人物？有誰能收買於我？真是笑話。」

錢百鋒道：「那麼老夫與你有什麼過節？」

金貫道：「金某是爲了武林正義……」

他話尚未說話，錢百鋒聽到「武林正義」四個字，陡然之間勃然暴怒，他雖非昔日之火爆脾氣，但這時從金貫口中聽到這四個字，宛如一條毒鞭狠狠地在他心上抽了四記，霎時之間，他彷彿覺得普天之下，無論是什麼惡人，只要是對付我錢百鋒，全可以用「武林正義」四個字做爲後盾，他怒火上升，揮手一掌，一聲慘叫隨手而起，有一個人已被他隔空打得筋骨全折，倒在地上。

霎時之間，那些人一聲怒吼，全拔出了兵器，一擁而上，齊向錢百鋒攻來。

錢百鋒手揮腳踢，全是妙入毫顛的神奇佳作，眾人一片驚駭大呼，全都退了數步。

這時錢百鋒卻也發現，對方這一批不起眼的漢子，竟然是相當不弱的好手，他一面驚奇，一面暗暗思索這批人的來歷。

忽地金風破空，他感到有三支利劍用了三個不同的厲害招式，從三個不同的方向正向他襲到。

錢百鋒心中怒火上升，只見寒光閃閃，三支長劍一齊破空削至。

他閃目一望，只見那三劍出招快捷，而且閃爍吞吐不定，竟然都是劍術高手，他心下一動，右腳向後一挪，倒退一個方位，右手卻疾如閃電，猛然一拍而出。

呼的一聲，那迎面刺到的一支長劍突然向左一偏，錢百鋒低哼一聲，左手這時一把抓住，端端抓在劍鍔上，那左右兩劍都像是遇到了極大的阻力，一時竟然遞不出招式來。

霎時屋內一片驚呼，「咯」地一聲，那當中一支長劍已然齊鍔而折，錢百鋒左掌一揚，正待再攻，突然只見側方人影一晃，霎時眼前光幕一歛，那兩劍竟然不進反退，勢如奔電。

錢百鋒心中一震，只見那人影晃到當前，雙手一揚，錢百鋒猛然大吼一聲，只見空中一片白霧迷惘，那枯瘦漢子金貫一揚之下，竟然發出如此威力！

錢百鋒是老得不能再老的江湖了，一霎之間，他已想到了好幾種陰惡險毒的結果，猛然屏住一口氣，雙掌一吐，身形卻是向後疾飛，只聽白霧之中有人悶哼一聲，錢百鋒身形卻準確地自窗戶之間倒飛而出。

房屋之中白煙迷漫，錢百鋒身形來到了屋外，雙目如鷹，盯視著屋內所有的出口，他心中怒火上燒，決心要問一個明白。

那白霧迷漫濃濃不散，錢百鋒一語不發，雙臂交錯在胸前，這時室外月色如水，月光之下看得纖毫分明，並沒有一個人走出室中。

那金貫一身是毒，而且下手毒辣無以復加，錢百鋒早聞其名，這濃濃白煙想來必定是什麼古怪東西，他不願冒險，只在室外靜候，足足等了有一頓飯功夫，那室內白煙才逐漸散去。

錢百鋒一步掠到窗前，這時屋內已可見物，但見室內空空如也，哪裡還有什麼人影？

錢百鋒登時呆住了，他不知對方是如何遁去？這個姑且不管，只見他深深覺得這一切似乎都是密謀毒計，卻又不知其因。

錢百鋒想了一想，卻是不得其解，他原本沒將這幾人放在心上，這時卻隱隱感到心頭沉重，於是默默忖道：

「看來這玉蟬丸是落空了，今天晚上怪事連連，先是遇到了那個老兒，再是金貫這一批人，唉！看來這江湖之中，陰謀紛亂是年年加深的了！」

他想著想著，足步不知不覺已踏向少林寺路途。

三十　身陷絕谷

不用殷勤叮嚀，沒有相約後期，左冰與卓蓉瑛、小梅兩人別了，他信步行來，但覺天涯茫茫，竟不知何處是自己的目的地，以他這等灑脫的少年，此刻竟也生出一抹悵然之意。

離別時的叮嚀並不殷勤麼？小梅嘶啞的嗓子、孜孜的關照卻又歷歷在耳，滿心情意若只能換到淚珠，那真教人情何以堪。

忽然間，另一個熟稔的影子又在他的眼瞳裡浮了上來，巧妹！那良善姣美、溫婉深情的巧妹，左冰每想及她，左冰的心裡便感陣陣絞痛，他低喃道：

「左冰！左冰！在這天地間，你充其量也不過是一隻過隙白駒，伯仁已為你而死，你豈能一誤再誤，誤己誤人……」

就這樣邊想邊走，也不知走了多少路，忽見一名黑服女子在前方茶林叢處婀娜而行，高聲在唱著山歌：

「六月茶花開滿山嗨，佳人摘擷有餘情。時香盈袖撩人意嗨，莫道催花不銷魂。」

那女子身材看來窈窕，聲音卻甚是粗俗，簡直不忍卒聞，左冰直爲她的缺憾感到可惜。

黑眼女子似已察覺到身後有人，也不回頭，只是格格故作嬌笑，這一笑更令左冰全身都起了雞皮疙瘩。

黑服女子順手採擷幾隻茶花，又自唱道：

「六欉茶花分六路嗨，挽過一欉又一欉。人兒呆憨不解意嗨，不知化蝶近花來。」

就在這刻，他身邊的茶欉後面，突然響起了一聲冷沉沉的哼聲，同時一陣輕風吹起，左冰不見作勢，就移身到了五步之外。

他經驗已多，知道那陣輕風多半是內家暗勁，如果不是也不算庸人自擾，因爲那一哼，絕非無人而發，也決非無的而發。

轉首偏顧，身旁花葉紋風未動，卻是一點異樣也沒有，吃驚之餘，暗道：「方才分明有人躲在叢木後面，怎地突施一襲之後就悄無聲息……」

正忖間，右方林葉窸窣處，又出現了那先時唱歌的黑服女子，她看也不看左冰一眼，便逕自朝前方步去。

左冰心頭大震，猶未及轉念，那女子已在五步之前駐足，身首不回，背著左冰道：「這位郎君請了。」

左冰一怔。

黑服女子又道：「奴家那裡地無塵，草長青，四時花放常嬌嫩，更有那翠屏般山色對柴門，郎君可有意到舍間盤桓數日？」

左冰有如墜入了五里迷霧，囁嚅道：「姑娘可是對在下說話？」話甫出口，便覺事情有些蹊蹺，此地一共只有他兩人，前話是對他說的該無疑問，但是這女子素昧平生，而且對方說話時，連頸也不曾回過，哪有與人談話而以背相對之理。

黑服女子道：「郎君這是多此一問了，舍居早已掃榻準備接待貴客，有道盛情難卻，郎君該不會見拒吧？」

聲音仍是粗裡粗氣的，但挑逗之意大膽露於言中，既不回顧，也不待左冰回答，逕朝前步去。

左冰聽她形容居處景境之美，心道人間果有如此仙土，自己卻緣慳錯過，豈非可惜？想到這裡，不免把諸般疑團拋向腦後，緩步跟前。

將茶林遠遠拋在後面，走在一條極爲荒涼的路上，左冰亦步亦趨的跟在那神秘女子後頭，眼望她飄飛的黑袂，忽然無端端一股寒意自脊端升起，似乎那黑色透著一股令人心寒的氣氛。

自始至終，那黑服女子從不與左冰正面相對，左冰能瞧見的也只是她的背影，有好幾次他忍不住欲大步趨前，瞧一瞧那女子的廬山真面目，但生性慣有的懶散與不在乎又把這衝動給化去了。

行了數里路，眼前峰迴路轉，左冰發現自己已行在一處崖壁間的窄狹小道上，一面高峰突出，矗立雲端，一面便是萬丈深壑，足下滿罩濃雲慘霧，辨不出周圍的景物！

小道橫斬山腰，盤桓有如龍蛇，行不數步，便是一橋，狹不過兩尺，只用數十根樹枝架成橋面，形勢險惡無比，黑服女子若無其事的飛越過去，說道：「既能跟到此地，顯見有點膽識，區區一座木橋，想是難不倒郎君吧？」

左冰雖生性淡泊，但見到這等僅見的天險，也爲之不寒而慄，似此危地，即是猴猿至此，亦必畏懼回頭，哪有女子先時所描繪的仙土景況，心念一動，一句話將要衝口而出，前面卻已響起了一道沉濁的哼聲，立時就有人代他將那一句話吐出來：

「上當了！」

左冰抬眼一望，對橋依然立著那黑服女子，依然是以背相對，這哼聲不可能再有第三者發出了。

這會兒，那黑服女子徐徐別過身子，有意無意的舉袖遮住面孔，但見她猛吸一口氣，全身關節格格作響，竟平白漲大了半倍有餘，儼非適才的纖小模樣。

左冰心中不知何如又是一寒，道：「姑娘……閣下是……」

那人陰笑一聲，打斷道：「你上當了！左冰！」

語猶未落，呼地一掌翻起，一道排山倒海的掌力自左冰的身旁擦過，擊在他身後的陡坡巨石上，轟然一聲大響，那巨石應聲而落，將崖間小道堵了個死密！

左冰感到從未有過的畏怯，並不是爲了自己身臨絕境，而是爲了對方那可怕的心機，這時他才知道適才在茶林遭受無故的一襲，那陰謀便是如此，忐忑暗道：

「這黑衣人不惜假冒女子，千方百計將我引來此地，分明是早已察知我身負莫知高深的輕功，必欲置我於死地而後已，光是這等城府，就夠人膽寒的了。」

黑衣人見左冰不語，又自冷哼道：「小子你今日是死定了，這絕崖下面地無塵，草長青，縱說是仙土吧，可也等著掩埋你的骨灰哩！」

左冰重重一震，面上卻洋洋不變，道：「尊駕與小可素未謀面，何冤何仇之有？」

黑衣人冷冷道：「無冤無仇！」

左冰聳一聳肩，道：「那麼小可縱落了個一死，卻也死得不明不白了。」

黑衣人道：「想套出老夫的話？嘿！反正你已將死，說說也是不妨，你是姓左，當老夫不知麼？又與錢百鋒那廝……」

他話聲忽然中斷，左冰緊問道：「我姓左又怎麼了！難道我還姓錯了？」

黑衣人陰陰道：「沒有姓錯，但你那老子左白秋嘛，嘿嘿……」

他乾笑了兩聲，又不再說下去，左冰心弦一扣，暗道對方似乎對自己知之甚深，可見自己今天的遭遇絕不是偶然發生，這一切都是有計劃的預謀。

想到這裡，冷汗自手心沁出，大聲道：「無論何人衝著家父而來，在下都奉陪。」

黑衣人冷笑不語，須臾一字一字說道：「老夫問你一句，左白秋能傳你此輕功，他就是那高深莫測的鬼影子吧！哼，當年他掌廢川東花家兄弟之事傳開時，老夫就懷疑及此了。」

左冰道：「閣下憑什麼如此肯定？」

黑衣人哼了哼道：「是也罷，不是也罷！老夫此番既然出來，武林之中決再難有第二人存在。」

左冰揚眉道：「你是誰？」

黑衣人道：「你要知道麼？我乃天下武林獨尊人物。」

左冰道：「你這是月亮底下看影子——自看自大了！」

黑衣人道：「你曉得老夫的身分麼？你若曉得，就會覺得死在老夫手下也算是大大值得了，自然不會有此一言。」

他單掌徐徐抬起，掌心逐漸露出酡紅之色，左冰腦際陡地靈光一閃，想及他初離大漠時，便幾乎遭到一個馬販子的算計，忍不住衝口道：「閣下可就是銀嶺神仙薛大皇？」

黑衣人似乎怔了一怔，陰聲道：「你雖然猜錯了，卻也沒有太離譜。」

他依然半側著臉，左冰想盡辦法欲一睹對方面目，卻因身立橋頭無法變動位置，這刻忽見對方左袖一拂，發出一道勁力。

就在這一瞬中，左冰似乎已瞧到了對方的面部，但那人左手卻閃電般接著一提，又將半邊臉遮住，而那一股勁風卻在襲往左冰身上半途中，硬生生的轉了個方向，逼向橋頭的支架，只聞「轟」一聲，橋面倒塌了一半！

左冰反應何等迅速，橋面塌時，他身子已同時飛起，全速掠前，黑衣人陰笑連連，右掌接著揚起，掌嘯呼呼不絕，那渾厚凌厲之氣，確已夠得上無堅不摧這四個字了！

對方掌風尚未及體，左冰全身衣袂已然迸決欲裂。

他駭然一呼，身子陡然騰起，在空中連換三式，到了最後只成了一片模糊的影子，那種速度，即便強如黑衣人之輩也不禁觸目心驚！

說時遲，那時快，只聞一道怪嘯響起，黑衣人左手暴伸，在上方劃了一道圓弧，左冰在空中的去勢竟爲之窒了一窒，如一支勁矢般斜斜落到到黑衣人的身前五尺之處。
這刻橋面已完全倒塌，黑衣人見自己全力出擊，仍未能令左冰隨橋失足墜落，心中不禁暗暗打鼓，忖道：「這事若傳開江湖，以我這等身分，處心積慮要除去如此一個名不經傳的小子，竟也須費這麼大的勁力，怕天下是沒有一個人會相信的了……」
他心中雖作如是之想，手底下可不怠慢，一遞掌便一連使出五個殺手，一招辣似一招，左冰與黑衣人相距僅有五尺，後面木橋又陷，退路已絕，心知只有出其不意，冒險自對方身旁衝過，方能有望脫身。
當下將體內一口真氣提起，整個身子有若一支彎弓又彈起了數尺，飄飄然前掠。
然而這崖間危道究竟是太窄太狹了，左冰與黑衣人錯肩的一刹那，他的身子已離開道上的範圍，凌虛在萬丈絕崖之上，全仗一口真力提之不墜。
黑衣人是何等人物，整個情勢只一瞥便瞭然於胸。他明白只要讓左冰錯肩衝過，那麼今日便休想將這少年除去了，但他也明白，只要自己能抓住這錯肩的一瞬，適時遞出一指——只要那麼一根指頭便夠了，那麼左冰就要自這個世界除名了！
黑衣人自許天下第一，全身肌肉都已到達控制自如的地步，他那一手功夫也真不愧爲天下第一這四字，但聞「嚓」一聲輕響，兩人已摩肩擦上。
那左冰去勢何等迅捷，直似一縷輕煙。但黑衣人卻在這稍縱即逝的一忽間，遞出了絕妙的、輕淡描寫的一指，道：「倒也！倒也！」
左冰在空中見他一指遞上，在如此驚人的衝勁中，對方一指竟同時劃上了自己全身的三十六大穴，任何一穴被點中，自己都免不了散功墜崖，挫骨揚灰！

值此情形下，縱是大羅神仙再世，也萬萬難逃這一劫了。

左冰在這九死一生的局面中，眼瞳反而掠過一絲悲壯之色，一聲尖嘯，身子在萬丈崖處之上的半空中陡然暴旋起來！

嗚嗚陰風緊接著響起，黑衣人這一指在這旋勁中，竟再也遞不進一分一寸，他大驚之下，心道：「瞧不出這小子竟有如此堅韌的毅力，明知必死也不肯放棄最後一拚，今日不將他除去，再過數年，武林還有我們這老一輩的地位麼？」

黑衣人心知左冰雖是難逃過自己一指，但他的真氣不能永遠保持不衰，只要旋勁一緩，自己便可痛下殺手。

左冰當然也知道自己的處境，他在空中轉了七七四十九轉之後，終因力有未逮，身形一滯。

黑衣人嘿嘿一笑，一掌霍地拍至，左冰自知必死，卻是不願死在對方掌下，身子奮力一盪，丹田之氣接著下沉，平空加重千金，向崖下墜去！

黑衣人冷哼道：「你想自行了斷？可沒這麼便宜！」

他雙掌一錯，兩股狂飆亦自應聲擊出，來路上驀然響起了一道震天價響的暴喝：「掌下留人！」

左冰下墜之勢何等迅疾，復被黑衣人掌緣一掃，更有若離弦箭矢。就在他降下了大約十丈之處，忽然聽到了這一聲高喝，神智猛地一醒，衝口呼道：「爹！是爹爹麼？」

崖間道上傳來了黑衣人冰冷的語聲：「可是左白秋到了？你的寶貝兒子完了！嘿嘿！」

另外一人大約是被巨石及斷橋所擋，聲音至少離黑衣人有尋丈之遙，他聞言似乎愣了一愣，道：「你說誰是左白秋？誰又是我的兒子……」

下面的話左冰再也無法聽得分明了，他身子疾速下墜，張目下望，見壑下迷茫一片，竟似深淵無底，不由嚇出一身冷汗，慌忙中真氣再聚，一連試了三次，最後終得聚納中焦，此時他體虛氣滿，下墜之勢減緩，但他也知道自己一墜下實地，還是絕無倖理。

呼呼然左冰又墜下了四五十丈，他足首轉了數轉，突然瞥見右崖壁間，奔流出一道黃瀑，瀑岩上竟長有數十根縱橫交錯的葛籐，這似乎在萬般絕望之下又現曙光了。

左冰在激墜下簡直連轉念的時間也沒有，驀地吐氣開身，長衫在空中一挪，竟然在無比的下降衝力中，硬生生左移數尺，姿態瀟灑已極，似此等神鬼莫測的輕功，縱有第三者在旁瞧見，也要懷疑自己的眼睛了。

左冰右手一探，卻是功虧一簣，只擦過葛籐邊緣，在繼續墜下丈許之後，終於他拚盡全力攀住了。

但他用力過猛，人卻繼續往崖壁間掛著的泉瀑斜衝而去，入水之後，一股怪味衝鼻而來，足下又撞上了一塊大石，但覺痛徹心扉，眼前一黑，便再也感覺不到什麼了。

就說將一切都委諸於奇蹟出現吧，左冰若能再度感覺到世上的人事，那就是奇蹟中的奇蹟了，然而他還是再次感覺到了。

也不知過了多少時候，也許是時間在左冰昏迷的過程中停頓了，當他啓開眼簾時，一道強烈的光線便將他的眼瞳刺得陣陣酸痛——又是一個艷陽天。

他眨眨眼，立刻就楞住了，低聲喃喃道：「是麼？我是再世爲人了麼？……」

他強自掙扎撐起，甫一動雙腿，便覺劇痛攻心，立身不住，又躺了下來。

這會兒，一個聲音由遠而近，由模糊而清晰，左冰凝神細聽，方察覺出足音不止一道，耳旁就亮起了一聲輕語：「爹，他死了麼？」

另外一人沉默了半晌，似乎以搖頭或點頭代替回答，長久方道：「不能也不會死的，他太年輕了，生命不是這樣結束的。」

左冰在混沌中只聽清了後面的一句話，他的神智雖則在半昏迷狀態中，但也覺得這話裡竟含著無限的哲理，他意會到說出這話的人，必不是一個等閒的智者了。

他極想睜開眼睛，但眼皮卻重若千斤，如何也無法睜開。當他第二次自昏迷中醒過來時，他終於能了！環目望見身旁兩個老人，左邊的年約半百，右邊的一個更老，髮鬚全成雪白，看模樣已過古稀之齡了。

兩老見他醒來，左邊的開口道：「你跌進來時，六脈已斷其四，雙腿俱折，不死已算是你的造化，須得好生養息，或有復原之希望。」

左冰唇皮一動，正待啓齒，右邊的古稀老者已擺擺手，示意他噤聲，說道：「目前你體虛氣弱，不宜開口，你想問刻下置身於何地是麼？」

左冰張大了雙眼，露出驚異之色。

古稀老者微笑道：「臨水瀑布之下，有無數鐘乳石洞，我們就處在其中一洞中，你落下瀑布時，便衝破那水簾，跌進這洞裡來；至於你是爲了何故失足墜下，老夫也不過問，眼下你還是好好休息吧。」

左冰駭異不止，凝神聽去，果能聽到潺潺的水聲自上面傳來，但在這洞裡卻是滴水不漏，洞壁形狀千奇百怪，呈乳白色，重石疊巖，其狀猶似百丈艨艟，桅舵悉具，若欲張帆入海，令人嘆爲觀止。

他昏昏又睡了過去，第三次醒來時，鼻間便聞到一股藥草味，抬眼見自己雙腿已被敷上了草藥。

過了三天，傷勢漸好，這日他午睡醒來，一抬眼，在他的身側，兩老正席地而坐，地上似乎有無數的黑點在蠕動，再一細望，竟是數不清上千萬的螞蟻，不禁爲之倒抽一口冷氣！

那螞蟻爲數雖多，但卻秩序井然，似經訓練有素，其色又是黑紅二種，各自列成一大長隊，大隊中又分成若干小隊，在地上繞著圈子，兩老人在其上指手劃腳，不時發出一聲歡呼或嘆息。

左冰本是慧質天生，立時就領悟到兩名老者是在驅蟻爲棋，以蟻當子對奕，以方寸之地爲盤。

那右邊年紀較長的老者開口道：「麟兒，你猶豫得太久了！」

左邊的道：「爹，您如何老是不能改口，我年紀已達半百，您還是一個勁兒麟兒麟兒的叫。」

右邊的輕笑道：「我這是叫慣了，想當年你第一次遇到董兄弟時，還是個黃毛小子呢，當時他就格外喜歡你這個名字。喏，這下你又敗了！」

左邊的滿臉頹容，左冰見他驅的是黑蟻這一方，這刻果已被紅蟻圍得水洩不通，但他猶自不肯認輸，苦思良久，方驅出一小隊黑蟻攻入死角，這一著竟讓他挽回了一些頹勢，但蟻隊卻凌亂不堪，頓將整個棋局破壞。

右邊的哂道：「你這一著落下，蟻隊立呈混亂，哪還像一棋局？」

左邊的嘻嘻笑道：「棋子凌亂自有我的凌亂之局，爹不是常說棋道與陣道是一樣的，我這便是寓道於棋道之中了。」

右邊的道：「這算是那一門子陣名？」

左邊的隨口道：「名叫七拼八湊陣！」

一旁的左冰險些失笑出聲，右邊的卻搖搖頭，嘆口氣道：「你如能觸類旁通，便應將黑蟻自巽門撥出，通過離門，包圍我左偏角的紅蟻，這才是上上之著，也才是上上之陣法，可惜蓉兒不在這裡，她學棋猶在你之後，但功力卻遠遠超乎於你，哎，對奕還是要找棋鼓相當的對手才有勁頭。」

左冰心念微動，觸目見紅蟻這方所向無敵，古稀老者反而顯得意興闌珊，再將蟻局端詳一會兒，心道：「他所說的一著雖妙，卻也稱不得是上上之著。」

想到這裡難免技癢，悄悄遞手出去，自右後撥出一小隊黑蟻，那蟻群倒是聽命，立刻走到左角上。

話猶未完，左邊的老者忽然面露喜色，擊掌道：「爹，這回您可吃不完兜著走了！」

古稀老者滿臉驚異的望著眼前的少年，又瞧瞧棋局，心中暗道：「這少年年紀輕輕，只一著就已隱見匠心，如不是生具極高的天分，焉得有如此的造詣？還有我昨日為他療傷時，發現他體內清氣其生，濁氣其旋，竟似已入武人夢寐難求的化境，真是深不可測了……」

他沉吟不決，臉色逐漸凝重，好半天才又驅出一隊紅蟻，落在一處空格。這一下便成了左冰與古稀老者對奕的局面，那被稱為「麟兒」的老者卻只有在一旁觀戰的分兒。

但見左冰下子極快，只一會兒便搶盡先機，攻勢凌厲無比，反觀對方卻節節敗退，到最後苦守一隅，真是回天乏術了。

那「麟兒」搓搓手笑道：「好呀好呀，這番爹遇到剋星了，可再也稱不起霸來啦，就是卓蓉瑛那丫頭在此又待如何？」

左冰見他提及卓蓉瑛三字，心中一震，立刻就猜到那古稀老者的身分了。

古稀老者見敗局已定，反而露出喜色，拍拍左冰的肩道：「小兄弟棋力之高，真是不作第二人想了，但我這毛頭一大把年紀可不能認輸，這洞裡太悶了，咱們到外面去奕數局，好好來殺一番。」

他逕自向洞口行去，左冰經過一番調養，雙腿雖未完全復原，但已可以行走，他立起身子趨步跟上，卻聽那「麟兒」在後面笑道：「爹是怕輸了，老臉沒地方擺，是以要找你單獨對奕去了。」

出得洞口，水聲更為清晰，雙股燕尾形瀑布掛在嶺壁之上，古稀老者示意左冰自瀑布下穿過。

急湍在頭上飛濺，但兩人衣袂都沒有沾到滴水，穿過瀑布，眼前豁然開朗，只見插天峭壁相對峙立，凡三四重，中間是一片如茵的曠地，濃淡參差，有若圖畫。

左冰不料此地竟有如此美境，這真是應了「洞外有天」這句話，古稀老者拾了幾十顆小石子，在一顆松樹下駐足，朝左冰招手道：

「前此咱在驅蟻爲棋，蟻主動，講究魚龍變化，神機莫測，以石當子則主靜，貴能探遠索秘，收奧妙，擷精華，較前者更難上一層，此所以棋道與陣道源歸同宗之處。」

左冰見老者語中真是字字珠璣，心中一凜，恭謹坐在一旁。

老者持子先下，第一子就落在中路，大違棋道常規，左冰皺一皺眉，不敢冒險，平平實實先自偏角佈防，以守爲攻，到了第四十五子著下之後，老者忽然有若神助，棋勢閃爍，每一落子都大大出人意料。

左冰苦思鑽研，忽爾發現老者已著各子似有跡脈可尋，隱隱露出長蛇舞弄之狀，他機心獨運，立刻就意會到對方這不是在下棋，簡直是在排佈一個極爲深奧的陣式了。

左冰心驚暗道：「我在第一次聽見老人說話時，就曉得他必非常人，適才對奕前的一句話，更有一語雙關的味道，似在暗示著什麼，莫非他下棋是虛，其實是在傳授我陣法……」

他見老者不住的朝他頷首微笑，心中更多了幾成把握，表面上若無其事的繼續著子，卻在暗中揣摩對方的陣式，只見老人愈下愈快，左冰也愈是心驚。

他將老者在棋上隱示的陣式鑽研了不止數十遍，身上的每一根神經都幾乎要抽緊起來，他對那陣式領悟越深，越感到吃驚，情不自禁又忖：

「觀老人此陣，其氣勢之壯，猶似重於山巒，隱約透出了兩軍對陣，萬騎紛陳，戰鼓戰笳齊鳴，號角震天，說不盡慘厲激烈之景況，這一陣佈出，休說用以卻敵，就是用於沙場，縱讓敵方有上千萬之卒，可盡殲於陣內，陣式也罷，其造詣至此，真可以稱得上登峰造極這四個字了！」

當下心神一斂，將老者所落每一子都默記於心，更全意潛修其中之變化。

那老者臉上興奮之情愈顯，眼光也愈來愈是狂熱，像是遇到了前所未見的知音，一子子接連落下，兩人都注視於棋陣中，此刻休說麋鹿興於道左，就是泰山崩於面前也不會引起他們的旁顧了。

一局既罷，左冰已盡得此陣精髓，恭身而起，朝老者一揖道：「多謝前輩指點成全。」

老者正色道：「此陣名曰長蛇一字陣，相傳為南宋岳武穆所傳下，箇中奧妙自不用多言……」

他語聲忽斷，俄爾又長嘆一聲，低道：「長蛇一字陣！長蛇一字陣！當年瓦剌入侵，英宗親征至土木堡，能若用此一陣，便不至於兵潰遭擒，更不會造成土木之變的奇恥大辱了……」

左冰聽他談到「土木之變」，心頭大顫，正待開口，老者又已顧左右而言他，凝注著左冰道：「老夫一生閱人無數，但兼得慧質淳樸者，除昔年董兄弟之外數你為首！」

左冰聽他又提及「董兄弟」三字，心念復動，乃正色道：「晚生若是猜得不錯，前輩敢就是李百超李大俠？」

老者面色忽地一沉，旋又展顏道：「老夫正是！小兄弟可是從哪一句話裡猜到老夫的身分了。」

左冰道：「前輩提及卓蓉瑛於先，復提及董大俠於後，晚生乃有如此一猜。」

當下將卓蓉瑛竹陣卻敵，董其心見陣而入，尋問故人，始知卓蓉瑛為李百超之徒等事一一道出。

李百超聞言，長髯無風自動，顯是激動不已，低口吟道：「浮雲遊子意，落日故人情……董兄弟……」

這年紀已入古稀的老人，想及少年往事，為之緬懷良久，唏噓不已。

左冰緩緩道：「據小可妄推，前輩年輕時，亦曾是叱吒風雲、氣吞長河的大人物，何以竟甘心蟄伏於此？」

李百超一笑，淡淡道：「功名利祿未為貴，你那人間千古事，我自松下一盤棋。」

左冰見他只此一語，便將如此大事輕描淡寫過去，這是何等恢宏，何等胸襟！再想及自己成日為世俗瑣事所苦，頓生悔意。

李百超早已看透他的心意，呵呵笑道：「這是老年人的想法，你年紀輕輕，前途正有一番作為，可不能就此埋沒。」

這時日已向西，在天黑之前，李百超又傳授左冰幾個陣式，左冰悟力極高且能觸類旁通，進展極為神速。

待新月升起，兩人始離開曠地，重又自瀑簾穿入，一入鐘乳洞，李百超便自喊道：「玉麟！玉麟！晚餐果餚可備妥了？」

他忽然住口不語，接著又驚呼一聲，左冰見氣氛有異，情不自禁湊上前一看，登時愣立於地！

只見那年約五旬的老者——李百超的兒子李玉麟躺臥於地，血花噴濺得滿洞都是，背脊上插著一支劍猶自搖晃不停！

李百超上齒緊緊咬住唇皮，鮮血摻和著圓目中沁出的淚珠，一滴滴淌下來，口中喃喃道：「麟兒何咎？麟兒何咎？……」

左冰俯下身去，摸摸玉麟的脈門，便知道是沒有救了。

李百超搶步上前一把將老者抱起，口中兀自低聲喃喃道：「麟兒！是爲父使你慘遭殺身之禍，但你一生與世無爭，何咎之有？這世上還有什麼天理……」

左冰只覺全身血液都湧了上來，目光迅速的在洞內環視一圈，最後落在李玉麟方才倒臥之地，忽然發現一事，急呼老人道：「老前輩！您瞧——」

李百超聞聲轉目望去，只見地上被人以內力刻下了一個巍顫顫的「黑」字，分明是李玉麟臨死前所留！

李百超道：「黑？黑什麼？黑心？黑面孔？……」

左冰腦際閃動，突然想起一事，身子不覺大顫，立刻起了一陣不祥的預感，衝口道：「莫不是他……」

而李百超卻沒有聽到這句話，他抱著李玉麟在洞中繞上數匝，定足頹然道：「兇手走了！」

左冰的整個心子都被懸了起來，李百超緩緩將那支長劍自玉麟身上拔起，劍尖上的血液已經凝固，只見此劍長度與一般無二，劍身上沒有任何特異之處，竟是瞧不出任何蛛絲馬跡。

李百超無言的抱著玉麟，癡癡的站了幾個時辰。

左冰見他臉色可怕，也不敢上前打擾，到了洞裡逐漸幽暗的時候，李百超一步步走了出去，左冰跟在後面，在繁星下，見他將玉麟埋了，突然像又想到了什麼，低「哦」了一聲，又匆匆掠進洞口道：「那岳武穆埋骨之地！岳武穆……」

左冰心頭一顫，見李百超滿洞亂轉，不由十分納悶，不安道：「前輩你怎麼了？」

他視線也不由隨老人打轉，發現洞內石削粉落，顯是經過一番拚鬥，李玉麟不敵而至被殺，但爲了什麼原因被殺，他就無法得知了。

李百超在狀殊怪特的船形大石前定身，右手在石上一抹，竟出現了一個圓圓的月洞門！

左冰大感詫異，見李百超招手叫他進去，一入洞門，即見一道天然石級直升而上，級盡處，有岩陡立如屏，兩旁柱石呈白紋，別有一番森然氣氛！

李百超走到屏前拜了三拜，左冰爲之大惑不解，他依樣葫蘆照做一番，近身見岩上鐫有「萬古留芳」四個龍飛鳳舞的楷字！

別身繞過屏巖，赫見有一具骷髏端坐於台石之上，栩栩如生。

李百超長噓一口氣，道：「上蒼蔭佑，岳王遺骨無恙！」

左冰蹬地倒退一步，吶道：「怎麼？……這……這竟是南宋名將岳武穆的遺骨？」

李百超頷首道：「正是！岳武穆王為秦檜所陷，相傳斯時武林七奇之首鐵馬岳多謙潛入大內，竊得遺骨葬於隱密之地，老夫偕麟兒隱居於此，卻在無意中發現了這一秘處……」

左冰望望那具骷髏，敬意油然而生。

只見老人又在屏前一按，屏岩徐徐裂開了一道夾縫，他伸手進去掏了半天，掏出兩本黃皮線裝小冊來！

李百超皺眉道：「秘笈竟未失落，兇手難道不是為此事而來？抑或一時尋不著此一秘處，見你我折回，便匆匆逃了？」

他隨意拈動黃皮小冊翻閱一下，望著左冰道：「這秘笈乃老夫在遺骨之旁所見，第一本載的是戰陣行兵之法，老夫之陣學乃悉傳於此，至於第二本我卻不敢動它，那是……」口氣頓了一頓，沉道：「那冊裡錄有岳門獨門武功『岳家散手』五十式、霸拳十式……」

左冰陡然動容，脫口呼道：「霸拳？」

李百超點點頭。

左冰忍不住忖道：「嘗聞錢大伯言，這霸拳乃南宋神拳大俠班焯所創，輾轉相傳，據說昔年常敗翁沈百波亦身負此技，此後即未見人提及，至今已成絕響，其威之猛，與『震天三式』、『太陽神功』乃在伯仲之間，想不到竟在這裡出現。此事若傳開江湖，怕不又要引起一番大大的騷動了……」

李百超道：「只因這冊中所載，無一不是當世無二之學，老夫自思已入朽年，麟兒悟力又差，是以一直未曾練就，現在……」

老人目中露出奇殊之色，緊緊盯著左冰，他相人之術極高，第一次入眼就知左冰資質之佳，爲世僅見，爲人又淳樸厚道，是以午時藉棋傳以陣學，刻下他一而再、再而三的打量著這少年，終於緩緩將那本黃皮小冊塞到左冰手上，道：「寶物贈與有緣，就看你的造化了。」

左冰驚兀萬狀，正待推卻，李百超已自擺手道：「目下你也沒有功夫去練這勞什子，如我猜得不錯，那殺麟兒之人，今夜當再來！」

左冰驚道：「前輩何以如此肯定？」

李百超道：「那人若爲了此事而來，不得手豈能甘心？」

左冰惴惴將小冊放入懷裡：「如此，我們就在這裡守株待兔了？」

李百超道：「從麟兒之死狀，可以見出兇手功力之高，已到了令人咋舌的地步，就是昔日年輕時的董兄弟，也未見有如此功力，老夫定非其敵手，故須先佈置一下。」

左冰心知老人要佈陣式待敵，便隨他離開秘處，回到鐘乳洞。

李百超拾了幾十塊石子，在洞前劃了幾十條線，逐一擺下。

左冰這時對陣圖之學已能登其堂而窺其奧，知道老人擺的是外虛中緊的赤寅陣，在黑暗中，外人入陣之前決不會察覺出來。

兩人便分別躲在洞內暗處。

幾個時辰過去了，飛瀑濺石之聲潺潺不絕於身，忽然一陣腳步聲透過水聲傳了過來！

左冰在不知不覺中冷汗流了滿身，手掌緊緊的捏在一起，在心中呼道：「不知會不會是他？不知會不會是他？」

時間一分一秒地過去，那聲音忽近忽遠，左冰心中緊張得有若上滿的弓弦，不時望著李百超。他心中忽然想道：「如果白大哥在此，那麼便是天大的敵人，又何足道哉？」他此刻才深深感到武功的重要了。

這時候，白鐵軍卻在遙遠的地方——

且說白鐵軍一路行走，這日天色已晚，他趕了一陣路，走到一處小市集，落店睡了，正朦朧間，忽聞一陣簫聲。

白鐵軍一醒，心中忖道：「老四怎會又在附近出現了？真是奇怪！」

當下聆聽了一刻，只覺簫聲淒涼寂寞，真令人悲從中來，彷彿天下不如意的事都陡然而臨，白鐵軍再也睡不著覺，心中煩惱暗罵：

「老四成日間憂思如縷，哪裡像一個男子漢？」

當下著衣翻窗循音而去。

只見那玉簫劍客正坐在樹下，簫聲愈轉淒迷，真如扁舟航海，忽遇大霧，茫茫天涯不知所往。

白鐵軍一聲喝道：「老四！你也來了？」

那玉簫劍客一驚，簫聲登時斷了，但餘音裊繞，猶自迴響不已。

玉簫劍客回頭見這威儀如山的幫主，正用輕責關懷的目光瞧著他，一時之間，眼淚都快落下了，他定了定神叫道：「白大哥您好！」

白鐵軍目光何等利銳，只見他左臂衣袖空空，白鐵軍乃是至性之人，急叫道：「老四！你怎麼了？」

玉簫劍客淡淡地道：「那人要我說出楊幫主遺駭葬埋之地，小弟與他比鬥吃了點虧！」

白鐵軍幾乎怒吼的叫道：「一條臂子沒有了，這還是小虧，老四，是誰下的手？」

玉簫劍客道：「是西方來的，好像是姓伍。」

白鐵軍用手一拍栗樹，他雖施力極大，但那樹葉一絲不動。半刻之間，忽的嘩啦一聲，那碗口粗細栗木從腰而折，便如利刃砍切一般，栗木堅實無比。

這一掌之力令玉簫劍客又服又羨，忖道：「白大哥外貌舉止粗豪，可是卻練成了這般可敬可畏的功夫！」

白鐵軍怒叫道：「不報此仇，有如此木。」

他伸手拉起玉簫劍客，大踏步回到客店，兩人談到深夜，和衣而睡，只片刻，玉簫劍客便聽到白大哥均勻的鼾聲，他心中真是羨慕已極。

次晨白鐵軍問明玉簫劍客那姓伍的所走的方向，又向玉簫劍客叮嚀數語，頭也不回往東南走去。

玉簫劍客叫道：「大哥，小弟也去！」

白鐵軍回頭凝視他一會兒笑道：「老四，你別婆婆媽媽成不成？敵人是很強的，你留在這一帶，設法和湯二哥連絡上，我辦完此事，自會來尋你。」

玉簫劍客振作的道：「天下豈有人能勝過大哥擒龍手的？小弟遵從指示。」

白鐵軍哈哈一笑，邁步前去，那步子又穩又快，不一會便翻過小丘，心中卻喃喃道：「高手輩出，武林又要大亂了麼?能將老四制服得無還手之力的人，天下也是寥寥有數了。」

他趕了一天路，這時已是傍晚，忽然一陣暴雨，白鐵軍疾行想找個避雨之處，轉個彎忽見林中露出一角紅壁來，他連忙上前，原來是個野廟，失修多年，已是碎破不堪，白鐵軍心想總勝似在露天淋雨，便閃身入廟。

才一入廟，忽聽一個少女的聲音道：「婆婆！又有人來避雨了，這小廟多年無人光顧，菩薩有靈，否極泰來，今天只怕是最熱鬧的了！」

另一個和靄的女音道：「敏兒，妳對天地鬼神都不敬重，父母更不用說了，真是個小小混世魔王也。」

白鐵軍一聽，知道是一對祖孫也在廟中避雨，他走上前去，口中道：「在下路過此處，遇雨無法行走，暫借此躲閉一時！」

那少女在廟中另間，當中隔了一層幕布，灰塵厚積，那少女格格一笑道：「這是無主野廟，你愛住哪沒有人管你，何況避雨，你這人也真太囉嗦了，啊！對不住，對不住，只有叫花子才住破廟，我說錯了。」

她一個人說說笑笑，分明是尋開心，但聲音極爲悅耳，白鐵軍聽了一會，只覺極爲熟悉，他心中暗暗好笑道：「我當真是叫花頭子，這小姑娘說得一點也不錯。」

當下他便盤坐地下，等待雨停。

隔間那少女又道：「婆婆，如果雨不歇，咱們只有在這荒廟中過夜了！」

她「婆婆」哼了一聲道：「在這裡過夜便過夜，又有什麼好笑的，小丫頭，妳當婆婆不知道妳的心思麼？」

那少女囁嚅地道：「婆婆！妳說這次爺爺會責打我麼？我……我……其實並沒有犯什麼不對的事兒，成天提心吊膽的，這種生活真不要再過了。」

她「婆婆」道：「妳怕回家挨打，便不該淘氣亂跑，如果爺爺在島上見咱婆孫倆久不歸家，出來找尋，那妳可有得好看的了！」

那少女半晌不語。

白鐵軍聽著聽著，心中暗自嘆息：「有爹娘打罵又有哪一點不好了？我卻想也想不到。」但覺那聲音愈聽愈熟，幾乎忍不住要探頭去瞧。

那少女又道：「不成不成，我已經是個大人了，怎麼還可以隨便責打我，婆婆妳如不替我求情，我只有再……再……」

她「婆婆」道：「妳再怎地？」

少女道：「只有再……再……逃家流浪江湖了。」

她這招果然生效了，她「婆婆」嘆了口氣道：「敏兒，妳當真是長大了，好快，時間過得真快！」

談話之間，雨漸漸歇了，那少女和她婆婆掀簾走出，白鐵軍只覺眼前一亮，一個輕盈少女陪伴著一個銀髮滿頭的老婆婆。

那少女忽然大喜叫道：「大哥！原來是你呀！」

白鐵軍驀然想起，此人便是上次自己在太湖濱解救之少女，當下微微一笑道：「董姑娘別來可好？」

原來這二人正是銀髮婆婆和董敏，她倆人上次在飛帆總舵遇到了董天心出手解圍，便四下找尋太湖陸公子，卻未料到陸公子回太湖搬救兵去了，銀髮婆婆和董敏在四周轉了數日，恰巧和陸公子相遇，董敏強迫婆婆到太湖去了一趟，盤桓月餘，和陸公子母親相處極洽，這才啓程歸去。

董敏笑答道：「還是和從前一樣混日子呀！」

那銀髮婆婆見這粗壯魁偉的大漢有笑有說，心中對這寶貝孫女頗爲不滿，不禁打量白鐵軍兩眼，看著看著，那眼睛再也移不開了，臉上一片驚奇之色。

白鐵軍道：「董姑娘，在下還要趕路，這便告辭。」

他又向銀髮婆婆一頷首，正要走出廟門，忽然銀髮婆婆喊道：「喂，請慢！」

白鐵軍一回頭，只見銀髮婆婆凝視著他，目光中充滿了憐惜。

銀髮婆婆道：「喂，你……你……姓董是不是？」

白鐵軍一怔，尙來不及答話，董敏拍手笑道：「婆婆真乃先知，他正是姓董！」

銀髮婆婆喃喃地道：「多麼像一明，真像！」

白鐵軍心中一凜，想起秦淮河畔蘭姑娘的話來，一時之間腳步再也走不出去了。

白鐵軍道：「請問婆婆怎會認識董一明？」

銀髮婆婆大喜道：「那麼閣下……不，那麼你和一明見過面了。」

白鐵軍淒然地點點頭。

銀髮婆婆喜道：「在哪裡？在哪裡？快告訴婆婆！」

白鐵軍淒然道：「在秦淮河底！」

銀髮婆婆頹然嘆息道：「大伯的話還是不錯，死了！死了！」

白鐵軍望著慈祥悲傷的婆婆，心中突然激動起來，一種報復性的快樂從心底泛起，他忍不住冷冷地道：「那逼死董先生的人心中也未必快樂！」

銀髮婆婆點頭道：「正是，正是，他母親這十多年來哪有一天開心過？」

白鐵軍奇道：「婆婆，妳說什麼？」

銀髮婆婆慢然道：「一明的母親自他出門後，哪曾有過一天好日子過？唉！」

白鐵軍瞪大眼睛，奇道：「婆婆，她……她……不是妳？」

銀髮婆婆一怔，她乃是極聰明的人，忍不住叫道：「你便是一明的孩子了，唉，蒼天……蒼天，大伯行俠一生，終算有後。」

董敏睜著大眼望著白鐵軍，問銀髮婆婆道：「婆婆，他真是大爺爺的孫子麼？」

白鐵軍恍然大悟，忖道：「銀髮婆婆原來是我叔祖婆了！」回顧前塵，實在是不堪回想，不由得怔住了。

銀髮婆婆道：「孩子，你爺爺想你想得鬱鬱寡歡，你婆婆念你念得發瘋，快跟咱們回去吧！」

白鐵軍彷若未聞。

董敏歡天喜地道：「大哥哥，你真是我的大哥哥，有你這高本事的大哥哥保駕，我遊天下了。」

白鐵軍仍然不語。

銀髮婆婆和聲道：「孩子，可憐你何曾享受過半點溫暖？你跟我們回去，你爺爺婆婆不知要多高興了。」

白鐵軍心在發抖，他衝口道：「姓董的不要我爹爹，不要我媽，我……我真這麼沒出息，一定要去巴結麼？」

他說這話時實在激動已極，多時積壓在胸中的一股怨氣吐了出來，只覺一陣舒服，但接著又是一陣激動。

銀髮婆婆道：「孩子，你要怎樣？只要你回去，便是要你婆婆向你認錯也是肯的。」

白鐵軍心中不知到底是什麼滋味，那銀髮婆婆說得委婉，自己實在該跟她們回去，但心中再也解不開這個死結，他情理交戰，心中真是五味俱全，百感交集。

他是個堅毅的大丈夫，一咬牙，道聲珍重，施展輕功頭都不敢回，飛馳而去。

他確知，只要輕功施開，天下能追到自己的人那是少而又少了，耳畔卻聽到銀髮婆婆低喟道：「這祖孫三代都是一般倔強的性兒。」

白鐵軍狂奔一陣，心情漸漸平靜，算算路程，這一奔至少已走了數十里，已是三更天，雨過天青後，月亮分外明亮。

白鐵軍剛剛坐下身歇歇，忽聞「咕」「咕」之聲不絕，他順手拾起一粒小石，頭都不回一下，砰的一聲，打落一隻夜貓子，他心中暗道：「該死的東西。」

那樹上另外數頭夜貓子不再鳴叫，四周一片寂靜，白鐵軍望著那雪亮的夜貓子眼睛，忽然想起幼時聽師父的老佣人講的傳說：「夜貓子幼鳥長大，便將母鳥吃掉，牠在黑暗中數著人的眉毛，當數清楚的時候，這人便完了！」

白鐵軍想著想著，心中竟起了一片寒意，他默然自忖道：「白鐵軍啊！白鐵軍，你難道和這夜貓子一般，要做無父無母的畜生？」

過了一會兒，他索然站起，繼續往前，越過一個山崗，另一邊山下卻是一個市鎮，萬家燈火，有如天上繁星，白鐵軍到鎮上投宿了。

他這一夜整整思索了一晚，仍是纏結不開，他次晨又走，真像行屍走肉一般，穿過大片田地，這時太陽尚未升起，農人已早起作田。

白鐵軍低頭疾行，突然一聲大喝，他不禁嚇了一跳，定步一看，原來一頭老母牛走得慢了，那農夫吆喝催促。

那母牛不住回頭，白鐵軍仔細一瞧，原來後面還跟著兩頭小牛，那依依不捨的樣子，白鐵軍心中一動：「天下無不是的父母，我還是跟銀髮婆婆回去一趟，只要看一眼，也是好的。」

他念頭一轉，便乘船溯長江而下。

此時正當順風季節，船行極速，不數日便又到無錫，只望銀髮婆婆尚未離去。

那帆船靠無錫已是半夜，白鐵軍上了岸，漫步往城中走去，正走到城中心，忽見不黑影一閃，一條人影飛快而逝。

白鐵軍心中一凜，忖道：「前面那人身法之疾真是有若閃電，天下哪一派的輕功能臻於此，難道是我左老弟來了？」

他是武學的大行家，見獵心喜，施展輕功追上前去，但四下一片漆黑，哪還有那人影子。

過了半晌，忽然一聲慘叫，白鐵軍反應何等敏銳，身形疾撲發聲方向，才一落地，先前那黑影一閃沖天而起，白鐵軍緊跟又起，但前面那黑影實在太快，白鐵軍追了一陣自忖是很難追到的了，只好轉身回城，往適才那黑影作案的地方跑去。

只見一座小院，白鐵軍翻牆而入，才一進內，一股濃烈血腥氣撲鼻而來。

白鐵軍心中發毛，推開內廳之門，只見廳中一燈如豆，地下排了七八具屍首，男女老幼都有。

白鐵軍大忿，他撥亮那油燈，更是慘不忍睹，那七具屍首都是一般無頭，還有最邊上一具屍首是個姣好少女，但全身赤裸，顯然是被人玷污而後殺了。

白鐵軍忖道：「這人殺人劫色，真是窮兇惡極，但身手之高實在駭人，江湖上哪有如此惡人？」

他心中十分納悶，一抬頭便見牆壁上赫然塗著幾個血字：「殺人者董其心！」

白鐵軍一震，那董其心是昔年名震天下第一高手，師父常嘆息對白鐵軍道：「為師一生最大遺憾，便是未曾目睹董大俠的『震天三式』，為師雖和董大俠有數面之緣，但卻未有此福氣。」

那言下之意，對於董其心之推崇，真是神仙一般的人物了。

白鐵軍心道：「有人冒董大俠的名聲作案，分明是要逼他老人家出馬，但那人功力實在太高，令人不寒而慄。」

他因自幼聽師父多次說到，是以對董其心印象極深，後來知道自己身世後，對於這個叔祖更是敬愛交加了。此時見有人盜用他的名字作歹，心中大爲憤怒。

白鐵軍想了半天也想不出一個頭緒，心中道：「此人既然有意激叔祖出來，一定還會作案，我好歹也要查出一個究竟來。」

當下決定先在金陵住下。

次夜三更過後，白鐵軍穿行大街小巷，都是高來高去。

到了午夜，白鐵軍放目四周不見蹤影，正以爲那人不會來了，忽然遠遠人影一閃，向白鐵軍這方向跑來，白鐵軍閃身暗角，身形才一藏好，那黑影已到身旁五丈左右，白鐵軍注目一瞧，來人黑布蒙面，森森然不知相貌。

那黑巾人身形連縱，又消失在一家巨戶院中，白鐵軍看準地方，也輕步跟蹤而至。

白鐵軍不敢怠慢，他見前面人影一閃，已撲向內廳，連忙緊跟而去，豈料前面黑影人一旋身，一言未發，呼的便是一掌，白軍只聞一聲沉悶呼氣之聲，他腦中飛快一閃，馬上知道這是生平所遇勁敵，他倉促中一運氣，「大擒龍手」一掌拍出。

兩股力道在空中一交，那人身形倒退一步，白鐵軍只覺對方力道迴轉，將自己所發掌勁移開，直逼過來。白鐵軍忙吸兩口真氣，飛快又擊出一掌，身形隨著旋勁滴溜溜打了兩個轉，將對方力道消解。

兩人雖只交了一招，但各自心中皆驚訝不已，那黑巾人冷冷打量著白鐵軍，只見月光下白鐵軍身形高大，有若一尊鐵塔。

白鐵軍恍然大悟，沉聲道：「閣下無端出手與丐幫爲難，請教高姓大名？」

那黑巾人哈哈大笑道：「你便是丐幫白鐵軍了，玉簫劍客還欠在下一臂兩腿。」

白鐵軍大怒，但他乃是一幫之主，氣度非凡，當下沉聲地道：「請教閣下大名！」

那黑巾人不住冷笑道：「你要找死也不用如此著急，少陪少陪！」說罷飛身而起。

白鐵軍知道一讓他搶先，再無機會追趕，就在幾乎是同一時間，也躍身起來，兩人一前一後，不一刻追出城外。

請續看《俠骨關》(三)

上官鼎武俠經典復刻版13

俠骨關（二）江南風月

作者：上官鼎
發行人：陳曉林
出版所：風雲時代出版股份有限公司
地址：10576台北市民生東路五段178號7樓之3
電話：(02) 2756-0949
傳真：(02) 2765-3799
執行主編：劉宇青
美術設計：吳宗潔
業務總監：張瑋鳳

出版日期：2023年9月 新版一刷
ISBN：978-626-7303-56-6
風雲書網：http://www.eastbooks.com.tw
官方部落格：http://eastbooks.pixnet.net/blog
Facebook：http://www.facebook.com/h7560949
E-mail：h7560949@ms15.hinet.net
劃撥帳號：12043291
戶名：風雲時代出版股份有限公司

風雲發行所：33373桃園市龜山區公西村2鄰復興街304巷96號
電話：(03) 318-1378
傳真：(03) 318-1378
法律顧問：永然法律事務所 李永然律師
　　　　　北辰著作權事務所 蕭雄淋律師

行政院新聞局局版台業字第3595號 營利事業統一編號22759935

定價：320元

國家圖書館出版品預行編目資料

俠骨關 / 上官鼎著. -- 二版. -- 臺北市：風雲時代出版股份有限公司, 2023.05 冊； 公分

上官鼎武俠經典復刻版
ISBN 978-626-7303-55-9 (第1冊：平裝). --
ISBN 978-626-7303-56-6 (第2冊：平裝). --
ISBN 978-626-7303-57-3 (第3冊：平裝). --
ISBN 978-626-7303-58-0 (第4冊：平裝). --
ISBN 978-626-7303-59-7 (第5冊：平裝). --

863.57　　　112003685